ソフォイル
エイデス

PRIDE OF A VILLAINESS
illustration: Kuga Huna

PRIDE OF A VILLAINESS
悪役令嬢の矜持
あなたが臨む絶望に、悪の華から希望を。
【悪役令嬢の矜持】
メアリー＝ドゥ
illust.
久賀フーナ
{2}

CHARACTER

ウェルミィ

再婚により伯爵家の一員となった元平民の少女。両親とともに義姉イオーラを虐げているように見せかけ、自身の破滅覚悟で義姉を家から逃がすようたった一人で計画した。

その後、エイデスによって断罪されるかに思われたが、その気概を気に入られ彼の婚約者となる。

STORY

後妻として迎えられた母とともに伯爵家の一員となった元平民のウェルミィ・エルネスト。そんな彼女は家でも貴族学校でも同い年の義姉イオーラを虐げ、後継者の地位も婚約者も奪い取り、最後には冷酷と噂される魔導卿エイデス・オルミラージュ侯に売り飛ばしてしまった。

そんなことも忘れかけたある日、魔導卿から夜会の招待状が届く。

父母とともに夜会に参加するウェルミィだったが、赴いた先では華やかな宴ではなく『義姉を虐げた』として伯爵家への断罪が始まった。

しかし、それも全てウェルミィの策略通り。

再婚してから両親に理不尽に虐げられるイオーラを見て心を痛めたウェルミィは、このエルネスト家からイオーラを逃がすために人生を捧げてきた。

計画通りに自分の破滅をもってイオーラが救われる……そう思っていたが、事態はウェルミィの思惑を外れていく。

ウェルミィは伯爵の実の娘ではないこと、そして魔導卿がイオーラとの婚約を破棄するということ。

イオーラ

義両親が処罰されたことにより一時的にエルネスト女伯となった少女。義妹のウェルミィとは同い年。魔力の強さを示す真紫の瞳を持った才能あふれる完璧な淑女。

レオニール

ライオネル王国の第一王子。正義感にあふれる性格。貴族学校在籍時にイオーラと出会い想い合うようになった。ウェルミィとは犬猿の仲。

エイデス

公爵に匹敵するといわれるオルミラージュ侯爵家の当主。通称、魔導卿。絶世の美貌と当代随一の魔力をもつといわれている。
義母と義姉を失った事故から己を律し続けていたが、同じ境遇のウェルミィとの出会いによって心の救いを得た。

自分は両親と共に地獄へ落ち、魔導卿に預けたイオーラだけが救われるシナリオを考えていたウェルミィにとって婚約破棄は一番あってはならない結末だった。

しかも、処罰されるつもりだったウェルミィは悪事を告発した証人として罪を免除されてしまう。

人生を懸けてイオーラを助けたかっただけなのに、自分の思惑と違う方向に事態が進んで困惑するウェルミィ。

自分が出せるものなら何でもするからと懇願する彼女に対し、魔導卿はこう言う「——では、お前が私の妻になれ。ウェルミィ・エルネスト」

自分が妻にさえなればイオーラは助かるのだと。

逃げ道はなかった。ウェルミィは魔導卿の掌で転がされていたことを痛感し、首を縦に振るしかない。完敗だった。

一つ誤算があったとすれば、たった一人で姉を救おうと努力する姿勢と知性、臆せず賭けに出る豪胆さをもつウェルミィを魔導卿が大変気に入っており、その後溺愛される日々を送ることになった、ということだ。

{表} あなたが臨む絶望に

contents

PRIDE OF A VILLAINESS

{裏} 悪の華から希望を

｛表｝

あなたが臨む絶望に

PRIDE OF
A VILLAINESS

1 悪役令嬢の籠絡

――ウェルミィ・リロウドは、やはり魔性の女だ……。


そんな噂が流れ出したのは、彼女が再び社交の場に姿を見せ始めてからのことだった。

ウェルミィの悪辣さは、有名である。

まず彼女は、エルネスト伯爵家で義姉であるイオーラを両親と共に虐げていたそうだ。

やがて義姉の婚約者に目をつけて誘惑し、卒業式で婚約破棄を突きつけさせ。

伯爵家の継承権すらイオーラから奪い、悪虐非道と噂のあるオルミラージュ侯爵に売り渡した。

しかし、彼女の栄華はそこまでだった。

オルミラージュ侯爵家で開催された【断罪の夜会】で、生来の美しさを取り戻した義姉に食ってかかり……逆に侯爵に断罪されて、父母や婚約者と共に、彼女は一度社交界から姿を消した。

エルネスト伯爵家は正当な後継者であるイオーラに継がれ、父は処刑、母は北の修道院へ、ウェルミィは行方知れずとなった……と言われていた。

断罪劇以降、社交界では様々な噂が飛び交ったが、義姉のイオーラもそれ以降ふっつりと社交の場に姿を見せなくなり、オルミラージュ侯爵に直接その件を質問出来る者はいない。

後日、侯爵家が支援する劇場で上演された劇で、美談に仕立てられた内情が演じられたようだが、民衆は支持すれど貴族の多くが信用する筈もなかった。

しかし劇中でのウェルミィの扱いから、どうやら侯爵自身は彼女に悪意を抱いていないらしいことは、薄く察せられた。

そんな事件から半年後、再び社交シーズンに差し掛かろうかという時期に。


ウェルミィは突如として、表舞台に舞い戻った。


何故か、リロウド伯爵家の娘として引き取られた上に――王太子殿下の婚約者候補として。

以前よりもさらに輝きを増した、シニヨンに纏めたプラチナブロンドの髪と鮮やかな朱色の瞳。

小柄な体に、幼なげながら勝気な美貌の少女。

彼女の、男を惹きつける魅力と傲岸不遜な振る舞いはさらに強烈になっていた。

しかもウェルミィは現在侯爵家別邸に住んでおり、侯爵本人も足繁く通っているという。

『一体、何が起こった？』という貴族達の戦慄と混乱を他所《よそ》に、ウェルミィは好き勝手に男を漁りかい、始める。

遊び人と噂の伯爵令息も。

不世出の傑物と謳われる騎士爵も。

才気煥発と評判の宰相令息も。

国家の穀物庫を預かる侯爵家の嫡男も。

王太子殿下の弟である第二王子までも、あっという間に彼女に誑《たぶら》かされた。

さらに、ウェルミィの奔放で悪辣な振る舞いは、それだけには留まらず。

ある夜会では、男爵令嬢の手を扇で打ち据え、中庭に引き摺り出して泣かせ。

また別の夜会では、王太子殿下の婚約者候補の一人である公爵令嬢のドレスにワインを掛け。

さらに、彼女の取り巻きとなった青年の婚約者が苦言を呈すると、嘲笑を浴びせかけた。

王太子殿下もオルミラージュ侯爵も、何故かそんなウェルミィの行動を黙認している。

そして、件《くだん》の断罪劇に関わった最後の一人……侯爵の婚約者である筈の義姉イオーラが、何故か姿を見せない中。

遂に、【王太子殿下婚約披露パーティー】の開催が公布された。

噂は、さらに広がっていく。

ウェルミィは、義姉から婚約者を奪うだけに飽き足らず、魔導卿の称号を持つオルミラージュ侯爵、さらには王太子殿下までも手中に収めたのだ、と、絶望の表情で語る者。

何故王家はウェルミィの振る舞いを許しているのか、と反発する者。

実は全て侯爵の策略であり、彼女を使って王国を裏から牛耳ろうとしているのでは、と勘繰る者。

そうして、婚約披露パーティーの当日……そこには、場違いな緊張を纏う少女が二人いた。

どちらも、ウェルミィの悪意を受けた二人である。

一人は、桃色の髪に銀の瞳を持ち、聖教会に認められた聖女候補である男爵令嬢テレサロ。

もう一人は金の髪を縦ロールにした、緑瞳を持つ公爵令嬢ダリステア。

彼女らの視線の先にいるのは、王太子殿下以外の五人の令息と歓談するウェルミィだ。

やがて国王の入場と共に、表向きは和やかに【王太子殿下婚約披露パーティー】が始まる。

その場に馴染みつつ、この後に起こる出来事を想像してひっそりと笑う人物が一人。

三人の令嬢と、五人の令息の競演。


――主演は当然、ウェルミィ・リロウドだ。


趣向を凝らした、絶望渦巻く喜劇の幕が上がる。

一人の道化《ピエロ》の、計画通りに。

2. 伯爵令嬢ウェルミィの再来

──【王太子殿下婚約披露パーティー】の三ヶ月前。

オルミラージュ侯爵家別邸の寝室でエイデスの膝の上に座ったウェルミィは、プラチナブロンドの髪を彼の長い指で梳《す》かれていた。

時折、首筋にイタズラしてくる彼の甘やかしに、まだ気恥ずかしさを覚える。

オルミラージュ侯爵家で行われた【断罪の夜会】。

ウェルミィが自分の破滅と引き換えに、お義姉様を解放しようと引き起こしたそれは、『ウェルミィがエイデスの婚約者になる』ことで決着した。

『何でも言うことを聞く』と約束させられた上で。

それから半年の間、後処理が落ち着くまで、ウェルミィは必要な時以外は屋敷から出ていない。

──まぁ、不便どころか至れり尽くせりの生活だけどね……。

ぼんやりと、そんな日々を思い返していたからか。

「そろそろ、社交界に戻らないか？」

「ふぇ……？」

不意に投げられたエイデスの問いかけに、間抜けな声で返事をしてしまった。

そんなウェルミィに何を思ったのか、彼は後ろから面白そうに顔を覗き込んで来る。

青みがかった紫の瞳を備えた絶世の美貌が不意に視界に現れたので、頬が余計に熱くなった。

「し、しゃしゃ、社交界？」

誤魔化すように、慌てておうむ返ししたウェルミィを、エイデスは横抱きに抱き直した。

「私の婚約者様は、どうやら最近すっかり骨抜きになってしまったようだな」

その笑みを嗜虐的なものに変えた彼は、ウェルミィの顎《おとがい》に指を添える。

「私にそれ程気を許してくれるとは、嬉しい限りだ」

「っ……う、自惚れないでよね！　ち、ちょっとボーっとしてただけよ!?」

「ほう？」

スゥ、とエイデスが目を細めたので、しまった、と目を泳がせる。

ただの悪ふざけだと分かっているけれど、彼に対しては何故か、思わず言い返してしまう。

だからこうやって、付け込まれるのだ。

「私の前で嘘をつかないよう、何度命じても理解出来ないようだ。おしおきが必要か？」

ウェルミィはとっさに顔を背けようとしたが、顎に添えられていた右の人差し指で、スゥ、と掬い取られて上向かされる。

間近で顔を覗き込まれ、左手で鎖骨を撫でられたウェルミィはゾクゾクと身を震わせた。

「え、エイデス……！　あ……っ！」

「私に身を委ねるのが心地良くて、惚けていたんだろう？　そうだな？」

「うぅ……そ、そうよ……！　そうだから、やめ……！」

恥ずかしさに身を縮めながら、ぎゅっと目を閉じると、エイデスがさらに言い募る。

「目を閉じて良いと誰が言った？　こちらを見ろ、ウェルミィ」

「だって、だってエイデスが……！」

「ウェルミィ。『何でも言うことを聞く』んだろう？」

「〜〜〜っ！」

エイデスは、いつもズルい。

薄く目を開けると、満足そうに頷いたエイデスは、ようやくイタズラをやめてくれた。

「良い子だ、ウェルミィ。いずれ慣れてしまうと思うと、それが惜しくもあるな」


——早く慣れたい……。

ただウェルミィの反応を楽しむ為の意地悪だと分かっていても、恥ずかしくなってしまうのはどうしようもなかった。

他の誰が相手でも、絶対こんな風にならないのに。

一方的に自分だけ恥ずかしいのが悔しくて悔しくて、上目遣いにエイデスを睨みつける。

しかし彼は全く怯まず、むしろ心地良さそうに、ククッ、と喉を鳴らした。

「そんな潤んだ目で睨んでも、誘っているようにしか見えんぞ。そのくせ、ベッドの中ではすぐにスヤスヤと眠りこけて。無防備なくせに、お前はお預け上手だ」

「そ、そんな、はしたない振る舞いはしてないわ！」

「だが、そういう演技をしろと言われれば、むしろ得意だろう？」

言われて、ウェルミィは反論出来なかった。

悪辣そうな振る舞いがお手のものなのは、事実である。

実際、真相を公表していない夜会の顚末に関しては、噂の内容がとんでもないことになっていると聞いている。

曰く、義妹《いもうと》は義姉から奪った婚約者と共に罰を受けて、辺境に向かわされた。

曰く、義妹の方はオルミラージュ侯爵の罠に嵌まり、奴隷同然の扱いでこき使われている。

曰く、義妹に二度婚約者を奪われた義姉は、懲りもせずに今度は王太子殿下に迫っている。

曰く、義姉の方は女伯に任ぜられ、無能ゆえに仕事に忙殺されて身動きが取れない……。

あれやこれや。

――好き放題言われ過ぎて、背ビレ尾ヒレに胸ビレまでついてるのよね。

実際に断罪劇のやり取りを目にした人々の中でも、聡い人達は口をつぐんでいる。

何せこの件には、王家に匹敵する影響力を持つ筆頭侯爵家と、王太子のレオが絡んでいるのだ。

下手に喋ってその二人の不興を買えば、自分の立場が危うくなる。

なのに噂が悪い方向に大きくなっているのは、ウェルミィが貴族学校で侍らせていたような女性陣が妬《ねた》み嫉《そね》みをスパイスに誇張して語った『ここだけの話』が広がっているからだ。

ちなみに良い方の噂は演劇の成果か、騒ぎに無縁な人々の派閥で広まっているらしい。

主にお義姉様経由で知ったのだけれど『あの冷酷非情の侯爵が、義姉を救おうとした妹の清らかさに打たれて伴侶に望んだ』という一代ラブロマンスとして。

――それもそれで、とんでもなく気恥ずかしいのよね。

ウェルミィは、あの劇で演じられたような清らかな精神性など持ち合わせていない。

むしろ演技でアーバインを籠絡して、父母をも嵌めた腹黒い人間である。

ウェルミィの現在は、そんな状況なのだけれど。

「……えっと。それで、何で今のタイミングで社交界に？」

ようやく話を戻したウェルミィに、エイデスはとんでもないことを言い出した。

「お前に、レオを籠絡して貰おうと思ってな」

「……どういうこと？」

ウェルミィは、思わず眉をひそめる。

冗談にしても、籠絡する相手がレオなのは嫌すぎる。

なんでそんな話になるのか、と思っていたら。

「イオーラの為だな」

「ならやるわ！」

ウェルミィは、内容も聞かずに掌を返した。

何でレオを籠絡するのがお義姉様のためになるのかはサッパリ分からないけれど、エイデスがそう言うなら、何か理由がある筈だ。

どうせ本気で言っている訳ではないことは……流石に、これだけ甘やかされていれば……ウェルミィでも分かる。

けど、少し……本当にほんの少しだけ不安になって、一言だけ問いかけた。

「……まさか、それをさせるために甘やかしてたんじゃ、ない、わよね……？」

相手を利用するために色仕掛けをする……のは、身に覚えがありすぎる話だったから。

するとエイデスは、またクックと喉を鳴らして、今度は優しく頭を撫でる。

「お前は、自分の婚約者をどれだけ無体な男だと思っているんだ？」

「冷酷非情の侯爵閣下であると、社交界ではとても有名ですわ」

それは、いつものやり取り。

実際に悪巧みに関しては、他の追随を許さないほどに頭が回るのが、エイデスなのだから。

ウェルミィは楽しそうな彼に対して、自分もニヤリと笑みを浮かべつつ問いかける。

「それで？　一体私は、今度はどんな仮面を被れば良いのかしら？」

※※※

「……わたくしは反対です」

妃殿下の暮らす宮廷の中庭で、開催されたお茶会。

その席でウェルミィが囮の話をした後、難色を示したのはお義姉様ご自身だった。

「何故義妹《いもうと》が、わたくしの代わりに囮にならなければいけないのでしょうか」

「リロウド嬢は社交界での振る舞いに長けてる。人を遠ざけることも取り入ることも出来、見る目は確かで、相手の悪意にも敏感だ」

その言葉に、レオが肩を竦めながら答える。

陛下と妃殿下がおられる場なので家名で呼ばれたが、尊重されている訳ではなく。

「君との正式な婚約発表まで敵の目を引きつけておくのに、これ以上の適任はいない」

そう口にした将来を誓い合った相手《レオ》を、お義姉様は冷たく睨み付けた。

「悪意に晒されると分かっていてウェルミィに負担を押し付けるなど、あり得ません」

「お義姉様。陰口くらいなら可愛いものだけれど、王太子妃となるために手段を選ばない相手もいるかもしれないのよ。それに夜会もお茶会も、お義姉様の貴重な時間を奪ってしまうし」

エルネスト女伯となったものの、お義姉様には後ろ盾がないに等しい。

王家や国にとってお義姉様自身が得となる人物である、と周囲に示すにも実績が足りない。

今は、その価値を周知する準備をしている段階である。

それに仕方がないこととはいえお義姉様は、アーバイン、エイデスと二度も婚約を破棄しているに等しい、傷物も傷物な経歴を持っている。

囮の件は、お義姉様が対外的な『価値』を得るまでの時間稼ぎなのだ。

なのに。

「陰口で済まないなら尚更、任せられないわ。それに時間を取られるのは貴女も同じでしょう」

——頑固ねぇ。

そんなお義姉様も好きだけれど、と思いつつ、ウェルミィは言葉を重ねる。

「今の私は、暇だもの。それにエイデスが守ってくれるし、おまけにお義姉様の〝愛しの〟レオニール王太子殿下も気を配ってくれるのよ？」

愛しの、を強調したところでお義姉様はほんのり顔を赤らめるけれど、レオは半眼になって冷めた顔をこちらに向けてくる。

「トゲがあるな。俺のことを『全然信用も期待もしていない』と遠回しに言ってないか？」

「あらそんな。被害妄想でございましてよ、王太子殿下」

「嘘つけ」

「少なくとも、エイデスほど信用や期待が出来るお立場にあらせられないのは事実ですけれど。それとも、私に対してこの人より手厚い対応が、殿下には出来まして？」

ほほほ、とウェルミィが口元に手を当てると、ぐっ、とレオが喉の奥で言葉を詰まらせる。

——ふふん。誰が、お義姉様を横取りした男を頼りにするもんですか。

そんなやり取りをどこか楽しげに見ていた国王陛下が、横に座る妃殿下に話しかける。

「レオに、ここまで気安い仲の友人が出来るとはな」

「ええ、本当に」

「『誰と誰がです?』」

ウェルミィが抗議すると、レオと声がハモったので、またお互いに相手を睨みつける。

そこでひとしきり笑った陛下は、ふと表情を引き締めた。

「しかし、エルネスト女伯。そなたにはこの提案を呑んで貰わねばならん。事情を知らぬ令嬢をレオに侍らせては勘違いを招く。リロウド嬢の言う通り、そなたには研究時間が必要であろう」

「それは……」

「研究の成功自体が将来の社交の為でもあり……我個人としても、なるべく早急に成功させて貰いたいと願っておる」

そこで陛下が見せた苦渋の顔は、後ろめたさを感じさせるものだった。

ウェルミィはさりげなく妃殿下に目を向ける。

彼女は薄いヴェールを、ここに現れてから脱ぐことがなかった。

理由は、妃殿下の肌にある。

三年ほど前から、高い魔力を持つ者が稀に発症する難病によって、皮膚が爛《ただ》れてしまっておられるのだ。

在学中、レオに妃殿下の病状を聞いたお義姉様は、すぐにその研究に着手したらしい。

――難病に効く薬や魔導具の開発を、行う為に。

お義姉様の『魔力負担軽減』に関する卒業論文は、その研究の副産物だった。

姿を見窄らしく見せる魔術も、個人的な目的以外に、妃殿下が人前に出る時だけでも皮膚の状態を『隠す』ことが出来ないかという意味合いで研究を進めていたのである。

それが、レオとお義姉様の婚約が、水面下であれすんなりと認められた理由の一つだった。

『研究』を成功させることは、確実にお義姉様の武器になる。

お義姉様が理論を提唱した魔薬の開発に成功すれば、上位国際魔導士の資格を得られるのだ。

その地位は、この国における魔導卿……魔導の分野で目覚ましい知的・業績的な偉業を成し遂げた者に贈られる称号……に匹敵する。

なおエイデスは既にどちらも有しているので、改めてウェルミィの婚約者様は化け物である。

「陛下の仰る通り、ですが……それとこれは、話が……」

お義姉様が困ったように眉をハの字に曲げたところで、妃殿下がクスクスと声を立てる。

「大丈夫ですよ、エルネスト女伯。研究も急《せ》く必要はありませんし、身代わりとて、本当に危険な訳ではありません。ただ、彼女を立てればオルミラージュ侯爵の協力が得られますから。裏で動こうとする者達への対処が容易になる……そのくらいの話なのですよ」

どうやら、プライベートでは陛下よりも発言力があるらしき妃殿下にもそう言われて、しぶしぶお義姉様は頷いた。

すると、黙っていたエイデスが紅茶を一口啜ってから、こちらを見て軽く口の端を上げる。

ウェルミィが嫌な予感を覚えるのとほぼ同時に、彼が口を開いた。

「エルネスト女伯、問題はない。私の〝愛しい〟ウェルミィに手を出そうとする輩がいたら、王家の手を借りずとも叩き潰す準備は出来ている」

「っ!」

先ほどレオに告げた文言をそのまま返されて、ウェルミィは一気に頬が熱くなる。

同時に、陛下が驚愕の表情を浮かべ、妃殿下が笑いを堪えるように肩を震わせた。

「まぁまぁ、お熱いこと」

「……まさかあのエイデス・オルミラージュ侯爵の口から、そんな言葉を聞く日が来ようとは」

二人の反応に、居たたまれなくなったウェルミィは肩を縮こめ……その後、少しだけ日を置いて、今季初めての夜会に向かう。

この時は本当に、ただのお義姉様の婚約までの時間稼ぎで、気楽な身代わりのつもりだった。

3. 公爵令嬢ダリステアの無謀

――【王太子殿下婚約披露パーティー】開催の一ヶ月前。

彼女の行動は、あまりにも目に余る。

と、公爵令嬢であるダリステア・アバッカムは苦々しい思いで目の前の光景を眺めていた。

視線の先にいるのは、王太子であるレオニール・ライオネル殿下。

そのパートナーとして踊っているのは、悪名高い伯爵令嬢ウェルミィ・リロウドである。

ダリステア自身は学生時代に彼女と直接の関わりはなかったけれど、良い印象はない。

ウェルミィ嬢は貴族学校時代、義姉であるイオーラ女伯の婚約者であったアーバイン・シュナイガー伯爵令息に侍って、淑女として少々礼節に欠ける振る舞いをしていたからだ。

ダリステアは殿下の幼馴染みであり、彼の婚約者候補として、長い期間を親しく過ごして来た自負があった。

だからこそ今のウェルミィ嬢が……殿下を含めて複数の男を侍らすような淑女にあるまじき振る

舞いをしていることが、余計に看過できなかった。

学生時代より、なお酷い。

しかも彼女は、社交界から姿を消していた間に妃殿下の私的なお茶会に招かれていたらしい。

ここしばらく誘われていないダリステアは内心、複雑な心境だった。

さらに、ダリステアの立ち位置を知るご婦人やご令嬢がたは、ウェルミィ嬢と殿下が共に夜会に参列するたびに、こちらに意味ありげな視線を向けて来る。

もちろん表面上は相手にしなかったけれど、気に障るのは否定できない。

ダリステアは幼い頃から、父であるアバッカム公爵に『必ず王太子殿下の婚約者に選ばれるように』と命じられていた。

『そうでなければ、お前には価値がない』と。

――イオーラ女伯であれば。

父からも外から追い詰められているダリステアは、内心にいつもの呟きを浮かべる。

イオーラ女伯の人となりは、よく知っている。

学生時代、密やかに王太子殿下と心を通じ合わせていたことも。

彼女にならば負けても仕方がないと、そう思っていたのに。

——何故、ウェルミィ嬢なのです！　わたくしでも、イオーラ女伯でもなく、何故！


ダリステアは、二人の姿を睨みながら、手にした扇を強く握り締めた。

ウェルミィ嬢が最初に姿を見せたのは、『レオニール殿下の婚約相手を見繕うためのもの』と言われていた、王家主催で行われる【社交シーズン開幕の夜会】。

そこに殿下のエスコートを受けて現れたのが姿を消していた筈のウェルミィ嬢であり、他の高位貴族の令嬢を差し置いて、王太子殿下とファーストダンスまで踊ったのだ。

社交界に、激震が走った瞬間だった。

その後、夜会に参加するウェルミィ嬢のエスコートは、常に王太子殿下。

さらに彼女の振る舞いは悪い方向にエスカレートしていった。

様々な夜会で毎回違う令息に声を掛けては、テラスや庭の暗がりへ消えるという。

中には、休憩室から出てくるウェルミィ嬢と他の御令息を見た、という話まであった。

しかもその後、何故か彼らは王太子と共に、彼女の近くにべったりと張り付くようになるのだ。

ウェルミィ嬢は逆に令嬢に対しては辛辣であり、テレサロという名の男爵令嬢の手を打ち据えたのをダリステアは目撃していた。

また取り巻きの一人となっている宰相令息の婚約者、ヒルデントライ嬢が抗議をした時に煽り立てた上に、オルミラージュ侯爵の権威を借りて退けたとも聞いている。

そしてダリステア自身も、遂にある高位貴族主催の夜会でウェルミィ嬢にワインを掛けられた。

「あら、申し訳ございませんダリステア様。手が滑ってしまいまして……殿下、シミになっては大変ですから裏にご案内して差し上げて？」

「ああ」

目を三日月のように細め、どう考えてもわざとそれをしたのだろう素振りで、レオニール殿下にこれ見よがしに命じるウェルミィ嬢に、ダリステアは憤慨した。


――レオニール殿下を、顎で使うなどと！


「結構ですわ！」

思わず声を荒らげて、背を向けて会場を出ようとすると、レオニール殿下の弟君である第二王子……三つ年下で、今貴族学校二年生のタイグリム殿下がお声掛けをしてくれた。

「ダリステア嬢。こちらへ」

そうして、別室で使用人にワインの染み抜きを命じて下さった紫髪の彼に、感謝と不満を述べた。

するとタイグリム殿下は何事か考えた後に、レオニール殿下によく似た、しかし銀の瞳を持つ少し雰囲気の違う顔を真剣なものにして、こう言って下さった。

「確かに、リロウド嬢の振る舞いは目に余る。私から、兄上にそれとなくお伝えしておきます」

「よろしくお願いいたしますわ」

その頃になると、ダリステア以外の人々からも、ウェルミィ嬢を非難する声が高まっていた。

しかしレオニール殿下や令息達が常に側におり、ヒルデントライ嬢の前例もあって誰も直接諫言できないまま時が過ぎて。

ある時、不穏な噂が流れ始める。

――どうも、他者を操る魔薬や呪いの魔導具が出回っているらしい……。

その話を聞いて、ダリステアの中にある疑念が浮かび上がった。

たった二ヶ月で、不自然なほどに様々な殿方に取り入った、一人の少女。

――まさか、ウェルミィ嬢が……？

疑念が確信に近いものに変わったのは、それからすぐのことだった。

レオニール殿下に苦言を呈すると言っていた、タイグリム殿下までもが……ウェルミィ嬢の側に侍るようになってしまったのだ。

恐れを抱いたダリステアは、彼が一人になるタイミングを慎重に見計って近づき、声を掛けた。

「……タイグリム殿下」

「ああ、ダリステア嬢ですか。何か？」

何故かとても冷たい目をしてこちらを見据える彼に、思わず息を呑む。

彼はダリステアが何も言えずにいる間に、失礼、と言ってその場から離れてしまった。

呆然としていると、そこに腕輪をつけた手を差し出し、声を掛けてくる赤毛の青年がいた。

「ダリステア様、どうなさいました？」

ツルギス・デルトラーテ侯爵令息。

ウェルミィ嬢と交友のない令息の一人で、彼女に夜会で手を打ち据えられて泣かされていた男爵令嬢テレサロ様と夜会でよく一緒におり、恋仲と噂されている方だ。

侯爵家の嫡男である彼とは、身分が違いすぎて結ばれることはないだろうけれど、そういう話は悪意の的、あるいは悲恋の噂としてご令嬢がたの口の端に上る。

そのツルギス様から、ふわりと、嗅いだことのない花のような香水の匂いがした。

彼に優しく声を掛けられて、何故かダリステアは泣きそうになる。

そのまま二人で壁側に移動して、ぽつりぽつりと立ち話をした。

「……貴女は、精神を操るという呪いの魔導具の噂を知っておられますか？」

やがて、ウェルミィ嬢を睨みつけながら、ツルギス様が口にした言葉に、息を呑んだ。

「もしや、ツルギス様も……」

自分と同じ疑念を抱いているのか、と暗に問いかけると、彼は厳しい表情で言葉を重ねる。

「何らかの悪意がそこにあるのなら、それを暴かなければなりません」

ダリステアは、小さく頷いた。

「そうですわね。ウェルミィ嬢は元々、精神に干渉する魔術に長けていると聞いたことがあります。人を操るような魔導具を開発して、令息達を意のままに操ろうとしていてもおかしくない……」

そもそも、女嫌いで有名なオルミラージュ侯爵が、いきなり一人の少女に心を寄せるというのもおかしな話だと、ツルギス様は語った。

彼の言葉は、ダリステアの疑惑を裏付けるのに十分だった。

やはり、どう考えてもおかしいのだと。

自分以外にもそう考えて、動こうとしている方がいることに、ダリステアは勇気を貰った。

「わたくしは、何をすれば？」

声を掛けて来たということは、何かがあるのだろう。

でなければ、今まで繋がりのなかった自分に、こんな話を持ちかけてくる筈がない。

「……これを、ウェルミィ嬢に。魔導省の尋問官が自白を引き出す時に使われる、意識を朦朧とさせる魔導具で、質問に対して嘘がつけなくなるものです」

そう言って渡されたのは、宝玉の埋まったネックレスだった。

ダリステアは、すぐにそれを袖口に隠した。

「それを使って『人を操る魔導具を使用しているか』と問いかければ、答えが出ます。彼女は御令嬢や御夫人を傀儡にはしないようですが、男の私が近づけば、操られてしまう危険があるので」

「分かりました。いつ実行しましょう？」

ツルギス様と相談した結果、日時は、【王太子殿下婚約披露パーティー】に決まった。

そこには、参加可能な全貴族と、国王陛下ご夫妻もご列席なさるからだ。

ダリステアに婚約の打診が来ていないことから、自分はレオニール殿下の婚約者候補から脱落しているのは確定だろう。

そのせいで、家の中は針の筵《むしろ》だった。

今最も有力な婚約者候補は、当然、ウェルミィ・リロウド。


――貴女の思い通りにはさせないわ。


あらかた決まったところで、王太子殿下がこちらに足を運んでくるのが見える。

「では、私はこれで」

するりと、ツルギス様がその場を離れた。

何を話していたのか、と問われて、たわいもないお話を、とダリステアはごまかす。

王太子殿下は、ウェルミィ嬢に操られているのだ。


対話を拒否しているのが伝わったのか、殿下はそれ以上追求してこなかったが。

「……ウェルミィに手を出すな、ダリステア嬢」

まるで警告するようにそう言われて、むしろ決意を固める。

この国の次代を担う者達を操り、根幹から揺るがそうとするウェルミィ嬢の罪を暴くのだ。

そうして時を待ち、ネックレスをつけて王城へと赴いたダリステアは……国王陛下の開会の宣言を聞いて、陛下と妃殿下のファーストダンスを見届けた後に、ウェルミィ嬢へと近づいた。

「ウェルミィ・リロウド伯爵令嬢」

周りを固める令息がたが、さりげなく遮るように前に出るが、もう魔術は届く距離だった。

ネックレスの魔術を、ウェルミィ嬢に向かって発動したダリステアは問いかける。

「お答え下さい。貴女は、人を操る魔導具を使っておられて？」

どこか焦点の合わない目になったウェルミィ嬢が、問いかけに対して短く答えた。

「――はい」

その返答に、周りで話が聞こえたらしき方々が、ざわり、とざわめいた。

『やはり……！』

『何かおかしいと思っていたのよ……』

そんな囁きを聞きながら、ダリステアが、心から湧く怒りを彼女に叩きつけようとしたところで。

――ウェルミィ嬢を、ふわりと誰かのマントが抱き込む。

そこに立っていたのは魔導卿、エイデス・オルミラージュ侯爵だった。

底冷えするような彼の眼差しを受けて、ダリステアが思わず怯むと……。

「クラーテス！」

オルミラージュ侯爵は、鋭く一人の男性の名前を呼んだ。

歩み出たのは、ウェルミィ嬢を養子に迎え入れた一級解呪師、クラーテス・リロウド伯爵。

ウェルミィ嬢と同じ色の瞳を持つ彼は、そっと彼女の目元に触れて小さく呪文を口にした。

「大丈夫かい？　ウェルミィ」

クラーテス伯爵が手を離して心配そうに覗き込むと、瞳の焦点が合ったウェルミィ嬢が、パチパ

チと我に返った様子で瞬きをした。

そうして周りを見回した後……彼女は、嫣然《えんぜん》と微笑んで小声で呟く。

「エイデス。上手く行ったのね？」

「ああ」

親しげに名前で呼ぶ彼女の言葉に頷いたオルミラージュ侯爵は、感情の浮かばない瞳でダリステアを見下ろして来た。

「答えて貰おう、ダリステア嬢。……その魔導具を、誰から預かったのか」

――バレていた？　何故？

――いえ、でもウェルミィ嬢は、魔導具の質問に『はい』と答えた。

――なら、それを訴えれば。

ダリステアがぐっとお腹に力を込めると、その肩に誰かが手を置いた。

ハッとして見上げると、そこに見慣れた顔がある。

「これは、何の騒ぎかな？」

「お兄様……」

マレフィデント・アバッカム特務卿。

金の髪と赤紫の瞳を持つ、ダリステアの兄。

彼は『法務省国家治安維持特務課』と呼ばれる、主に他国の諜報員や大逆を企む政治犯等、治安を脅かす重大な犯罪を取り締まる部署の長であり。

ライオネル王国成立の際に、前王家に連なる血脈でありながら、義を尊び前王家に反旗を翻したことで、唯一罰を免れたアバッカム公爵家の嫡男であり。


オルミラージュ侯爵と並び魔導分野で多大な功績を上げている、もう一人の魔導卿でもあった。


「エイデス。私の妹が、何かしたのか？」

微笑みを浮かべた兄の言葉に、対照的に無表情のオルミラージュ侯爵が答える前に。


「────静まれ」


喧騒に包まれた広間に、低く落ち着いた、それでいてよく通る声が響いた。

国王陛下のお声掛けに、その場にいた者達が一斉に頭を下げる。

ダリステアも、同じタイミングで淑女の礼《カーテシー》の姿勢を取った。

「全員、面《おもて》をあげよ。……オルミラージュ侯、何事か」

横で同様に礼を取っていたオルミラージュ侯爵が、緩やかに顔を上げた。

王に対して、虚偽を述べることは許されない。

「説明いたします。陛下はご存じのことですが、ウェルミィはこの度……」

続くオルミラージュ侯爵の言葉に、ダリステアは頭が真っ白になった。

「……王太子殿下の真の婚約者が危険に晒されぬよう、囮の役目を担っておりました」


「……え？」

ダリステアだけでなく、大広間の貴族達もざわめき立って目を見交わしている。

落ち着いてるのは当のウェルミィ嬢と、彼女の周りにいる方々だけだ。

陛下はオルミラージュ侯爵に、さらに問いを投げかける。

「リロウド伯爵令嬢の役割については、聞き及んでおる。その役目と今の件が、どう繋がるのか」

「順を追って説明いたします。ことの始まりは、ウェルミィが囮の役目をこなしている間に偶然、精神操作の魔薬や魔導具が出回っている件について情報を得たことでした」

そこで、オルミラージュ侯爵がチラリと兄に目を向ける。

「その後特務卿と情報を共有し、我々は調査を行って参りました」

「アバッカム特務卿。オルミラージュ侯の発言に、相違ないか」

「ございません」

兄、マレフィデントは柔らかな笑顔のまま、陛下の質問に答える。

「我々は万一の事態を起こさぬよう、秘密裏に王太子殿下の安全確保にも注力しておりました。リロウド伯爵令嬢の周りに居た令息らは、それを知っていたが故に、壁の役割を果たしてくれていたのです」


――そんな……嘘……！


では全て自分の誤解だったのか、と、ダリステアは背筋が凍った。

ウェルミィに苦い思いを抱いてた側の貴族達も、明かされた真相に息を呑んでいるのが分かる。

そこでダリステアは、陛下に直接言葉を賜る。

「アバッカム公爵令嬢、ダリステア」

「……はい」

ダリステアは、どうにか声の震えを抑えながら返事を口にした。

「他者に対して国家の承認なく、まして王族の在る場で魔術を掛けることは、火急の要件以外では禁じられておる」

そう言われて、ダリステアは初めてそれに気付いた。

今の今まで、それが違法行為であるという意識すらなかったのだ。

火急の要件とは、基本的には大きな怪我や火事などの災害、あるいは魔獣や襲撃者が現れる、といった騒動が起こった場合を指す。

その法は主に治癒魔術や防御魔術、対抗するための攻撃魔術に対して適用されるもので、無抵抗な他人に不利益となる魔術を掛けることは、大体の場合において当たらない。

「何か、申し開きはあるか」

「……わたくしは、ウェルミィ・リロウド伯爵令嬢が、人を操る魔術や魔導具を使用していると、聞き及んで、おりました……」

自分の声が、王宮の広間に空虚に響く。

「次世代を担う令息がたが、そうした禁呪の術中にあり自由を奪われている、のならば、それは乗っ取り……王室への大逆に、当たる、と、思い……」

自分でも、言い訳をしているように聞こえてしまう。

確かに、ウェルミィ嬢は評判が悪かった。

しかし彼女の役目が真実であり、令息がたが侍っていた理由がオルミラージュ侯爵の口にした通りのもの、なのであれば。

ダリステアは無実のウェルミィ嬢に、法の禁ずるところを犯して魔導具を行使したことになる。

「わたくしには、個人的に彼女に近づく手段がなく……違法なことをなさっておられる方が、素直に聞いても認めることはない、と、思い……この場で、自白を行わせるために、魔導省の尋問官が罪人に使うという魔導具を……使用、致しました……」

それでも、最後まで説明し切ったダリステアに、陛下は一言、絶望的な事実を述べられた。


「まず、そんな魔導具は存在せぬ」


「……!?」

「人を操る魔術や魔薬の使用は、王国法によって禁じられておる。それは精神に直接干渉する魔術が、ものによっては相手を廃人と化す危険なものであるからだ」

「そんな……」

ツルギス様の言葉は、嘘だったのか。

禁呪に指定された魔術を行使するのは、王室御前での魔術使用以上の重罪だ。

人を呪わば、穴二つ……そんな言葉が、頭を過ぎる。

ダリステアは正義のつもりだったが、自分こそが犯罪者になったことに気付いて、呼吸が浅くなった。

肩で息をしていると、背中に兄の手が触れ、撫でられる。

するとそこで……ウェルミィ嬢が陛下に対して、淑女の礼《カーテシー》の姿勢を取った。

「何か。リロウド伯爵令嬢、ウェルミィ」

「一つ、私から陛下にお伝えしたいことがございます」

「述べよ」

「はい。ダリステア様が、このような行為に及んだ理由ですが……」

ウェルミィ嬢はそう前置きして、ダリステアに目を向ける。

その目に、何故か優しい光が宿っているような、気がした。

「───おそらく彼女は、精神操作の魔薬で操られております」

ダリステアは、ウェルミィ嬢の言葉が理解出来なかった。


───わたくし、が？


混乱していると、横に立つ兄が声を上げる。

「仮にそれが真実だとして。誰が、何の為に妹を操ったと？」

ダリステアが隣に立つ兄を振り仰ぐと、口角は上がっているが目が笑っていない。

「ウェルミィを、我々が調査している件の犯人に仕立て上げる為だろう」

「なるほど。では、リロウド伯爵令嬢に濡れ衣を着せようとした真犯人は？」

あくまでも落ち着いた様子のオルミラージュ侯爵は、兄からこちらに視線を移す。

感情の浮かばない、青みがかった紫の瞳に再び捉えられた。

「その名は、ダリステア嬢がご存じだろうと思うがな」

ウェルミィ嬢が罪を犯した証拠だと思っていた令息がたと彼女の行動は、王太子殿下を守る為のものだった。

そんな彼女に罪を着せようとしたのは誰か、と言われれば、その答えは一つしかないけれど……信じたくなかった。


――ツルギス様、が……。


「操られている、と言われても、わたくしは薬など口にしておりません……いつ、そんなものを飲まされたというのですか？」

ダリステアが疑問を口にすると、オルミラージュ侯爵は淡々と答えた。

「ワインに混ぜるなど、方法はいくらでもあるが……そもそも今回使用された違法の魔薬は、服用するものではない。一種の香《こう》のようなものだ」

「香……」

「心当たりがないか。何か、嗅いだことのない花のような香りに」

あった。

ツルギス様から、そんな香りがしていた。


――では、本当に？


ぐらりと視界が揺れるが、肩に添えられていた兄の手に力が籠り、支えられる。

その手に縋るように心持ち体を預けながら、ダリステアはなんとか踏み止《とど》まった。

すると、成り行きを見守っていた陛下がオルミラージュ侯爵に問いかける。

「違法の魔薬は、香か」

「はい。この魔薬は、対象者を言いなりにさせるような強力な効果は有しておりません。ですが、話術との組み合わせで人の思考を誘導することが可能で、操った証拠が出にくいのです」

対象者が、自発的に行動を起こしたように見せかけることが出来るのだと。

そうオルミラージュ侯爵は説明し、改めてダリステアに問いかけてきた。

「上手くいけば黒幕自身が全く表に出ることなく、他人を傀儡に仕立てることが可能です。……ダリステア嬢。問いに答えて貰おう。花のような香りを嗅いだことは？」

「……ございます」

ダリステアがどうにか返答すると、貴族達からざわめきが上がる。

「その香りを漂わせた人物は、お前がウェルミィに行使した魔導具を渡したのと、同一人物か？」

「……はい」

オルミラージュ侯爵の言葉は、端的で冷徹だった。

無駄な言葉は一切発さず、問い詰めてくる。

「その人物の名は？」

この段に至っても、ダリステアは。

彼を疑う気持ちよりも信じられないという気持ちが勝っていたけれど、陛下の御前で言い逃れは許されない。

ダリステアは深く目を伏せて、掠れた声で返答した。

「デルトラーテ侯爵令息、ツルギス様にございます……」

貴族達の視線が、一点に集中する。

ダリステアも目を向けると、ツルギス様は、グッと唇を引き締めて顔をしかめていた。

※※※

――ここまでは順調ね。


ウェルミィはそう思いつつ、チラリと一人の少女を見た。

そこには、こちらもダリステア様に負けず劣らず青い顔をした男爵令嬢……聖女として聖教会に入るよう誘われている、テレサロ・トラフが立っている。

桃色の髪色と銀の瞳を持つ、可愛らしい印象の少女だ。

ウェルミィの視線を受けた彼女は緊張で倒れそうな面持ちで、小さくこくんと頷いてみせた。

その間にも、話は進む。

「アバッカム公爵令嬢の魔導具をあらためよ。特務卿。魔導具を外して、リロウド伯爵へ」

「はい」

ダリステア様に寄り添っていたマレフィデント様が、妹が魔導具だと示したネックレスを外して、クラーテスお父様に手渡す。

それに刻まれた術式を調べた彼は、エイデスにもそれを手渡した。

お互いに同じ結論に至ったのか、頷き合ってから、お父様は陛下に向き直って答えを伝える。

「この魔導具自体は催眠用の魔導具であり、精神操作……いわゆる『魅了』の魔導具ではありません。効果を強めた違法の品ではありますが。相手に軽い暗示をかけ首肯を促す程度のものです」

その言葉に、皆の間に安堵に近い空気が流れた。

公爵令嬢が単なる罪ではなく『魔導具による精神操作』という禁忌の大罪を犯した、となれば、周りへの影響が凄まじいことになるのは流石に皆理解している。

アバッカム公爵家の進退、ひいては公爵派閥の進退に関わるからだ。

魔術そのものは、掛けられたウェルミィ自身も簡単な催眠魔術だろう、と推測を立てていた。

少し霞みがかったような意識の中で『はいと頷け』と命じられただけだったからだ。


——申し訳ありません、ダリステア様。


ウェルミィは、心の中で彼女に謝る。

元々、彼女自身については、高い矜持の持ち主としてウェルミィは好感を抱いていた。

貴族学校では、まともな人物だ、と判断して関わりを避けていたのだ。

今回の件、本来はダリステア様にも状況を理解した上で、秘密裏に事態を解決出来る様に協力して貰おう、と思っていたのだけれど。

黒幕に気付かれないように動かなければならなかったとしても、ドレスにワインを掛けたのは、やり方がまずかった。

その後、仕方なく特務卿を通じて事情を説明して貰おうと思った段で……エイデスとどんな話し合いがあったのか、予定が変更になったのである。

本来なら、ウェルミィと令息だけが舞台に上がる筈だった茶番劇で、ダリステア様の名誉は傷つけられてしまう。

ウェルミィは、その点を少々不満に感じていた。

※※※

——【王太子殿下婚約披露パーティー】開催の二週間前。

エイデスは、マレフィデントの下《もと》を訪れていた。

そして『今回の件についてダリステア嬢に説明して貰えないか』と伝えると、彼はその提案を一笑に付した。

「やめておけ。あれは直情的だ。事情を知った上で下手に動かれる方が困る」

「妹が違法な魔薬の支配下にあると知っていながら、放置するのか？」

「あの魔薬自体に健康を害するような危険性がない、と言ったのは貴様だろうが」

「それは事実だ」

マレフィデントは、対外的に見せている好青年の顔をエイデスに対しては決して見せない。

逆に、常に不機嫌そうに鼻筋に皺を寄せているか、冷笑を浮かべていることが多かった。

そちらが彼の素だと理解しているので、エイデスは気にしない。

マレフィデントとは、貴族学校の同期である。

そして卒業までずっと首席と次席を独占し続けた間柄でもあり、当時は一方的にライバル視されていた相手でもあったが、今はそれなりに良好な関係を築いている。

エイデスとマレフィデントは、その時点で既に精神操作の魔薬製造拠点を一つ押さえていた。

無人だったが魔薬は押収でき、解析を魔導研究所に依頼したところ、即座に返答があった。

誰も、いつからあったのか知らない論文と実験結果が存在しており、成分が一致したのだそうだ。

魔薬、と一括りに言いはするものの、その効能や製法は多岐に渡る。

『魔術的な効能を発揮する薬品』や『生物の魔力流に影響を与える薬品』の総称だからだ。

猛毒の魔薬もあれば、治癒力を高めるような魔薬もある。

例えば、イオーラが作り出した魔力負担軽減の薬といった善の効能を発揮する薬であっても、魔術的影響があるので『魔薬』に分類されるのである。

『魔薬』全般が悪しきものではなく、健康面での悪影響があるものばかりでもない。

今回の『魔薬』については『精神操作』という禁忌の影響を与えるものではあったが……。

「あの魔薬に関しては何故か安全性が保証されていた」

拘束力は薄く、魔薬が抜け切れば体調や精神に影響は出ない、そういう類いの品だった。

代わりに、証拠が出にくい。

「……ならば、もうそのまま利用しろ。向こうの思惑通りに行動を起こさせた方が早い」

マレフィデントの不機嫌そうな顔に、微かに苦々しさが浮かんでいる。

「薄情なことだ。ダリステア嬢の名誉に傷がつくぞ」

「婚約者を悪女として振る舞わせ、危険な役目を押し付けている貴様がそれを言うのか」

言われてみれば、その通りだった。

ウェルミィ本人は嬉々として演じているが、外から見れば、エイデスも似たようなものなのかも知れない。

それに関しては反論せず、別の違和感について考えながらマレフィデントに問いかける。

「公爵家の内情に関して、お前は何を隠している？」

最初に『精神操作の魔薬が出回っている件について、治安維持特務課が秘密裏に捜査している』という情報を得て、協力する為に話を持っていった時もそうだった。

『この件の黒幕について、何か情報は押さえているか？』

そう問いかけると、彼は話を逸らしたのだ。

『さてな。そんなことより、うちが調査している件はどこからそっちに漏れたんだ？　エイデス』

『うちには優秀な〝影〟がいる。心配せずとも、お前の部下から何かを聞いた訳ではない』

『そちらの方が恐ろしいんだがな』

マレフィデントの懸念を払拭する返答を戻すと、彼はあからさまにため息を吐いた。

オルミラージュ侯爵家には、諜報と監視を専門とする〝影〟が仕えている。

公然の秘密と言われているが、そもそも隠してもいない。

『王家の諜報機関よりもオルミラージュ侯爵家の情報収集能力の方が優れているなど、笑い話にもならん。相変わらず、その気になれば国家転覆を図れる危険因子め』

『買い被りだろう。そもそも玉座に興味はない。アバッカム公爵家にはあるのか？』

『……貴様は本当に、鼻につく男だな』

その時も、エイデスは旧友に軽口を叩いたつもりだったが。

マレフィデントは、その話題に触れるのを嫌がるような憎まれ口を返して来ていた。

そして、今も。

「話せ、マレフィデント。この件の黒幕は、アバッカム公爵か？」

エイデスが疑っているのは、それだった。

だから、マレフィデントが積極的に動かないのではないかと。

しかし彼は、面白くもなさそうに鼻を鳴らした。

「お前は勘がいいと思っていたのだが、買い被りか？　私のライオネル王国への忠誠を疑うか」

「そんな疑いを掛けた覚えはないが」

「ならば父が黒幕だったとして、何故私がそれを隠すと？　我が公爵家のことを、貴様はある程度理解しているだろう」

「公爵の思惑くらいはな」

旧王室の血を引くアバッカム公爵が、現状の立ち位置に不満を抱き、ダリステア嬢をレオの婚約者に、マレフィデントを政治の中枢に、と望んでいることは知っている。

二人がそれに反発していることも。

そんなマレフィデントが父の不祥事を見逃している理由、となれば。

「……なるほど。今回の件、公爵は黒幕ではなく利用されている側か」

「そういうことだ。だから慎重になっている」

つまり、彼は公爵の後ろにいる人物や組織をある程度摑んでおり、ダリステア嬢の名誉を犠牲にしてでも、この件を早急に終結させる必要性を感じているのだ。

「ダリステアは、都合の良い位置にいる。表向き、この件が国内の問題であり、父で止まると思わせる為にな」

「……諸外国のどこかに、そうアピールする必要があるのか？　相手は？」

「北のバルザム帝国だ。あそこが、今回の件に絡んでいる可能性が高い」

「……なるほどな」

原因を追求した結果、妙な解決の仕方をして拗れると最悪戦争になる、という話らしい。

「だが、アバッカム公爵は良いのか？」

幾ら憎んでいるとはいえ、魔薬事件の黒幕に仕立て上げる程なのかと、思ったが。

「一つ念を押しておくが、ダリステアに嗅がされている魔薬は、本当に危険ではないのだな？」

マレフィデントの赤紫の瞳に、どこかギラついた色が宿る。

怒りと……これは、妹を心配している色だろうか。

「論文と実験結果に私も目を通したが、効能はともかく、健康面では害がないと保証する」

「実は父自身には、この件以外にも罪がある。国王陛下もご存じの上、今は泳がせているがな。

……奴は、ダリステアの支配が切れぬよう、眠っている間に魔薬を部屋で炊いている」

彼は暗い笑みを浮かべて、その事実を口にする。

「そして、ダリステアの件が失敗した時は、私に王太子殿下を暗殺するよう命じたのだ」

4.男爵令嬢テレサロの懺悔

――【王太子殿下婚約披露パーティー】当日。

ウェルミィは再び発言の許可を得るため、陛下に向かって淑女の礼《カーテシー》を取った。

「何か。リロウド伯爵令嬢、ウェルミィ」

「国王陛下に申し上げます。私はツルギス様に利用された方をもう一人存じ上げております」

この場には、ダリステア様同様に罪を明らかにするべき被害者がいる。

「その者の名は」

「トラフ男爵家令嬢、テレサロ様にございます」

ウェルミィが名前を口にすると、彼女はおずおずと前に進み出た。

横で、陛下に対してたどたどしく淑女の礼《カーテシー》を取るテレサロから、軽く、周りにいた令息ががたが輪を広げるが、一人だけ、彼女のすぐ後ろに控える人物がいた。

ソフォイル・エンダーレン騎士爵。

レオとウェルミィを守っていた五人の中で唯一、令息ではなく自身で騎士爵を持つ青年である。

最も地位が低く、同時に一番勲功を立てておられる大柄な方だ。

元は男爵家の三男で、王立騎士団の選抜試験に受かった後、南部辺境伯の目に留まり辺境へ派兵。

魔獣狩りを行う部隊に所属して目覚ましい働きを見せ、先日、上位魔獣の危機から国土全体を守護する王立派兵団へと転属した……と、ウェルミィはソフォイル卿本人から聞いた。

目を上げたテレサロを勇気付けるように、彼は小さく頷いた。

彼は、テレサロの幼馴染みらしい。

しかも、いい以前は彼女の婚約者だった、と聞いている。

ソフォイル卿は、糸目で美形とは言い難いが、穏やかで包容力のある人物である。

こういう静かな相手ほど、怒らせると怖いということを、ウェルミィはよく知っている。

「トラフ男爵令嬢」

「はい！」

陛下に声を掛けられてテレサロが顔を上げたので、ウェルミィは意識を戻した。

「先ほどの、リロウド伯爵令嬢の言に相違ないか」

「はい！　わ、わたしは！　デルトラーテ侯爵令息様に、脅されて、おりました！　そう、そうして、その、今ウェルミィ様に協力しておられる、令息、がたに！」

テレサロは、事前に取り決めたセリフを精一杯口にして……そこで、ぎゅっと両手を合わせて震えながら、目を閉じる。

小柄で愛らしい印象の聖女候補は、礼節の面ではあまり芳しくないけれど、そもそも下位貴族であるため、こんな衆目の場では緊張してしまって当たり前でもあった。

大きく息を吸い込んだテレサロは、自分の罪を告白する。


「令息がたに――〝魅了の聖術〟を、掛けましたっ！」


その言葉に、今度こそ全員が息を呑む。

ダリステア様も、意外なところからの告白に目を丸くしていた。

〝魅了の聖術〟は、聖女を守る役割を持つ守護騎士が万一にも聖女を害さぬように、女神から授けられた術であるとされ、基本的には聖教会の許可なく誰かに使ってはならない。

禁呪である精神操作や〝魅惑の魔術〟とは違い、『聖女を害さない』誓約を掛ける術であり、自由意志を奪うものではない……が、皆が驚いた理由は、彼女が術を掛けたことに対して、ではなく。

「そなたは、もう〝魅了の聖術〟を習得しておるのか……!?」

「は、はい！」

聖女が扱う聖術の中でも〝魅了の聖術〟は習得が極めて困難なのだ。

歴代聖女の中でも、その遣い手は数えられるほどしかいない。

清らかな精神と優れた才覚、真摯な修練の三つが揃って、初めて会得できるとされているからだ。

いくら聖女として最高位とされる桃色の髪を持ち、銀の瞳を備えていたとしても、ただの聖女候補でしかないテレサロが扱っているのは、実は異常なことだった。


――まぁでも、テレサロは隠しておきたかったのよね……。


この術を使えるのがバレてしまうと、ほぼ確実に聖女として奉り上げようという動きが加速する。

それはデビュタントを終えたばかりのテレサロが、貴族学校をやめ、愛する人々と別れて一生を人々の為に捧げることと同義だ。


――せめて、貴族学校を卒業するまでは。


そんな慎ましい願いが、彼女を窮地に追い込み。

ウェルミィと知り合うきっかけを、作ることになったのだ。

※※※

――【王太子殿下婚約披露パーティー】の三ヶ月前。

ウェルミィがテレサロと出会ったのは、王城で開催された【親睦の夜会】だった。

囮を始めてしばらくしてからのことで、レオにエスコートされてダンスを踊り始めた時も、悪し様な敵対心に晒されているのをひしひしと感じていた。

王太子のファーストダンスの相手は、おそらく普段ならダリステア様や、他の……高位貴族ではもう数少ない……婚約者候補が務めるもの。

しかしここ数回、続けてウェルミィが踊っているのである。

大半は、『一体何が起こっているのか』という懐疑的なひそひそ話を交わしており、一部はウェルミィにすり寄ることや派閥に取り入れることに旨味があるかどうか吟味しているようだ。

予想はしていたが、ほぼほぼ好意的な反応は皆無。

噂を見聞きした者も、あるいは演劇からことの経緯を知ってエイデスと婚約すると予想していた者も、レオとウェルミィが親密にしていることが不満なのだ。

まして、王家とオルミラージュ侯爵家は表向き距離を取っているので、ウェルミィを巡って内乱に発展するのを心配する声もある。

――ま、私達のコレが演技なんて誰も思わないわよね。

ましてレオと犬猿の仲で、ウェルミィ自身はエイデスにベタベタに甘やかされている、などと、想像もしないだろう。

周りの空気を面白がりつつ、屋敷での生活を思い出してほんのりと頬を赤らめていると。

「何だ、俺に見惚れたか？」

と、レオが身の程知らずな言葉を投げかけてきた。

もちろん、それは皮肉や嫌味の類いだ。

王族とのダンス中に別の物事に想いを馳せるご令嬢など、彼の周りには存在しなかったのだろう。

ウェルミィは、反射的に嫌味を投げ返していた。

「見惚れる？　鏡を見て物を言われては？　王太子殿下」

「……お前それ、俺が誰だか分かってて言ってるか？」

「当然でしょう、王太子殿下。残念だけど、私は間近でエイデスの顔を見慣れているの」

本当は全然見慣れてないけれど、ふふん、とレオをわざと鼻で笑ってやる。

金の瞳と濡れたような紫髪を備えているレオは、実際かなりの美形ではある。

けれどその内面も含めて、残念ながらウェルミィの好みではないので、さらに言い募った。

「あーぁ。本当何で、私が王太子殿下なんかとダンスを踊らないといけないのかしら……」

「ありがとう、よくぞこき下ろしてくれた。不敬罪で牢屋に放り込んでやるから、覚悟しておけよ？」

「構わないけれど、多分エイデスが黙ってないと思うわよ？」

先ほどからのやり取りは、全て。

表面上は、お互いににこやかに蕩けるような笑みで、親しげな距離感を周りに見せつけながら、囁き合っていた。

話の内容は蜜というより毒の吐き合いだけれど、それはバレない。

ウェルミィも演技には長けているが、レオも王族教育を受けているだけあって表情は完璧で、引き攣りもしないからだ。

親密さを示す為に三曲分踊り終えると、ウェルミィはさっさとレオから離れてカーラに近づいた。

『面倒臭い高位貴族の相手など、王族に任せておけ』とエイデスが言っていたので、最初から、ありがたく距離を取ることに決めていたのだ。

レオはすぐさま取り囲まれていたので、しばらく相手をしてからこちらに来るだろう。

子爵令嬢カーラは、貴族学校時代に『お義姉様のサロン』のメンバーであり、最初に信用しておお義姉様を預けた人物だった。

彼女の実家であるローンダート子爵家は領地こそ持たないものの、外国にまで手広く商売を広げて成功していて、爵位に左右されない派閥を築いている。

聞くところによると、お義姉様の魔力負担軽減論文に基づいた、各種薬草や魔導具の材料の仕入れを引き受けてくれているそうだ。

代わりに、完成品の販路と他国への売り込みを一定期間独占する契約を交わしているらしい。

その上カーラはエルネスト伯爵家の裏事情を深く知る数少ない人間の一人でもあり、今回の身代わりの件に関しても彼女にだけは事前に伝えてあった。

「久しぶりね、カーラ」

「ええ、ウェルミィ。最近会えてないけど、イオーラはどう？」

「前に比べたら、お義姉様はとても元気に過ごしているわよ」

現在もお義姉様の身分は女伯だけれど、その仕事の引き継ぎはあらかた終わっている。

優秀な家令であるゴルドレイの手助けもあり、今は引き継ぎ先であるシュナイガー家の長男……アーバインと兄弟とは思えないほど出来た人だった……が、試しに領地経営の仕事を任されていた。

このまま特に問題が起こらなければ、長男が運営を全面的に任される予定らしい。

親類と縁を切った際に縮小されていたエルネスト領は将来的に、隣接しているシュナイガー領に併合されるそうだ。

領地運営から解放されて空いた時間をお義姉様は、妃殿下からの王太子妃教育と研究に充てている。

働き過ぎじゃ、と体調を心配したウェルミィに、お義姉様は笑顔で『楽しいから大丈夫よ』と言っていたけれど。

――もしかしてお義姉様って、根本的に働くのが好きなのかしらね？


そんな諸々を、世間話がてらカーラに伝えると。

「貴女も人のこと言えないわよ。次から次へと、自分から厄介ごとを抱え込むでしょう」

と、呆れた顔で言われてしまった。

「お義姉様の為だもの。普通でしょ？　それに私は割と暇よ」

ウェルミィが首を傾げると、カーラはやれやれとでも言いたげに首を横に振る。

「よく似てるわ、貴女達。さ、そろそろ私が懇意にしてるご令嬢がたを紹介するわね」

そうして、しばらく紹介された相手と挨拶を交わして談笑していると、微笑みを浮かべつつも、どこかうんざりした気配を漂わせているレオが合流した。

人の良さそうなご令嬢がたは、歓喜の気配を見せたり緊張したりと、様々な反応を見せながらレオに対して淑女の礼《カーテシー》の姿勢を取る。

内心面倒臭いと思いつつ、ウェルミィもそれに倣った。

レオは爵位の高い順に声を掛け、一言二言を交わしてから「楽に」と伝えていく。

「腹の探り合いは肩が凝りますね。逆に美しい花々に囲まれていると、心が洗われるようです」

「……殿下、発言に気をつけられては？」

まぁ、と喜ぶご令嬢方の手前、さっきと違うよそ行きの口調でウェルミィは諫言を口にした。

周りで、誰が聞き耳を立てているか分からないからだ。

賛辞の前に余計な言葉を付け加えたレオは、気にした様子もなく肩を竦めるが。

「私もウェルミィと同様に思いますわ、殿下」

多分、この中ではウェルミィよりも親しい筈のカーラにまで言われて、彼は渋面を作った。

「愚痴くらい言わせてくれても良いだろう？」

そこから、レオが何か言葉を続けようとしたところで……不意に、離れたところから近づいてくる桃色の髪が見えた。

真っ直ぐにこちらに来た少女が、話しかけてくる。

「あの……レ」

と、口にしたところで、ウェルミィは驚きながらもとっさに、手にした扇で彼女がおずおずと伸ばした手を打ち据えた。

甲高い音が、パァン！　と鳴り響き、静寂が訪れる。


――何を考えてるのこの子!?

間一髪、レオの名前を呼ぶ前に止められたので、ウェルミィは内心焦りながらも、安堵した。

そうして、目をまん丸にしている少女を、怒りの表情を作って叱りつける。

「無礼ですわよ貴女！　王太子殿下に許しを得ることもなく、自ら口を開くなんて！」

「……!?」


――確か、テレサロ・トラフ男爵令嬢、だったかしら？


ウェルミィは、頭の中から記憶を引っ張り出した。

今は16歳で、彼女が12歳の時にお父上が男爵に叙されたご令嬢、の筈である。

彼女の経歴を詳細に覚えているのは、髪色が目立つことと、聖女候補という肩書きがあったこと。

そして自分と同じく、元・平民だからだ。

彼女の出自や聖女候補であることを加味すれば、多少礼儀知らずであっても馬鹿にされる程度で済むだろうけれど。

公の場で、王族に対してその態度では流石に問題になる。

タイグリム殿下から魔力の扱いに関する手解きを受けている筈なので、レオとも、プライベートに近い形で面識があるのだろう。

テレサロが王族と接触する機会があるのは、彼女の特殊な事情によるものだ。

聖教会は、治癒魔術を使える者達を手厚く保護している。

希少な宝玉に匹敵する価値があり、使い道もいくらでもあることから、国が荒れている時などは誘拐の格好の的だったからだ。

しかし聖女候補と認められたテレサロは、すでに貴族学校に通うことが決まっていて、神殿入りを拒んだ。

そうなると、部外者との接触を基本的に禁じられている高位神官から、彼女は聖術の手解きを受けることが出来ない。

そこで白羽の矢が立ったのが、神官と接触できる王族で、しかも優秀な銀眼の治癒師であるタイグリム殿下だった。

彼とそれなりの時間を共に過ごしていたテレサロは、勘違いしているのかもしれないけれど。

目に見える形での王族に対する無礼は、レオが許しても周りが許さない。


――これは、連れ出さないと収まらないかしらね？


周囲の雰囲気からそれを察したウェルミィが、レオに対して目配せすると。

彼は意図を即座に悟り、小さく頷いた。

「これだから下級貴族は！　こちらへいらっしゃい！」

「え？　あ……」

ウェルミィは怒りの演技をしながらテレサロの手をガッと掴み、庭に引きずって行く。

『悪女が、聖女候補の男爵令嬢を声高に虐めた』という形で騒ぎを大きくすることで、逆に『テレサロの無礼』を人目から隠す方向に動いたのだ。

テレサロを木陰に連れて行ったウェルミィは、怯える彼女の頬を両手で挟み込む。

「貴女、自分が何をしようとしたか分かってるの？　不敬罪に問われるところだったわよ？」

ビクリ、とテレサロが肩を震わせる。

「ふ、不敬罪、ですかぁ……？」

さらに怯えを浮かばせる彼女に、ウェルミィはため息を吐く。

「下町や貴族学校と違って社交の場では、高位貴族、ましてや王族に、誰彼構わず話しかけて良い訳じゃないの。ルールを守らないと、貴女自身と家族が罪に問われることになるのよ」

「……！」

何が問題だったのかをこんこんと語って聞かせると、テレサロはだんだん涙目になった。

「も、申し訳ありません……！」

「分かればいいんだけど、気をつけなさい。大ごとにならなくて良かったわね」

あんなレオでも、王太子。

この国で、妃殿下と並んで二番目に偉い立場だ。

「あ、りがとう……ございますぅ……」

そう礼を言うテレサロは、決して悪い子には見えなかったけれど。

瞳の奥に、安堵と仄暗い色が見え隠れしているのを感じて、ウェルミィはベンチへと彼女を促す。

ぐずぐずと鼻を鳴らす彼女にハンカチを差し出すと、頭を下げて受け取った。

「……ウェルミィ様は、その、噂と全然違う……方ですね……」

「そう？」

「はい……体を包む、お力の気配が……温かい、です」

えへへ、と顔を綻ばせる彼女は、とても可愛らしくて、ウェルミィも頰を緩めた。

「騙されてるかもしれないわよ？」

「力の気配は、嘘をつかないです！」

どうやら、テレサロはウェルミィの直観と似たような、人の判別方法を持っているらしい。

何故か分からないけど信頼されているのならば、と、少しだけ踏み込んだ話をしてみた。

「一体、王太子殿下に何を話そうとしたの？　……貴女、何か問題を抱えているでしょう？」

「!?　な、何で知って……あ……」

テレサロは失言だと思ったのか、両手で口元を覆うが、ウェルミィからすると分かりやすい話だ。

彼女は庭に連れ出されるまでの間、怯えながらも安堵していた様子を見せていたのだ。

「殿下に話しかけたのは、貴女の意思じゃなさそうだもの。差し支えなければ、話してみない？」

ウェルミィがそう読み取ったのは、間違っていなかったようで。

「わたし……もう、どうしていいか……」

テレサロは暗い顔になって、深く俯いた。

※※※

テレサロは元々、少し裕福な平民の商家に生まれた。

そんなテレサロの父が男爵に叙されたのは、偶然、ある人物の命を救ったことがきっかけだった。

その人物は『解呪』という特別な素質を持つ血筋で、聖教会や慈善家、治癒師との繋がりが強いことから、養護院や救貧院への支援などをよく行っていたそうだ。

その支援の謝礼に食事会に招かれた帰りに、護衛と共に痺れ薬を塗られた短剣で斬りつけられ、攫われそうになったところを、たまたま通りかかった父が助けたのだ。

体格がよく、また武術を嗜んでいて、商人というよりも兵士や騎士に間違われる人だった父は、商売道具の中から彼らに痺れ薬の解毒薬を煎じて飲ませ、しばらく家で休ませた。

その相手が、先代リロウド公爵、ナーヴェラ様だ。

クラーテス・リロウド伯爵の父であり、ウェルミィ様の祖父に当たる人物。

彼は『必ず礼をする』と言い、結果、父は多額の謝礼とトラフ男爵位を授かったのだ。

運がいい、と父は笑っていたが、そうして商売上で少し懇意に接するうちに、ナーヴェラ様がたまたま挨拶したテレサロの容姿に気付いた。

自分が珍しい桃色の髪をしていて、銀の瞳を持っていることは当然知っていたけれど、まさか自分が聖女の素質を持っている、なんて思いもしなかった。

平民で魔術を使える人なんか、ほとんどいないし、当然魔術に関わるあれこれを知っている訳もなかったから。

男爵家になったこともあり、今までよりも礼儀礼節や教育に力を入れられて、テレサロは貴族学校に通うことになった。

それを了承する代わりに、テレサロは幼い頃からよく下町で遊び、面倒を見てくれて慕っていた、穏やかな青年、ソフォイルと婚約を結ばせてほしいと頼んだ。

彼も貧乏な男爵家の人だったけれど、好きだったから。

貴族になったなら、と父に頼み込むと『ソフォイルの了承を得なさい』と言われて、頑張った。

受け入れて貰えてとっても幸せだったけれど、彼が騎士になって遠くに派兵されてしまって。

帰ってくるまでに立派な淑女になれるように、貴族学校に入って、第二王子のタイグリム殿下に治癒魔術を習ったり、勉強を頑張ったり、敬虔に祈りを捧げたりしている内に。

一人の令息に、ちょっかいをかけられるようになった。

それが、セイファルト・アウルギム伯爵令息。

婚約者がいる、と言って断っていたけれど、彼はとても強引だった。

テレサロが聖女候補であることを理由に、兄弟分の侯爵令息に頼んで聖教会に働きかけ、またテレサロの父やソフォイルの実家に圧力を掛けて、婚約を解消させられてしまった。

その頃には、ご実家の方で何かあったのか、ナーヴェラ様は引退して次男様が家を継いでいたみたいで、助けを求めることも出来ず。

ソフォイルのご実家から『申し訳ない』と頭を下げられたけれど、すごく悲しかったし、怖かった。


――何で、私なの？


セイファルト様に好きだって迫られても、こっちが好きじゃないのに全然嬉しくない。

顔立ちは整っているけれど、テレサロにとってはそれだけの人なのに。

彼をずっと避けていたけれど、運悪く人のいないところで捕まり、キスされそうになった時。

「――いやっ！」

とっさに、タイグリム殿下に魔力制御を習う内に使えるようになっていた〝魅了の聖術〟を、発動してしまった。

それによってセイファルト様はテレサロに手を出すことが出来なくなったけれど、その現場を別の令息に見られてしまったのだ。

それが、ツルギス・デルトラーテ侯爵令息だった。

『このことは黙っておく。代わりに何人かの令息達に、今使った魔術を掛けて欲しい』

と、話す彼からは、嗅いだことのない、花のような香りがしていた。

テレサロは、従うしかなかった。

ツルギス様から聖教会に〝魅了の聖術〟を使えることをバラされたら……あるいは、セイファルト様に術を掛けたことを暴露されたら。

教会に連れて行かれて、王都に戻ってきているらしいソフォイルとも二度と会えなくなる。

そんな恐怖に、襲われてしまったから。

セイファルト様は忠誠心を植え付けられて、テレサロの不利益になることは出来ない。

だから『私の聖術のことを言わないように』と言うと、本当に黙った。

今まで、テレサロが何を言っても聞こうとしなかったのに。

自分の力が恐ろしくなると同時に、これを他の人達に掛けろというツルギス様も恐ろしかった。

要求はエスカレートした。

『王太子殿下にも、術をかけて欲しい』

ついにそんな風に言われた時、目の前が真っ暗になったような気がした。

――そんなことが、もしバレたら。

――でも、やらなかったら、聖教会に閉じ込められてしまう。

気持ちのせめぎ合いを覚えながらも、フラフラとレオニール殿下に近づき、声をかけたところで。


パァン！　と音を立てて、伸ばした手が打ち据えられた。


そこにいたのが、意志の強そうな朱色の瞳をしたプラチナブロンドヘアの小柄な美少女。

クラーテス様に引き取られたという、悪評まみれのウェルミィ様だった。

かつて父が助けた公爵家の血筋の人に、今度は助けられた。

間近に見るウェルミィ様は噂されるような人ではなくて、力の波動が包み込むように暖かかった。

だから、理由を尋ねられて。


――テレサロはすがるように、全てを彼女に話していた。

※※※

そうして、彼女の事情を聞き出したウェルミィは……そのとんでもない闇の深さに、内心で顔を引き攣らせた。

——いえ、ちょっと待って。

思いつくだけでも、その話の中に色々危ないものが眠っていそうな臭いが、ぷんぷんする。

「テレサロ。この話、他の誰かにした？」

「いいえ……」

力なく首を横に振る彼女に、ウェルミィは頬に手を当ててため息を吐く。

——ていうか〝魅了の聖術〟が使えるとか、そんな話を私にしていいのかしら？

多分、その情報一つ取ってもかなりの大ごとである。

「そもそも、貴女が〝魅了の聖術〟を使えることを、タイグリム殿下は……？」

「ご存じです……ですが、国王陛下も、レオニール王太子殿下も知りません……その、タイグリム殿下が、卒業まで学校生活を送りたいなら隠しておいた方がいい、と……」

――それはそうだろうけど！　タイグリム殿下、何を唆してんのよ⁉


国王陛下や聖教会がそれを知ったら、放置する訳がないのは当たり前だ。

しかし一人の少女のワガママを聞き入れて、聖教会との関係にヒビが入るような隠蔽を、為政者側の人間が行って良い訳がない。

それが許される場合があるとすれば、タイグリム殿下が、テレサロを王族に取り入れようとしている時、くらいだろう。

けれど、叙されて数年程度の男爵家令嬢を王子妃に召し上げるのは、いくら何でも無謀過ぎる。

ウェルミィを婚約者に据えたエイデス並の暴挙だ。

その上どう考えても、隠す利益とバレた時の不利益が見合っていない。

「不躾な質問で申し訳ないけれど、貴女とタイグリム殿下は、男女のお付き合いを？」

「い、いいえ！　滅相もないです！　わ、私には畏れ多いですし！　そもそも、私はソフォイルが好きなんです！」

テレサロは、即座に否定した。

「でも、タイグリム殿下とは師弟関係なのよね？　助けを求めようと思わなかったの？」

「え？　……考えたこともありませんでした」

心底不思議そうに首を傾げた後、テレサロはすぐに暗い表情に戻る。

「それに、殿下の手を借りて解決しても〝魅了の聖術〟が使えるのを伏せるように言われたことも公になって、どちらにしてもご迷惑を……」

どうやら彼女は、全くもって普通の少女のようだ。

それも夢見がちなタイプではなく、地に足がついたタイプの。

しかし脅された結果、既に何人かの令息に術を使用している、となると。


――これ、下手しなくても、王国が揺らぐぐらいの大問題よね……？


ウェルミィは自分の頬を指先で叩きながら、目まぐるしく考える。

「貴女は……少なくとも、術を使ったことによって重罪で裁かれることはない、と思うわ」

「本当、ですか……？」

「ええ。貴女がやったことを裁く法や罰則が、ない気がするのよね。そもそも脅されてるし、〝魅了の聖術〟に関しては他人に悪影響は出ない筈だし……ただ問題は、掛けた相手よね……」

テレサロの行動と、令息達の動き。

それら全てが詳《つまび》らかになったら、聖教会との関係も含めてご迷惑どころの騒ぎではない。

何より元凶であるツルギス様は、王国軍の軍団長の息子なのだ。

彼の行為は明確な大逆であり、陛下の耳に入ったら粛清の嵐が吹き荒れてもおかしくなかった。

それにもう一つ、小さいけれど気に掛かることがある。

伯爵令息のセイファルト様が、テレサロに婚約まで破棄させて交際を迫り、無理やりキスをしようとした、という話だ。

彼は確かに軽い人間として、デビュタントの直後から有名だったし、ちょっとした浮名を流すことも多かったけれど……嫌がる女性を無理やり、というタイプではなかった筈だ。

むしろ目にした感じでは、割り切れる関係を望む方だろう。


――――何か、違和感があるわね。


ウェルミィは考えながら、テレサロに尋ねる。

「テレサロは、掛けた魅了を解除できるの？」

すると彼女は、また泣きそうな顔になって首を横に振った。

「ど、どうやって解いたらいいのか、分からないんです……」

「……えっと、じゃあ使えるようになったのは、どうして分かったの？」

以前別の誰かに掛けたことがあるなら、その魅了を解いていない、という話になる。

「貴族学校の、小動物に……ただ懐かれるだけの力だと思っていたんですけど、それを、殿下が」

「ああ、なるほどね」

どうやら動物にも効くらしい。

そしてタイグリム殿下でも、彼自身が使えない術に関することは教えられなかったのだろう。

二人ともまだ、貴族学校の二年生である。

ウェルミィ自身は学生時代から解呪に長けていたけれど、それは血筋とクラーテスお父様のお陰だ。

リロウドの解呪は魔術ではなく精霊への祈りであり、血統を加護する彼らの協力もあってのもの。

「……私が、やってみましょうか」

「え？」

「〝魅了の聖術〟の解呪よ。私なら、ツルギス様に気付かれないでしょう？　被害者から、何か操られた理由とか聞けるかもしれないし」

「い、良いんですか？　でも、それだとウェルミィ様が危ないんじゃ……」

「私は多分、大丈夫よ」

エイデスには相談するし、レオも攻撃魔術に長けている王太子。

ご令嬢が陰口で貶す程度ならともかく、彼らが近くにいれば、そうそう妙な手出しは出来ない。

何より、ウェルミィ自身が今回の件を放置しておけないと感じている。

テレサロが魅了をかけた相手の名前を聞き出し、まだ涙ぐんでいる彼女を先に夜会へと戻らせた。

その背中を目を細めて見送りながら、ウェルミィは彼女に言わなかった疑問について考える。

――テレサロも、おかしいわよね？


手っ取り早く事態を解決するなら、ツルギス様に〝魅了の聖術〟を掛けてしまえば良いのだ。

テレサロが善良であり、恐怖に支配されていたとしても……今話した限り、決して頭が悪い訳ではない彼女が、タイグリム殿下に相談することも、ツルギス様に術を掛けることも、思いつきすらしないなどということがあり得るだろうか。


――あの子も、そういう考えが浮かばないようにされていた可能性があるわね。


セイファルト様の性格に合わない行動……テレサロに迫ったこと自体も仕組まれたことなら、彼も含めてツルギス様の何らかの魔術の影響下にあるのかもしれない。

と言っても、現状、聞いた以上の状況は把握していないのだから、予断は禁物。

とりあえずエイデスに相談して、なるべく慎重に動くべきだろう。

何せ、起こった出来事が『聖女候補の脅迫』と『王太子殿下の洗脳未遂』である。

ついでに『高位貴族令息達への洗脳』もある。

流石に、ウェルミィ一人の手には余る話だ。

テレサロから少し時間を置いて夜会の会場に戻ると、何故かダリステア様が鋭くこちらを睨んでいたのに気付いたけれど、あえて知らないふりをする。

――多分こちらの敵意は、レオに関することだろうし。

彼女のことを意識の隅に追いやって、ウェルミィは思考を重ねる。

――エイデスなら、何か知っているかしら？

ツルギス様から匂ったという、『嗅いだことのない花のような香り』というのが気になっていた。

5. 悪役令嬢ウェルミィの策略

テレサロの件を知り【親睦の夜会】から帰宅したウェルミィは、寝る前の触れ合いの時間を使って、エイデスに相談した。

すると彼はこちらの頭を撫でる手を止め、目を細めて『そういう魔薬がある』と肯定してくれる。

「厄介ごとに首を突っ込んだか」

「別に望んでないんだけどね。ツルギス様をちょっと泳がせて、監視して貰ってもいい？」

「賢いな、ウェルミィ。私もそう提案しようと思っていた。……その香の出どころに関して、まさに魔導省が、国家治安維持特務課と合同で調査しているところだ。良い手がかりを得てくれたな」

あっさりそう言われて、ウェルミィは思わず半眼になった。

「やっぱり、知ってたわね。そっちはどんな状況なの？」

「機密だ」

「あぁ、そう。じゃ、私はお父様を訪ねて、私達の力で魅了を解呪出来そうか相談してみるわね。出来るなら秘密裏に解呪して、情報を得たいし。まさかそれはダメって言わないわよね？」

「お前に協力して貰うのはやぶさかではないが、私かレオがいる時にしろ」

ウェルミィは、エイデスを見上げて小さく微笑む。

「心配してくれるの？」

「当然だろう」

そう言われて、ウェルミィは少しくすぐったい気分で、エイデスの胸板に頭を預けた。

※※※

その後、ウェルミィがレオとも情報を共有し、テレサロから〝魅了の聖術〟を掛けたという令息に、慎重に接触しようと動いていたところ。

エイデスと共に中庭にいる時に近づいてきたのは、意外な人物だった。

彼に騎士の略礼《サルート》……左手を背に、右手を左胸に当てる姿勢を取られた為、声を掛ける。

「エンダーレン卿……？　何か？」

「少し宜しいでしょうか。リロウド嬢」

そこに居たのは、テレサロの元婚約者だったという騎士の青年、ソフォイル卿だった。

彼がウェルミィに対して丁寧な言葉遣いなのは、地位が貴族の中でも最底辺の、騎士爵という一代限りの爵位だからである。

一代限りの騎士爵位や準男爵位は、何らかの武勲や功績を立てれば平民にも与えられる地位だ。

その一つ上に男爵位、さらに上に子爵位があり、ここまでが下位貴族。

平民上がりの、初代貴族が得られる爵位の上限となる。

そこから上位貴族と呼ばれる伯爵位があり、その上に侯爵位、最後に公爵位と続く。

一般貴族の最高位は侯爵位で、エイデスはその中でも筆頭と呼ばれる地位にあるのだ。

公爵位は基本的に、王家の血筋に連なる方々が、継承権を放棄して臣籍降下する際に与えられる地位であり、子が産まれれば、その子には王位継承権が与えられる。

万一直系の子女が居なくなった場合に、血統を途絶えさせない為だ。

これが孫の代に至ると侯爵位に下がり、王位継承権を与えられることはなくなる。

ライオネル王国では例外的な措置として、前王家の血を継ぐアバッカム公爵家が、継承権を持たないが爵位が下がらない『永世公爵位』として残されていた。

この『永世公爵位』は、魔術的に特別な血統へ与えられることもある。

その一つが、朱色の瞳を持つ解呪の血統、リロウド公爵家だ。

ウェルミィは現リロウド公爵の姪に当たり、リロウド姓を持ってはいるけれど……公爵家の一員ではなく、あくまでも伯爵令嬢である。

ややこしいのだけれど、『リロウド公爵家』の血を継ぐクラーテスお父様が一度平民に下り、その後、個人の功績で改めて復籍した際に『リロウド伯爵位』という新たな地位が与えられたからだ。

といっても、ソフォイル卿から見れば子爵以上の貴族一家は全員雲上人なので、その辺りはあまり関係ない。

「エンダーレン卿から私に、どのようなお話が？」

「どうぞソフォイルと。ここでは少し憚られますので、人目につかないところでお願いしたく」

そう告げるソフォイル卿の糸のように細い目には、真摯な色が垣間見えた。

家の事情で、テレサロとの婚約を解消された青年。

でも、お互いに望んだ婚約だったのなら。


——ソフォイル卿も、テレサロが好きなのよね？


そう考え至り、今日のエスコートを引き受けてくれたエイデスを見上げて、耳元で囁く。

「いい？」

するとエイデスは、ソフォイル卿に目を向けた。

「部屋を用意させよう。私は、影に潜んで話を聞いておく。構わないか？」

「ご随意に」

「何で隠れるの？」

「ウェルミィの悪評を高めるのにも、男と二人で消えるのは都合がいいだろう？」

そう片眉を上げるエイデスに、ウェルミィは納得した。

夜会に参加し始めた元々の目的は『お義姉様の代わりにレオの婚約者として振る舞い、人々の目を引きつける』為だ。

エイデスはそっちの目的に、ソフォイル卿を利用するつもりらしい。

彼の提案に悪い笑顔を返したウェルミィは、待っている彼に頷いた。

「では、場所を移しましょう」

「受け入れていただき、感謝いたします」

ソフォイル卿はビシッと頭を下げた。

「貴殿に限ってないとは思うが……彼女に不埒な真似をしようとすれば、容赦は出来ん」

「誓って」

エイデスが姿を消すと、ウェルミィは彼と二人でいる姿をわざと皆に見せ、広間を出て用意された休憩室に移動する。

ソフォイルと対面に座り、どこかから聞いているのだろうエイデスを意識しながら、ウェルミィは口を開いた。

「それで、何をお聞きになりたいのです？」

「……以前の【親睦の夜会】で、トラフ嬢とどのような会話をなさったのか、お伺いしても？」

ソフォイル卿の糸目が薄く開き、同時に圧を感じた。

敵意とまではいかないけれど、真剣味のある態度だ。

どうやら彼は、『泣いて帰って来た』というテレサロを心配しているのだろう。

その話にどう応じるか……ほんの数秒考えてから、ウェルミィは返答する。

「彼女は、少々危険な問題に巻き込まれていますの。その相談を受けていただけですわ」

「危険？」

ソフォイル卿からの圧が増すが、柔らかくにっこりと応じる。

予想通りの反応で、少し安心した。

「ご心配なく。こちらで監視をつけているので、滅多なことは起こりませんわ」

「一体、どのような危険があるというのです？」

「もし彼女の下に向かおうと思っておられるのなら、おやめ下さいな」

「リロウド嬢」

ウェルミィは、質問をはぐらかしても引かないソフォイル卿を見て、扇を顔の前に広げた。


――うん。彼はこっち側、と考えて良さそうね。


ウェルミィの『目』で見ても、純粋にテレサロを心配しているようにしか見えない。

それに、優しい。

おそらく先ほど場所を移すことを提案したのも、ウェルミィがテレサロに対して何らかの問題を起こしていた場合、誰かに聞かれないようにとの配慮だったのだろう。

ソフォイル卿の配慮とは逆の形で利用することになって、申し訳ないけれど。

「私程度の口からは、内容は言いかねますの」

「……なるほど。仰る危険には紫血が流れている、ということですか」

「ええ。番犬が臭いを嗅いでおりますわ。なので、彼女に近づいて欲しくないのです」

「……なるほど」

初めて、姿勢良く座っているソフォイル卿の眉根が寄った。


——武勇もあり、頭も悪くない……。


ソフォイル卿はこの小さなやり取りで、テレサロの問題に、高位貴族《紫血》と国家機関《番犬》が関わっていることを、きちんと把握した。

権力こそ持っていないが、彼は人柄も能力も優れた人物のようだ。

テレサロが惹かれたというのもよく分かる。

ウェルミィは、どう振る舞うべきか悩んでいる彼の目を上目遣いで覗き込む。

「こちらからも、質問してよろしいかしら？」

「何なりと」

「婚約を解消なさった、とお聞きしましたけれど。何故、トラフ嬢を気になさるのでしょう？」

「それは」

「私のところに事情を伺いに来るくらいならば、ご本人に直接尋ねてもよろしかったのでは？」

「……トラフ嬢は、自ら婚約の解消を望んだと父に聞いています。訪問は、迷惑でしょう」

ぎゅ、と口元を引き結んだ彼を見て、ウェルミィは少し嫌な気分になった。

ソフォイル卿の両親は、彼に嘘を吹き込んだらしい。

そう聞かされていたら、彼からテレサロに話しかけるのは確かに憚られるだろう。

実際は、ソフォイル卿の親側が……伯爵家に男爵家が逆らえる訳がないので、仕方がないことだけれど……圧に屈して、解消に至ったのに。


——今、それを伝えたら、退出した足でテレサロに突撃しそうね……。


短絡的な真似はしないとは思うけれど、もしかしたら父親を斬って捨てるかもしれない。

ウェルミィは真実をとりあえず伏せたまま、さらに話を聞き出した。

結果、どうやら彼は自分が辺境に赴き放っておいたことでテレサロから嫌われてしまった、と思っているらしい。

――なるほど。……彼は使えるわね。

上位魔獣の退治を行う部隊に配属されるような英傑が、向こうから接触して来たのである。狙われているレオの側に置いておくのに、これ程有益な人材もいないだろう。

恩を売って味方に引き入れよう、と判断したウェルミィは、助け舟を出すことにした。

「トラフ嬢が普段、貴族学校の女子寮に居ることはご存じ？　少々誤解があるようですので、望まれるのであれば秘密裏に面会の手配を致します。そこで本人に改めて事情を聞いて下さいな」

「事情……ですか」

「ええ。ですが、その前に交換条件を」

ウェルミィは三日月の形に目を細めつつ、パン、と扇を閉じる。

「事情を知った後も、ことを荒立てないこと。それと、私共に協力していただくこと。この二点を、約束していただけまして？」

ソフォイル卿は少し黙り込み……了承ではなく質問を返してくる。

「義に反する行いは出来ません。そして拙《せっ》めは、剣を振るしか能のない男です。それでも？」

「十分ですわ。やっていただくのは、護衛ですもの」

「それならば」

と、ソフォイル卿が頷いたので、ウェルミィは話を進めた。

「では後日、迎えの馬車をご自宅に向かわせましょう。トラフ嬢と二人で話し合い、その後、オルミラージュ侯爵家の別邸へおいで下さいな」

そうして、数日。

テレサロが精神操作を受けているかもしれないので、念の為に会って解呪を行ったウェルミィは、ついでにソフォイル卿の件を伝えた。

その後、無事話し合って誤解が解けたらしい彼は、別邸を訪れて頭を下げた。

「話を聞きました。テレサロと王太子殿下を守るために、拙めもお仲間に加えていただきたい」

ウェルミィはエイデスと共にそれを了承し、レオに彼を引き合わせる。

彼は複雑そうな表情で、ソフォイル卿に対して口を開いた。

「遺憾に思うよ、エンダーレン卿。今回のことに関しては、愚弟も関わっているみたいでね」

家臣に頭を下げてはならない王族として、それは精一杯の謝罪だった。

「この件が片づけば、卿とトラフ嬢の再婚約を結ぶ王命を出すことを、父上に頼もう」

「誠にありがとうございます。殿下」

ソフォイル卿は膝をつき、レオに騎士の最敬礼で感謝を示した。

「立ってくれ。感謝など必要ないよ。隠すのに加担したタイグリムにも原因があることだ」

そんなやり取りを見たエイデスは、ソファに座ったまま不遜な態度で足を組み、背もたれに頬杖をついたまま口の端を上げる。

「人手が増えたところで、そろそろ策を実行に移そう。ウェルミィ、どうだった？」

「お父様は、リロウドの力なら〝魅了の聖術〟はおそらく解呪出来る、と言っていたわ」

ソフォイル卿の返事を待つ間に聞きに行った話を、ウェルミィは簡潔に伝えた。

またクラーテスお父様は『我々に手を貸してくれる精霊は女神の友だからね。望めば聞き入れてくれるだろう。それが聖女の本意ではない誓約なら、尚更だ』とも言っていた。

「なら良い。今回、敵に操られていると思われる解呪のターゲットは、三人だ」

テレサロに無理に交際を迫った伯爵令息、セイファルト・アウルギム。

宰相の息子であり、頭脳明晰と噂の公爵令息、シゾルダ・ラングレー。

バルザム帝国王族の血筋に連なる母を持つ侯爵令息、ズミアーノ・オルブラン。

「狙われたのは、この面々にレオ……直接動いているのがツルギス・デルトラーデならば、謀ったのはデルトラーテ侯爵辺りに見えはするが……」

「歯切れ悪いわね。疑いたくないの？」

「違和感がある。軍団長は一本気な性格で策を弄するタイプではない。むしろ嫌うだろう」

「なら別に、今結論出さなくても良いんじゃない？　それより、誰から接触するの？」

「……最初はセイファルト・アウルギムだな。おそらく一番、警戒が薄い相手だ」

エイデスは顎を指先で撫でて答えながら、頭ではまだ黒幕について考えているようだ。

そういう気質なのだろうけれど、考えても結論の出ないことは基本的に考え過ぎないウェルミィから見ると、心配性と感じる一面でもある。

「ダリステア嬢の動きにも気をつけておけ。元々王太子殿下の婚約者候補である彼女は、今、社交界での立場が悪い。今回の件に関係はないと思うが、不満を抱いて行動を起こす可能性もある」

その言葉に、ウェルミィよりも先にレオがどこか言いづらそうに応じた。

「あー、エイデス。多分、彼女にそういう心配はない、と思うんだが……」

苦い顔をしているのは、自分がお義姉様を選んだことでダリステア様が疑われているからだろう。

「私から見ても、あの人は、卑怯な真似をする方には見えないわね」

「彼女自身は問題なくとも、親であるアバッカム公爵が信用出来ん」

「そうなの？」

「ああ」

デルトラーテ侯爵と、アバッカム公爵。

とりあえずの黒幕候補として、ウェルミィは二人の名前を口の中で呟きつつ、レオに目を向ける。

「下手に動かれると困るなら、ダリステア様に接触して、事情を説明出来ないかしら？」

「彼女とは幼馴染みだが、デリケートな時期だしな。呼び出すとなると少し騒ぎになるだろうな」

「ん～……」

顎に指を添えて思案したウェルミィは、少々汚い手を使うことにした。

「私が、ダリステア様のドレスにうっかりワインを掛けましょうか。それをレオ……ニール殿下が休憩室に案内すれば、穏便に済むのではなくて？」

一応、ソフォイル卿がいるので少し詰まりながらレオをそう呼ぶと、意味深に片眉を上げられる。

「ウェルミィ。また悪名を上げるのか？」

「あら、どうせ最後に全部ひっくり返すんだもの。問題ないでしょう？」

ウェルミィは、ニッコリと応じた。

そのやり取りをどう思ったのか、ソフォイル卿がなんとも言えない顔をして、エイデスがおかしそうにククッと喉を鳴らし――。


――そうしてウェルミィ達は令息達の洗脳を順に解き、この王前の茶番に至ったのである。


「デルトラーテ侯爵令息、ツルギス。……トラフ男爵令嬢らの発言に、相違ないか」

陛下にそう問われたツルギス様は、グッと唇を噛み締める。

「……ありません……」

「捕らえろ」

陛下の御下命で、マレフィデント・アバッカム特務卿が周囲に目配せをすると、音もなく姿を見せた特務課の職員がツルギス様を拘束する。

彼は抵抗せず、そのまま退場した。


少なくとも、ダリステア様とテレサロは、これで被害者側だと印象付けられただろう。

しかし彼が退場するのを、ダリステア様が何故か不安そうに見送っている。

このような騒ぎを起こしたのも、彼女の思考をツルギス様が誘導したせいなのだけれど。

その態度の理由が、まだ魔薬が効いているからなのか、あるいは利用されてなお、彼に情を移しているからなのか、ウェルミィには判断がつかなかった。


――――とりあえずここまでは予定通り、だけれど。


この件には、まだ裏がある。

むしろ、ここからが本番だった。

6 ✦ 悪役令息達の愚かしき誠実

ツルギス様が大広間から連れ出されるのを、セイファルト・アウルギムは少々複雑な思いで見つめていた。

――これで、本当に良かったのか？


セイファルトは伯爵家の長子ではあるが、実は庶子……妾の子だった。

アウルギム伯爵家は典型的な政略結婚で、父と義母の間に愛はない。

冷え切っているという訳でもないが、相手が愛人を抱えていても気にしない……お互いにそれを納得している夫婦関係である。

それでも正妻である義母は男子二人を出産しており、妾の子であるセイファルトが入り込む余地などなかった筈だった。

しかし、正当な後継者である長子が流行病で亡くなり、同じ時期に同様の病で妾であった母も逝ったことが、アウルギム伯爵家の不幸の始まりだった。

路頭に迷いかけたセイファルトを、父が正式に引き取ったのである。

その上、セイファルトが強い魔力を持っており、当時は次男が幼かったことも重なり、うっかり後継者候補になってしまった。

セイファルト自身は、それを全く望んでいなかったのに。

軽薄な態度も、あえて勉学で手を抜いたのも、後継者から外れる為だった。

だから今回、『ツルギスに利用され無理やりテレサロに迫ったことを公にしなければならない』と言われた時も、笑って了承した。

『これで父が後継者候補から僕を外すなら、肩の荷が降りて清々します』と、オルミラージュ侯爵らにも伝えたくらいだ。

義母は、血の繋がりもない上に愛してもいない夫の息子に、とても良くしてくれる。

今度貴族学校に入学する義弟とも、幸い関係は良好だ。

妾の子などと虐められることのない、恵まれた環境であるからこそ……本来、義母や義弟に与えられるべき権利を横から攫うのは、自分が許せなかった。

だから今回の件でセイファルトは、個人的にはツルギス様に感謝したいくらいだった。

——でも、また、だ。

義母や義弟の時と、同じ。

セイファルト自身は、事が公になることで利益を受け取るのに。

ツルギス様は目的すら果たせず、ただ罰を受けるのだ。

どんな事情があって彼がこんな事をしたのか……セイファルトは知らされていた。

※※※

――【王太子殿下婚約披露パーティー】の二ヶ月半前。

ウェルミィ嬢に〝魅了の聖術〟を解呪されたセイファルトは、『ツルギス様から何を命じられたのか』を問われていた。

「『ウェルミィ・リロウドに侍れ』……？　どういうこと？」

セイファルトがたった一言命じられたことを話すと、ウェルミィ嬢が眉をひそめる。

「どういうことか、は、僕に聞かれても分からないですよ……」

彼女の後ろに立つオルミラージュ侯爵や王太子殿下、そしてソフォイル卿の圧に少々萎縮しつつ、そう答える。

「『テレサロ・トラフに侍れ』ではないのね?」

「ええ、違います」

ウェルミィ嬢の念押しに、セイファルトはもう一度頷いた。

命じられたからこそ、ウェルミィ嬢に近づく為に夜会に参加したのだ。

彼女に声を掛け、誘われるまま中庭に一緒に向かい……額に、指先を突きつけられ。


そして、パン、と頭の中で何かが弾けるような感覚と共に、正気に戻った。


呆然としている間に、潜んでいたソフォイル卿に拉致され、気付けばこの部屋にいたのだ。

意味が分からなかった。

自分が何をしたか、という記憶はある。

テレサロ嬢に言い寄っていたことも、彼女の婚約を解消させたことも、その後〝魅了の聖術〟を掛けられて、彼女にツルギス様の言うことに従うよう告げられたことも、覚えていた。

だが。

「テレ……いえ、トラフ嬢に迫ったのは、僕の意思じゃない……何がどうなってるんです？」

元々テレサロ嬢に言い寄ったのも、ツルギス様ではない誰かに命じられたことだった。

ウェルミィ嬢が困ったようにオルミラージュ侯爵を見ると、彼が黒い手袋をつけた左手で、コトン、とテーブルの上に一つの腕輪を置く。

「お前がウェルミィによって解呪された際に、腕から外れて落ちたものだ。見覚えは？」

「あります……」

それは、誰かから受け取った贈り物だった。

『付けてみろ』と言われて、その場で付けた瞬間から、記憶はあっても意識がなくなったのだ。


「これは、精神操作の魔導具だ」


オルミラージュ侯爵の言葉に、セイファルトは息を呑む。

「精神操作……？」

「今、王国には香によって他人を操る魔薬と、人の意思を奪う魔導具が流入している。おそらくは、隣国からだ」

「それ、が？」

「この腕輪だ。これをお前に渡したのは、ツルギス・デルトラーデか？」

「いいえ……」

「では、誰だ？」

「……覚えてないんです」

正確には記憶に靄《もや》が掛かっていて、それを渡してきた相手の顔が思い出せないのである。


——何で、思い出せないんだ？


おそらく、この場で一番混乱しているのはセイファルト自身である。

自分がやったことの重さと申し訳なさに項垂れて頭を抱えていると、オルミラージュ侯爵のため息が降ってくる。

「記憶まで奪えるのか……厄介だな」

「ツルギス様以外にも、精神操作の魔導具や魔薬を使っている奴がいるのね……」

「おそらくな。……セイファルト・アウルギム。ツルギスから、花に似た香りを感じたことは？」

「ない……と思いますが」

ウェルミィ嬢が閉じた扇を口元に添えながら黙って眉根を寄せ、王太子殿下も、こめかみを指先で押さえて呻いた。

「ツルギスも操られてるのか？　何で、情報が出れば出るほど話が厄介になっていくんだ……」

「そうね……でも、分からなくなったわね」

「ああ。精神操作の魔導具を使ってる黒幕は、誰なんだ？」

「今、それはどうでも良いわよ。分からなくなったのは『黒幕が何を企んでるのか』よ」

「……大逆を目論んでるんじゃないのか？　ツルギスもその為に操られてるんだろう？」

王太子殿下の疑問に、ウェルミィ嬢がため息を吐いてから畳み掛ける。

「大逆が目的なら、セイファルト様を近づける相手は私じゃなくて、暗殺や洗脳の対象である貴方でしょう。『ツルギス様を操る黒幕』が大逆を達成する為に、セイファルト様と私を近づける理由は？　殿下が、もしその立場で大逆を目論んでいたとして私を狙う？」

「いや……狙わないな。ウェルミィがトラフ嬢の邪魔をした理由は不敬によるものだし、その後彼女が君に事情を話していることなど分かる訳もない。次に俺を洗脳出来る機会を窺うだろう」

「そうよね。そう読んで、私達はバレないように動き始めたんでしょう？　なら、相手がツルギス様だろうと黒幕だろうと、セイファルト様への命令は明らかにおかしいじゃない」

「言われてみれば、そうだな」

「しかも黒幕は、令息達を洗脳するのにツルギス様を実行犯に仕立てた上に〝魅了の聖術〟を使えるトラフ嬢まで二重に挟んでるのよ？　ここまで用意周到なのに、目的もなくそんな命令しないでしょう？」

ウェルミィ嬢は苛立たしそうに閉じた扇で掌を叩いた。

そして、腕を組んで顎先を撫でているオルミラージュ侯爵の顔を見る。

「エイデス。何か思いつかない？」

「レオの洗脳に失敗したから、将来の妃に標的を切り替えた、という線は？」

「……本気で言ってる？」

「いや。それだとレオの洗脳を諦めるのが早過ぎる上に、そもそも時系列が合わん。トラフ嬢がウェルミィの邪魔で魅了に失敗するより先に、アウルギム伯爵令息に『ウェルミィに近づけ』と命じたことになる」

オルミラージュ侯爵はそこで一度言葉を切ってから、さらに言葉を重ねる。

「それに、ツルギスまで操られている、という線は、濃厚ではあるが今のところはまだ、仮定に過ぎない。ツルギスとは全く関係ない人物が動いていて、たまたまセイファルトが両名から洗脳されていた、という可能性もある」

「……エイデス。幾ら何でもそんな偶然ないだろ？」

「私からしてみれば、精神操作の魔薬や魔導具を使う人物が、たまたま〝魅了の聖術〟を使える聖女まで捕捉していた、という事実も大概あり得ん」

「あ〜……それもそうだけど。とりあえず方針くらいは決めないと動きようがないぞ？」

「やること自体は決まっている。残りのシゾルダ・ラングレーとズミアーノ・オルブランの解呪も行い、情報を出揃わせる」

「そうね。それが一番手っ取り早い気がするわ」

セイファルトは、ウェルミィ嬢が納得したように頷いたところで、おずおずと口を開く。

「あの……よく分からないですが、ツルギス様のことなら、仰る通り従兄弟に当たられるシゾルダ様や、幼馴染みのズミアーノ兄ぃにお聞きになった方が、正確なことが分かると思います」

というか、何故こんな重大な話をセイファルトは目の前で聞かされているのだろう。

何となく巻き込まれそうな気配を感じていると、案の定、ウェルミィ嬢がニッコリと笑う。

「あら、だったらあの二人に近づくのに、協力していただけます？　貴方、ズミアーノ様と仲が良いのでしょう？」

「え」

「解呪して差し上げたのですもの。その分くらいは働いていていただけますわよね？」


——恩に着せて来やがった。


確かに、解呪して貰ったこと自体には感謝しているけども。

セイファルトは、何でこんなことになったのか、と思わず天を仰いだ。

※※※

――そうして【王太子殿下婚約披露パーティー】の二ヶ月前。

ウェルミィがシゾルダ様とズミアーノ様の洗脳を解き、ツルギス様のことを話す為に改めて皆で集まった夜会で一悶着があった。

騒動の種となったのは、シゾルダ様の婚約者だ。

「リロウド嬢。ボクの婚約者に、気安く近づかないでくれないか?」

彼女は近づいてくるなり、いきなり斬りつけるような口調でそう告げた。

ヒルデントライ・イーサ伯爵令嬢。

黒のショートヘアに長身、中性的な印象の女性である。

服装もドレスではなく、男装に近いパンツスーツに礼装のローブだった。

ヒルデントライ嬢は、なんとレオと同じ、『攻撃の金瞳《きんどう》』を持っている。

――確か、王国軍魔導士部隊の小隊長、なのよね?

治癒士としてではなく魔導士として前線に立つ女性は、女性騎士以上に少ない。

彼女はその中でも実績を重ねて出世しており、部隊を一つ任されているそうだ。

その情報はエイデスからもたらされたもので、魔導士部隊は騎士団と違い、魔導省の管轄。

つまり彼女は、直接的ではないけれどエイデスの部下だ、ということだ。


――申し訳ないけれど、ちょっと退場して貰おうかしら。


彼女の怒りは至極真っ当なのだけれど、今はそれどころではないし、何より人目を引きつける為に自分の『悪評』を振り撒くのも、現在はウェルミィのお仕事である。

「あら、気安くだなんてそんな。シヾゾヾルヾダ様は、エイデスとお話ししに来ただけでしてよ？」

わざとらしく名前を呼んでシゾルダ様の肩に手を置き、彼の耳元で囁きながら、ヒルデントライ嬢に流し目を送る。

触れているシゾルダ様が僅かに震えたけれど、軽く手に力を込めて抑えるように伝えた。

婚約者に誤解されるのは彼の本意ではない、というのは重々承知しているけれど、状況が確定するまで外に話を漏らす訳にはいかないので、我慢して貰うしかない。

「ねぇ、シゾルダ様？」

「え、ええ……申し訳ありません、ヒルデ。少し外して貰えるとありがたいのですが」

宰相の息子であるシゾルダ・ラングレー公爵令息は、真面目な青年である。

片眼鏡《モノクル》を掛け、青い髪をきちんと撫でつけた彼が苦慮の表情で告げるのに、ヒルデントライ嬢は冷たく片眉を上げた。

引くつもりのなさそうな彼女に、シゾルダ様は近くにいるエイデスに目を向けた。

「イーサ第三部隊長。省長命令だ。少し外したまえ」

「なるほど……侯爵様が、そう仰るのであれば」

一応軍属である彼女は、上官命令は絶対、というルールは破るつもりはないようだ。

怒りに輝いていた瞳からすら、感情を完全に排して礼を取った彼女が去っていくと、シゾルダ様が小さく息を吐いた。

ウェルミィが離れると、面白そうにそれを見ていた最後の一人、セイファルトよりさらに軽い印象のズミアーノ・オルブラン侯爵令息が肩を竦める。

黒髪と浅黒い肌、透き通るような青い瞳を持つ彼は、長い髪を肩口で束ねており、服装もバルザム帝国風の正装をしている。

オルブラン侯爵夫人……ズミアーノの母が、元・帝国貴族であり、現帝陛下の姪なのである。

彼は、帝国貴族とライオネル貴族のハーフなのだが、セイファルト同様女たらしの噂があり、ウェルミィも昔、一度だけ気まぐれに口説かれたことがあった。

「シズ、あんまり気にしない方が良いよー？　他の女と仲良くする婚約者は気分が良いものじゃない気がするけど、どうせ後で誤解解くんだしねー」

「……ええ、分かっています」

そんな慰めているのか傷を抉っているのか微妙なズミアーノと、さらに落ち込むシゾルダのやり取りを聞きながら。


――他の異性と仲良くする、婚約者……。


ウェルミィはふと、引っ掛かりを覚えた。

「申し訳ありません。途切れてしまいましたが、話の続きをしましょう」

しかし深く考えるよりも前に、シゾルダ様がツルギス様のことを話す姿勢になったので、人払いをして話を聞いていると。

横から口を挟んでいたズミアーノ様から、意外な話が出た。

「そういえばツルギスってさー、ダリステア嬢のことが好きなんだよねー」

彼の言葉にシゾルダ様が頷き、どこか沈痛な表情になったことで……ウェルミィは唐突に、全ての状況が頭の中で繋がるのを感じた。


――いえ、でも待って。

ツルギス様は、黒幕に操られている線が濃厚。

けれどエイデスは、セイファルトに精神操作の魔導具を付けた人物と彼が、別々に動いている可能性も示唆していた。

それがある意味正しかったとしたら、彼が三人の令息をウェルミィに近づけようとした理由は。

「ツルギス様の目的って、もしかして……」

※※※

――【王太子殿下婚約披露パーティー】の当日。

ツルギスが去った後、改めて、国王陛下が二人の令嬢に呼びかける。

「アバッカム公爵令嬢、ダリステア。並びに、トラフ男爵令嬢、テレサロ」

「「はい」」

ウェルミィらの見守る前で、陛下の呼びかけに二人が答えた。

「そなたらには追って沙汰を下す。催眠魔導具の使用に関しては、法務省と協議の上で。〝魅了の聖術〞に関しては、聖教会と協議の上で処遇を決める。オルミラージュ侯爵、何か意見は？」

「は。私が聞き及んでおります事情によれば」

　発言許可を賜ったエイデスが、二人について申し添える。

「アバッカム公爵令嬢はもとより、トラフ男爵令嬢が〝魅了の聖術〞を使った最初の目的は自衛の為、と考えられます。そこを鑑みていただければ、と具申いたします」

「自衛とは」

「は。トラフ嬢はエンダーレン卿との婚約解消後、アウルギム伯爵令息より、無体な真似を強要された際に力を発動したもの、と伺っております」

「……アウルギム伯爵令息。相違ないか」

「はい。間違いはありません」

　話を向けられたセイファルト様は、優雅とも言える仕草で頭を下げて認める。

　彼も操られていた上に、評判をさらに落とすことになるが、それは望むところらしい。

「他に、何か申し添える者はあるか」

　陛下が一度、貴族らを見回すが、誰も異論を口にしない。

　なのでウェルミィが、おそらく皆が一番気になっているだろうことを、陛下に質問する。

「デルトラーテ侯爵令息ツルギス様の処遇に関しては、どのように？」

　陛下は、感情の浮かばない瞳でチラリとこちらを見てから、一言で告げた。

「大逆は、一族郎党斬首の法が定められている」

するとと、ツルギス様の退場でどこか緩みかけていた空気が、再び引き締まった。

一族郎党、ということは、現在王国軍の中枢を担うデルトラーテ侯爵家の者達が、侯爵含め全員消えることを意味するからだ。

もしデルトラーテ侯爵が反発すれば、内乱に発展する可能性すらある。

一気に緊張感を増した空気の中、エイデスと、今度はアバッカム特務卿までもが声を上げた。

「陛下。本件におけるデルトラーテ侯爵令息の所業は、大逆には当たらないことを、魔導省長として進言致します」

「国家治安維持特務課も、同様の進言を致します」

すると陛下が、不快そうにピクリと眉を動かした。

「どういうことか」

「は。我々は今回の魔薬調査を進める為に、協力者となった令息らに事情を伺っておりました。そこで、ある違和感に気付いたのです」

エイデスがこちらに目線を向けて来たので、ウェルミィは薄く微笑みながら、言葉を引き継いだ。

「何故この場で、デルトラーデ侯爵令息に狙われたのが私であったのか、という点ですわ。陛下」

ダリステア様を使い、ウェルミィに汚名を着せようとしたこと。

それが彼の目的を紐解くのに重要な点であり、エイデスと特務卿が、この場で様々な人達の罪を暴くことにした理由の一端だった。

「もし彼が、本当に大逆を企んでいたのなら。魔薬使用の汚名を着せる相手は……私ではなく、王太子殿下ではないでしょうか」

魔薬の話をツルギス様に吹き込まれたから、ダリステア様は暴挙に出たのである。

「この場で私が断罪されたとして。それは彼にとって、どんな意味があるのでしょう？」

ウェルミィが婚約者候補から消えても、男であるツルギス様に、何かしらの利益がある訳ではないのだ。

「一時的に王太子殿下の名にも傷はつくかもしれませんが、それだけですわ。これだけのことをしておいて、あまりにもデルトラーテ侯爵令息の見返りが薄くはないでしょうか？」

「大逆でないとするのなら、他にどのような理由があるという」

「もし彼の予定通りに事が進めばどうなっていたか、という話でございます。おそらくダリステア様は国家を揺るがす犯罪を暴いた英雄となり、私は王太子殿下の婚約者候補から外れる……」

ウェルミィがお義姉様の代わりに囮となって派手に動いたから、ツルギス様は行動を始めたのだ。

そして、レオの婚約者が発表される前に、動かざるを得なかった。

「私がいなくなれば、王太子殿下の婚約者候補筆頭は、どなたになりますか？」

ウェルミィは首を傾げながら、そう尋ねると。

ダリステア様が、大きく目を見開いて両手を口元に当てる。

そう。

ツルギス様の求めた利益は、彼自身の利益ではない。

「彼の狙いは大逆ではなく、ダリステア様を王太子殿下の婚約者にすること、だったのです」

それが、令息がたを操ってウェルミィに近づけ評判を落とそうとした理由であり……レオを操ろうとした目的だった。

ツルギス様の狙いについて最初に思いついたのは、黒幕と目されていたアバッカム公爵と彼が『将来の地位を見返りに、娘のダリステア様が王太子妃になれるよう協力した』、という形だった。

けれどエイデスが言うには、公爵とツルギス様に通り一遍以上の接点はないそうで、それならダリステア様に継続的に魔薬を嗅がせる取引を公爵と行ったのは、彼ではない。

しかしツルギス様の目的がダリステア様にある、という仮定そのものは、間違っていなかった。

間違っていたのは、それによって『誰』が利益を得るのか、という部分だったのだ。

「何故ツルギスはダリステアを、レオニールの婚約者にと望んだのか」

陛下の疑問に、ウェルミィはこの件に関わった残りの二人の内、シゾルダ様に目を向ける。

彼は前に進み出ると小さく腰を折り、貴族達に対して更なる爆弾を落とす。

「陛下。ツルギスがこの一連の事件を起こした原因は、私にございます」

「……どういう意味か、ラングレー公爵令息」

「私は縁戚として、ツルギスと親交がございました」

ラングレー公爵夫人はデルトラーテ侯爵の妹で、二人は従兄弟同士だ。

「故に、知っている事実がございます。彼は以前から……アバッカム公爵令嬢に、恋慕の情を抱いておりました」

「っ！」

その発言に、ダリステア様が息を呑む。

「しかし、レオニール殿下の第一婚約者候補であらせられる彼女への見合いの申し込みは、もし打診したところで、アバッカム公爵も受けなかったでしょう」

しかし恋心を知っていたシゾルダ様は『どうにかならないか』と考えていたのだという。

「その後、父より王太子殿下の婚約者となる方の話を聞き、私は、ツルギスに伝えました。『彼女が、婚約者候補から外れそうだ。君にも勝ち目があるのでは』と。――――すると、彼は」

ツルギス様はダリステア様を手にしようと動くのではなく、真逆の行動を取ったのである。

すなわち、彼女が周りに望まれている通り、王太子殿下の婚約者になれるように。

そのきっかけとなったのが、シゾルダ様の提案だったのだ。

「ズミアーノ・オルブラン侯爵令息と私は、ここしばらく沈んでいる様子だったツルギスに、三人でバルザム帝国へと旅行に出かける提案をしました」

名前を出されたズミアーノ様は、黙って陛下に頭を下げる。

「その旅行の際、彼はどういう形でか、魔薬の原料となる香草を手にしたものと思われます」

戻ってきたツルギス様は、レオがウェルミィと一緒にいるのを見て行動を開始した。

彼の計画は、テレサロを使ってウェルミィが令息がたを侍らせているように見せかけて評判を落とし、最後に罪を着せて排除し……同時に、ダリステア様を英雄にすることだったのだ。

彼はきっと、以前のウェルミィと同じようなことを、しようとした。

お義姉様が幸せになれるように、ウェルミィがエルネスト伯爵家を没落させようとしたのと同様。

愛するダリステア様が、相応しい相手と結ばれるように。

だからこそ、その事実を知った時点で、大掛かりな舞台で暴露する必要が生まれてしまった。

未だ正体の知れない、セイファルト様を操った人物が介入出来ないように。

この件に関わった全員に対して余計な詮索をさせず、必要最小限の傷で救う為に。

だからテレサロには、レオに術を掛けようとした件は伏せさせた。

未遂であろうと、事情がどうであろうと、王太子への暴挙は流石に見逃されるものではないから。

シゾルダ様は淡々と、計画通りに事情を説明していく。

「陛下。私は、アバッカム公爵令嬢が婚約者候補から外れた、という噂を助長しました」

一部の派閥から、ダリステア様はレオとウェルミィのことに関して『負けた』と言われて当て擦りを受けていた。

それはシゾルダ様がツルギス様の為に、噂を広め、彼女が候補から遠ざかるように動いていたせいだったのだ。

「しかし、噂を撒いたことを知ったツルギスは怒り……私自身もトラフ男爵令嬢より〝魅了の聖術〟を受けることになりました。ツルギスが罰を受けるのであれば、私にも同様に裁きを」

シゾルダ様は、陛下に対して跪く。


「──ツルギスは罪を犯しましたが、誓って、大逆など狙ってはおりません」


そう、シゾルダ様は締めくくった。

陛下は一度目を閉じてから、深く息を吐く。

「ご令嬢の名誉を毀損する行いを、罪に問う。シゾルダも拘束せよ。また、ダリステアはクラーテスが解呪の措置を。その後、テレサロと合わせて自宅にて謹慎するよう」

陛下が三名に退席を促すと、シゾルダ様は兵士に、テレサロはソフォイル卿に、ダリステア様は特務卿とクラーテスお父様にそれぞれ付き添われ、その場から姿を消す。


——一件落着、だけれど。


ほぼ全貴族が集合しているこの場に、アバッカム公爵の姿がなかったことが気に掛かっていた。

事情は察しているし、ある程度話もしてくれたけれど、エイデスは『公爵の件は任せろ』と具体的なことは何も言わなかったのだ。

本当に機密に関わる部分は、ウェルミィには明かせないのだろう。

「さて……少々騒ぎがあったが、今夜の本題に移ろう」

しかし陛下が、沈んだ空気を払うように手を叩いたので、即座に意識を戻す。

「此度、めでたく我が子レオニールの婚約が成立した」

静粛の空気が失せたことを悟った貴族達が、ざわりとざわめく。

陛下がそれを既に決定事項として口にしたのも、驚きだったのだろう。

それは『既にレオが、婚約宣誓書に署名していること』を意味するからだ。

――ようやくね。


この時の為にわざわざ、ウェルミィは数ヶ月も演技をし続けていたのだ。

正直、国王陛下も了承済みでなければ、この場で茶番劇などやりたくなかった。

「相手は才媛である。我が妃が患った病の治療薬を開発し、先日、上位国際魔導士として正式に資格を与えられた。またその礼節は王家に遜色なく、領地経営の手腕は各家当主にすら劣らぬ」

その相手が誰なのか、この場にいる全員が気付いているが……まずは陛下の口になさった内容を受けて、彼の横に立つ妃殿下に視線が集まる。

陛下に促されて妃殿下がヴェールを上げると。

病によって爛れていた筈の肌が癒やされ、年経てなお美しい顔が衆目に明らかとなった。

おぉ……と貴族達が感嘆の声を上げる中、壇上の袖で待っていたらしいレオが姿を見せる。

彼が振り向いて掌を差し出すと、グローブをつけた手がその上に乗り……紫と銀の衣装を纏った女《ひと》が、悠然と歩み出す。

月のように落ち着いた輝きを放つ灰銀の髪をたなびかせ。

真なる紫の瞳を備えた優しげな面差しを持つ、最愛のお義姉様。

「紹介しよう。——イオーラ・エルネスト女伯である」

この国において、たった二人しかいない魔導爵に匹敵する資格を得たお義姉様は、人の目を惹かずにはおかない清楚な微笑みを浮かべ、レオの横に立って完璧な淑女の礼《カーテシー》を披露する。

広間が、歓声と拍手の音に包まれるのを、万感の思いで聴きながら。

ウェルミィは、心からの笑みを浮かべ、誰よりも大きな拍手を響かせて祝福を贈る。

——おめでとう、お義姉様。

レオと目を見交わしてから、こちらを見たお義姉様は。

ゆっくりと微笑みを深め、ウェルミィに向かって小さく手を振った。

7. 悪役令嬢と悪役令息の誘拐

――【王太子殿下婚約披露パーティー】解散後。


休憩室で待っていたエイデスの下に訪れたのは、マレフィデント・アバッカム特務卿だった。

「とりあえず片付いたな」

「ああ」

「黒幕《ネズミ》はどうした」

「秘密裏に、貴族牢に隔離している」

牢と言っても、魔術を行使出来ないような建材を使った隔離用の貴族部屋だ。

エイデスは、精神操作の腕輪を使って他人を操っていた黒幕の部屋を監視するのに、兵士や魔導士以外にもソフォイル卿を配置している。

アバッカム公爵と繋がりのあるその人物を、エイデスは既に把握していた。

「思ったよりもあっさり拘束に成功したな。まさか、帝国が関与しているという情報すらも、こちらの動きを遅らせる為の偽装《ブラフ》だったとは思わなかった」

「嘘はついていない、という点が巧妙だったな」

マレフィデントが鼻から息を吐くのに、エイデスは答える。

彼の口にした通り、帝国も黒幕に利用された側だった。

帝国側の人間も関わってはいるが、帝国中枢が目論んだ訳ではなかったのだ。

「魔導省と特務課すら翻弄する程の相手にしては、幕引きがお粗末に見えるが」

「幕引きか……しかし、奴が黒幕であるという物的証拠はない。証言と状況証拠だけだ」

「魔薬に関する証拠はあるだろう」

「奴が関わっているという証拠が、ないのだ」

近年は、冤罪を防ぐ為に物的証拠を重要視するよう、国際的な情勢も変わってきている。

魔薬の製造場まで押さえてはいるが、そこに、黒幕に繋がる手がかりは存在していなかった。

「確証があるのなら、証拠を捏造してしまえば良いだろう。拷問して自白させるという手もある」

「本気で言っているのか？」

エイデスが目を細めると、マレフィデントはいつもの冷笑を浮かべる。

「勿論、本気で言っている訳ではないが。貴様は本当に潔癖だな」

「……アバッカム公爵の方は、どうなっている？」

「そちらについては、滞りない。元々、いつでも捕らえる準備は出来ていた」

父親のことであるにも拘《かか》わらず、マレフィデントはまるで他人事のように語った。

「こちらは、ツルギスと違い本当の大逆だ。侍女に命じてダリステアに定期的に魔薬を嗅がせていたことも、私に対する命令も、録音と映像、双方の魔導具で証拠を押さえてある」

「……それで良いのか」

「奴の方も私やダリステアを道具としか見ていない、そういう関係だ。ネズミに会いに行くぞ」

そうして、マレフィデントと連れ立って別の部屋に赴いたエイデスは……眠らされている人物の姿を見て、首を横に振る。

「どうした？」

訝しんで問いかけてくるマレフィデントに、エイデスは黒幕と目した人物の腕に嵌まっている二種類の腕輪を指差す。

「【変化の腕輪】と、精神操作の腕輪だ。——本人は、とっくに逃げ出している」

「何だと？」

「クラーテスを呼べ」

彼に腕輪の解呪をさせると……黒幕の姿に変化させられていたのは、セイファルトだった。

腕輪の魔術は、牢に入る前に既に使われていたのだろう。

それを確認したエイデスは、即座に踵《きびす》を返す。

「どこへ行く？」

「奴の居場所は、条件付きだが捕捉出来る。――――想定はしていたからな」

探査の魔術を行使したエイデスは、ウェルミィの足跡を辿り始めた。

「待て。どういう意味だ？」

エイデスは、追いかけて来たマレフィデントに、歩みを止めないまま説明する。

「言っただろう、物証がないと。奴はこちらの餌に引っ掛かった。あのまま大人しく捕まっていればそれでも良かったが……誘拐に踏み切ったのなら、現行犯として正式に罪に問える」

「誘拐だと？　一体、誰をだ」

「――――ウェルミィだ」

黒幕の狙いに関して、エイデスは事前にウェルミィと話し合っていた。

「奴は騒ぎを起こしたが、本来は奴にこそ、騒ぎを起こす理由がなかった」

精神操作の腕輪を嵌められていたのは、セイファルトだけではない。

ツルギスもだ。

それ自体は、マレフィデントも知っている。

「ダリステアを王太子妃にする以外にも、まだ狙いがあるというのか？」

「それは奴の狙いではなく、ツルギスの狙いだ。『騒動を起こすことそのもの』が奴の目的だと、我々は結論を出した。行動を起こすのなら、ほぼ確実にウェルミィの下へ向かうだろう」

「何か、貴様の婚約者が狙われる確証がありそうな言い方だな」

「……おそらく奴は最初から、解呪の力を持つウェルミィを遊び相手《ターゲット》にしていた」

エイデスは王宮から外に出た後、その問いの答えを口にする。

「だから、解呪可能な魔薬と精神操作の魔導具を使ったのだ」

ウェルミィの囮の役目は、まだ続いている。

その為に、わざわざ先に一人で帰宅させたのである。

案の定、王宮外壁の近くに侯爵家の馬車が止まっており、意識を失った侍女だけが乗っていた。

御者と、ウェルミィの姿がない。

「ここは任せる。騒ぎを大きくするな」

「ああ。……だが貴様、何故ネズミにことを起こさせた？」

マレフィデントの瞳に、怒りが浮かんでいる。

「ご令嬢を一人で対峙させるなど、無謀以外の何物でもない。予想していたのなら、尚更だ」

彼の気持ちは、エイデスには手に取るように分かった。

マレフィデントは、ダリステアを大切に思っている。

国家の為、公爵を捕らえる為、彼女をあの場に立たせることは選んだが、屋敷でも王宮でも、マレフィデントは決して妹を目の届かない場所には置かなかった。

だからエイデスが、大切な存在を『守れない状況』に置いたことを、怒っているのだろう。

「探知以外にも、手は打ってある。……そしてこれは、ウェルミィ自身が望んだことだ」

それ以上は相手をせず、エイデスはウェルミィの痕跡の先を辿り始める。

黒幕が気付いても、この探知を誤魔化す術はない。

が、奴ならそもそも妨害をするつもりも、ウェルミィに危害を加えるつもりもない筈だ。

ない筈だが。


——早く私の名を呼べ、ウェルミィ。

エイデスは内心でそう呟きながら、走り出した。

※※※

『一人で対峙するつもりか』

『ええ。あの人を捕まえる何かの証拠が必要なんでしょう？』

『お前が危険を冒さずとも、奴を裁く証拠は、必ず手に入れる』

『エイデスに出来ないと思ってる訳じゃないわよ。個人的に、言いたいことがあるの。ダメ？』

『……』

『ふふ。嫌そうね。本気でダメなら良いわよ？　なんでも言うことを聞くって約束だもの』

『心配しているのだ。……危うくなったら、私の名を呼べ。必ずだ、ウェルミィ』


——ええ、分かってるわよ、エイデス……。

そんな風に心の中で呟きながら。


「……？」

ぼんやりと意識が回復したウェルミィは、見慣れない天井に軽く目を瞬かせた。

頭が重い。しかしそれでも、徐々に意識が鮮明になると、思い切り体を起こす。

板張りで、高い天井近くに窓が一つある部屋の中には、ウェルミィしかいなかった。

「ここは……？」

馬車の中で強烈な眠気に襲われてからの、記憶がない。

意識を失う直前、何かふわりと花のような香りを嗅いだような気がしていた。

寝かされていたベッドは、少々古びた部屋に不似合いの、高級そうな柔らかいもの。

窓から光が差し込んでおらず、ドア近くの照明魔導具が淡い光を放っているので、時間は夜。

一日寝込んでいたにしては体が軋んでいないので、そう長い時間眠っていた訳ではないだろう。

ウェルミィは、何度か深呼吸をして気持ちを軽く整え、思考を巡らせる。

「魔薬も使われたのかしら……？　犯人は外？」

「ここにいるよー」

ウェルミィの呟きに答える声がして、そちらを見る。

ドアから鍵が外れる音がして、外からガチャリと開いた。

姿を見せたのは、一人の青年。

「目が覚めたー？　ミィ。ああ、侍女も君も眠らせただけだから安心してねー。御者はオレだったから、馬車は王城の近くに放置しちゃったけどねー」

悪びれる様子もなく青い瞳を細めた彼は、優雅な仕草で閉めたドアにもたれて腕を組んだ。

ウェルミィは、予想通りの人物が現れたことに緊張しながらも安堵しつつ、微笑んでみせる。


「あら、ズミアーノ様……これは一体、どういうことですの？」


ズミアーノ・オルブラン侯爵令息。

ツルギス様とシゾルダ様の幼馴染でもあり……エイデスと共に、今回の件の黒幕だろう、と考えていた人物だった。

「そんな演技はしなくていいよー。だって、気付いてたでしょー？」

あっさりそう言われて、ウェルミィは首を横に振った。

「気付いていた？　いいえ。疑っていただけよ」

「十分だよねー？」

クスクスと笑みを浮かべて、彼は口元に手の甲を添える。

先ほどの王宮での茶番劇に関して、彼にだけは一言も説明していなかった。

なのにどこまでも落ち着いた態度を取っていたから、ほぼ確信していたけれど。

「やるわね。エイデスが黒幕《ネズミ》は捕まえたって言ってたのに、逃げおおせるなんて」

「魔導卿と特務卿が直接拘束しに来てたら、流石に無理だった気がするけどねー」

ズミアーノ様は肩を竦めて、軽く首を傾げる。

「運が良かった気がするよー。おかげで、ミィとこうして喋れるからねー」

以前口説かれた時から、今に至るまで。

微塵も変わらずどこまでも軽薄なその態度に、ウェルミィは目を細めながら、問いかける。

「今回の件、本当に貴方が企んだことなのね？」

「そうだよー？」

「……何で、こんなことを？」

疑ってはいたが『彼が黒幕だ』という確信に至らなかったのには、物証以外にも二つ理由がある。

一つは、ズミアーノ様が確実に〝魅了の聖術〟に掛かっていたことだ。

解呪したのがウェルミィ自身なのだから、それに間違いはない。

彼が黒幕なら『自分に〝魅了の聖術〟を掛けさせるリスク』を負う理由が見当たらなかった。

二つ目は、彼の目的が本当に分からなかったこと。

今回の件で、結局ツルギス様は操られていたと聞いたけれど、事件の目的自体は彼自身の望んだものだった。

そして今、ツルギス様の目的に添って事件を起こしたズミアーノ様が、こちらが気付いていると察しながら何故ウェルミィを誘拐したのかも分からない。

ワガママを言って囮を継続したけれど、本当にズミアーノ様が実行に移すかは未知数だった。

エイデスや特務卿を出し抜く手腕があるのならば、そのまま逃げ切ることも可能だろうから。

そうした疑問に、ズミアーノ様は疑問を返してくる。

「こんなこと、はツルギス達を操ったことー？　それとも、ミィをここに連れてきたことー？」

「両方よ」

「どっちの答えも一緒なんだけどねー」

ズミアーノ様は、種明かしをする子どものように、嬉しそうな顔で告げた。

「――――単に、君達に挑むのが面白そうだったから、だよー？」

と。

※※※

ズミアーノ・オルブランの人生は、退屈に彩られていた。

生まれは、侯爵家。

権力も盤石で、帝国にもツテがある相思相愛の両親に愛されて育ち。

優秀な弟妹がいて、聡明で可愛い許嫁もいて、心を許せる幼馴染み達もいて。

自身に与えられた異国の血が混じる美貌と、少し頑張ればなんでもすぐに覚えてしまう頭脳と、割と優れた身体能力。

女性ですら、少し愛を囁けば容易く落ちる。

そうした、恵まれた全てを。


――面白くない気がするなー。


と、ズミアーノはそう思っていた。

望めば、全てが思い通りになる。

そんな環境が、どこか全て他人事のように思えて仕方がなかった。

ズミアーノの心は、虚ろな底無しの穴だった。


全ての物事が、ただ通り抜けて滑り落ちていくだけの穴。

その穴の底を埋めるものを、ずっと探していた。

探し物がてら帝国にも定期的に赴いており、オルブラン侯爵家に擦り寄りたい浅ましい連中が、顔を合わせるだけで、降るような縁談を持ちかけてくる。

ズミアーノには一応、許嫁がいるのに。

そうした縁談をやんわりと断りつつ、しかし少し期待を持たせるように色目を使えば、ご令嬢がたは色々なことを話してくれた。


――チョロいよねー。


ズミアーノは彼女らを、情報収集の相手としか見ていなかった。

ご令嬢がたの持つ情報や噂の大半はくだらないものだったが、中に紛れた幾つかの有益な情報を拾い上げる。

そんな折に、思考力を奪い、頭をぼんやりさせる香りを放つ薬草の存在を知った。

『意中の相手と既成事実を作りたい』という下世話な願望を持つ者達や、『世俗のしがらみを一時でも忘れたい』という連中の間で、それが密やかに広まっているという話を。


――何で、その程度のことに？

と、ズミアーノは思った。

――上手く使えば、もっと色んなことが出来るのに？


何かに使えるかと思い、興味が持てた気がした。

退屈凌ぎにまずは自分で試してみると、なるほど、この香でぼんやりするのは心地よい気がした。

しかし、頭の回転が鈍るというのは、同時に少し不快な気もした。

それから薬草を研究し、成分を抽出して効果を強めた【誘《いざな》いの香水】を作ることに成功したズミアーノは、ご令嬢がたや令息達に色々試してみた。

すると、どうでもいいことで仲違いしていた者達が仲良く肩を組んだり、悪いことをしている連中が自らその悪事を暴露したりしているのを見て、思った。

――これ、使えるなー。

思考の方向を誘導することを覚えたズミアーノは、香水の効能を魔術式に落とし込み、改良して、より強い拘束力を持つ魔導具を作り上げた。

【夢遊の腕輪】と名付けたそれは、逆に操れすぎて味気なかった。

だが、ズミアーノに欠けたものを埋めてくれる『何か』である気もした。

だから少し危ない橋を渡って、そこまで騒ぎにならない悪戯をする。

誰かがそれに、気付くか気付かないか。

そういう悪戯も一通り終えた後、ウェルミィ・エルネストの再来が話題になったのだ。

彼女には以前、一度だけ興味を持っていた。

――ああ、この子、オレと同じタイプの人間かなー？

一度目にした時、そう思ったから。

明るく着飾り、馬鹿みたいなはしたない振る舞いをするくせに、確かな知性を宿した令嬢。

ウェルミィは常に何かを探していて、醜悪な本性を隠すためではなく、目的を持って仮面を被っている。

可憐な美貌を持つ小柄な少女は、多くの人々に親しげな様子を見せて。

しかし手に入れようと擦り寄って来る者の手は、実に上手く、するりと躱していた。

ズミアーノは、何故か興味を惹かれた気がした。

だから彼女のことを調べ、観察した。

自分の為ではない彼女の策略を見抜いた時、ズミアーノは一瞬だけ。


——面白い！


そんな感情を、久しぶりに自分のものとして理解出来た気がしたのだ。

だから、ますます興味を持った。

以前、義姉を預ける相手を探しているらしい彼女の計画を知った直後に、口説くフリをして声を掛けてみたことがある。

彼女はジッとその朱色の瞳でズミアーノを見つめた後……口の端に淑女の微笑みを浮かべて、目には明確に拒絶の色を湛《たた》えながら、こう言ったのだ。

『申し訳ないけれど——貴方は、私に興味などお持ちでないでしょう？』

そんな風に、一瞬で自分を見抜かれたのは初めてだった。

「本当はねー、ミィ」

今もまた、誘拐されたというのに美しい姿勢でベッドに腰掛け、微笑みすら浮かべている彼女に、ズミアーノは気分良く応えた。

「オレは、ミィがイオーラを救う為に作り上げた策略が全て終わった後に、牢から攫って帝国に行こうと思ってたんだよー?」

帝国に行ってしまえば、油断のならないタヌキ国王でもそうそう手が出せないから。

「……どういうことかしら?」

訝しみながらも、ウェルミィの表情は崩れない。

これが彼女の戦闘態勢だ。


――ようやく正面から見れたなー。


なんだか感慨深い気がしつつ、ズミアーノは話を続ける。

「終わった後にしようと思ったのはさー、せっかくの計画《オモチャ》を、自分以外の人に崩されるのって、気分が良くない気がしたからだねー」

あの、自らを破滅させる断罪劇は、彼女が作ったものだったから。

完遂した後でなければ、手を出してはいけないと考えていた。

「オレは多分、ミィが好きなんじゃないかなー。だから見守ってたんだけど、無粋な魔導卿に邪魔されちゃって、可哀想だなぁと思ってたんだよー」

だから彼女が戻ってきた時に、考えたのだ。

この魔薬と魔導具を使って、今度は自分がウェルミィと遊ぼう、と。

「今度は上手く行ったから、気分が良かったでしょー？　君の思惑通り全てが運んだ筈だよー」

そう投げかけるが、ウェルミィは答えなかった。

彼女はただ黙ってこちらを見つめている。

「前は、助けたらさー、ミィをお嫁さんにしようかなって思ってたんだー。一緒にいると、退屈しなさそうな気がするしさー」

一瞬だけでも、自分の感情を動かした相手だったから。

すると、ウェルミィは笑みを深める。

「あら、そうして求められるのは悪くはないわね」

「そうでしょー？　だから、魔導卿からオレに乗り換えないー？　条件は悪くないと思うよー？」

「待遇は、オルミラージュ侯爵家と変わらないくらい？」

「うん」

ズミアーノは、利害関係で言えば、本当に自分を悪くない物件だと思っている。

そもそもオルブラン侯爵家もかなり裕福であり、ズミアーノは身一つであっても、地位くらい得ようと思えばすぐに得られるからだ。

だけど、彼女は首を横に振った。

「やめておくわ。ズミアーノ様は、前に声を掛けられた時に私が言ったことを覚えていて？」

「もちろんだよー」

「その頃から、貴方は何も変わっていないわ」

ウェルミィは、ふふ、と小さく笑い、扇を顔の前に広げる。

「貴方を選んでもきっと、退屈はしないでしょうね。本当は気が利いて、とてつもなく賢くて、表面上は快活だから。けれど、私はあの人を選ぶわ。貴方と彼の間には、明確な差があるから」

「へぇ、何だろー？　教えて欲しいなー」

するとウェルミィは、あの時と同じようにハッキリと、こう告げた。

「私のことが好きだなんて、嘘。貴方は、私のことなんかどうでも良いと思っているわ」

それは、あの時と同じ拒絶の言葉。

「だからきっと、飽きたら捨てるでしょう。でも、あの人は愛してくれる。私のことを一番に考えてくれるのよ。貴方には出来ないわ」

ズミアーノは、それが取るに足らない差だと思ったが、ウェルミィにとっては大きな差なんだろうなー、ということは、何となく分かる気がする。

けど、何となく会話を続けてみたくて、反論してみた。

「飽きられない努力をする、っていうのも、一緒に過ごすには大事なことじゃないー？」

「ええ。努力を怠るつもりはないけれど、その努力を捧げる相手も、あの人が良いの」

「そっかー」

ズミアーノは彼女の返答に、満面の笑みを浮かべてみせる。

そして、話を変えた。

「ねぇ、ミィ。君ってさ、オレがこの騒ぎを起こしたこと、怒ってるでしょー？」

すると彼女は、そこで初めて、スッと表情を消した。

美人がそんな表情をすると、とても迫力がある気がする。

「当然じゃない。――――今回の件が私のせいで起こったっていうなら、尚更だわ」

ズミアーノは、こちらの意図に気付いたウェルミィに拍手を送った。

そう。

彼女がイオーラの身代わりとして表舞台に戻って来なければ、事件を起こしたりはしなかった。

再来を知って、どうやって彼女と遊ぶかを考えていた時。

『リロウド伯爵令嬢がレオニール王太子殿下の婚約者となるのなら、ダリステア嬢へのツルギスの思慕も叶うのでは？』

シゾルダから、そんな相談をされたのである。

正直、どうでもいいな、と思いながらも、ズミアーノはちょうど良いので、ツルギスに話を聞きに行った。

すると、ツルギスは。

『……ダリステア嬢が、王太子殿下と結ばれることを望んでいるのなら、その意思を尊重したい』

と言ったので、望み通りにする形で動き始めた。

ただ別に、ズミアーノはどうなろうと気にしないだけで、幼馴染み達が嫌いな訳ではない。


──まぁ、万一があっても悲しむ人は少ない方がいいかなー。


一応そう考えて、ウェルミィに勝っても負けても良いように動いた。

ズミアーノが勝てば、結局彼女を助け出して帝国に向かうだけだし、負ければ今の状況になるようにしておいたのだ。

テレサロを使うことを決めたのは、彼女が〝魅了の聖術〟を動物にかけるのを、昔見かけたことを思い出したから。

タイグリムが彼女自身に口止めしているのも知っていたが、それこそどうでも良かった。

精神操作の魔導具や魔薬の噂を流して。

それを浸透させる間に、シゾルダ達を誘って帝国に旅行に出かけた。

帝国と、中央大陸中に信徒を有し中立の立場にある聖教会に『ライオネル王国で内乱の気配がある』という噂を流し、二つの勢力がどの程度〝桃色の髪と銀の瞳を持つ乙女〟を重要視しているのかを確かめる。

どうやら聖教会の方は、内乱が起こる前に積極的に関与してテレサロを自分達の下に引き入れたい姿勢であり、帝国は逆に、状況が落ち着くまで静観の構えを取るだろうことを把握した。

そうしてツルギスに【夢遊の腕輪】を嵌めて、小旅行から帰国した後。

手頃な位置にいて女遊びをする弟分だったセイファルトにも腕輪を嵌めて、テレサロに迫るように仕向けた。

彼女とソフォイルの婚約破棄についても、遊びの間、言うことを聞かせやすいようにしただけだ。

遊び終われば元に戻せば良いし、テレサロが聖教会に入るならそのままでもいいかなー、というくらいの軽いノリだった。

聖女の力を利用すれば、魔薬や腕輪だけ使うより情報が錯綜して、ズミアーノを追いにくくなる。

仕上げに王太子殿下とウェルミィがいるところを見計らって、テレサロに声を掛けさせた。
案の定ウェルミィは邪魔をし、テレサロに情報を喋らせてズミアーノの策略に気付いた。

——さて、オレに辿り着けるかなー？

彼女や魔導卿に挑むのは、手応えのない連中を相手にするよりも、楽しい気がする遊びだった。
そうして起こった三人の令嬢と、五人の令息の競演。

——主役はもちろん、ウェルミィ・リロウドだ。

趣向を凝らした、絶望渦巻く喜劇の幕は上がった。
一人の道化《ズミアーノ》の、計画通りに。
ウェルミィ達はこちらの狙いを全て看破して、見事、無難なところに落とし込んで魅せた。

——流石だったなー。

裏で、魔導卿と特務卿が精神操作の魔薬製造工場を突き止めて侵入したのは放置した。

それも狙い通りだったからだ。

『帝国側が国内に製造場を作り、ライオネル王国の内乱を狙っている』と誤解させる為に、帝国文官の一人に腕輪を嵌めて、そいつに色々手配をさせておいたのである。

案の定、帝国の関与をちらつかせた時点で特務卿は慎重になったし、ズミアーノが負ければ『帝国文官の罪』が王国への報酬……帝国への交渉のカードになる。

帝国とのパワーバランスを有利に持っていくような隙をあのタヌキ国王が見逃す筈もないし、魔導卿達の株も上がるだろう。

ズミアーノは、勝敗にすら拘りがなかった。

どちらに転んでも、思惑通りでしかないから。

『結果』など、ズミアーノにとってはただの退屈な答え。

一つ残念な気がするのは、もうウェルミィ達と遊ぶ時間が終わってしまうこと、それだけだった。

※※※

――本当に、ふざけんじゃないわよ。

内心の怒りが声音に出ないように抑えつつ、ウェルミィは出来るだけ冷ややかに問う。

「テレサロに、自分自身にも〝魅了の聖術〟を掛けさせたのは、ブラフの一つ？」

するとズミアーノは、あっさり頷いた。

「そうだねー。でも、あの術を掛けられるとどうなるのかに関しては興味あったよー？」

彼は、嬉々とした様子で語り始める。

「自分で受けてみると、理解度が全く違うよねー。ついでに〝魅了の聖術〟と同じような効果を持ってる〝魅惑の魔術〟って禁術に関する文献も、魔導省の図書館で読み漁ったしー。その時ついでに、魔薬に関する論文もヒントとして置いといたんだよー。役に立ったでしょー？」

しかし、嬉々としているのは表面上だけで、彼にはザラつくような違和感がある。

基本的に楽しそうな彼は、エイデスのように感情を隠しているのでもなく、感情がないかのように、ぬらりとした不気味な目をしていて奥底が読めない。

「そうやってさー」

同じ言語を使っているのに話が全く通じていないような、そんな違和感。

ズミアーノは自分の危険にも、他人の気持ちにも、まるで無頓着で。

彼の幼馴染み達や、ダリステア様やテレサロ、そしてウェルミィのように……彼に振り回された人々の気持ちも。

分かっていないのではなく、分かった上で気にしておらず、やりたいように振る舞っている。

そうした、ある種無邪気な行動の果てに。

「精神操作系の魔術を研究して完成したのが、この【服従の腕輪】だよー」

ズミアーノは腕組みを解くと、チャラッと音を立てて『それ』をこちらに示す。

一目見るだけで、背筋が怖気立つような禍々しさを感じさせる、真っ黒な腕輪だ。

「ツルギス達に付けた【夢遊の腕輪】よりも凄いんだよー、これ。製法が漏れたら即座に禁忌の呪具に指定されるんじゃないかなー？　魔術で解呪も出来ないし、一回付けたら外せるのはご主人様の命令だけだよー。精霊の力も及ばない『黒晶石《こくしょうせき》』を砕いて作ったんだー」

流石に、ウェルミィは息を呑む。

精霊の力が及ばない、ということはお父様や自分の解呪も通じない、ということ。

『黒晶石』自体も、この国では禁輸品に指定されている筈だ。

「……その腕輪を作る為に、〝魅了の聖術〟を自分の体で試したの？」

「作るため、って訳じゃないけど、そうだねー。【誘《いざな》いの香水】も、【夢遊の腕輪】も試したよー。自分に使ってみるのが一番手っ取り早いでしょー？」

本当に、常軌を逸している。

ウェルミィは怒りを覚えつつも、何故か少しだけズミアーノに哀れみを感じる。

彼は、どうしてこんなにも。

「貴方は、何でも手に出来る立場にいるのに……何故、破滅を望んでいるの？」

「えー？　別に望んでないよー？」

ズミアーノは笑顔で首を傾げるが、まるで人形が演じているように、人間味がない。

「だったら、何故こんな騒ぎを起こしたの？」

「え、さっき言ったでしょー？」

ズミアーノはもたれていたドアを離れて、ウェルミィに向かって一歩踏み出してきた。

「君と魔導卿と、本気で遊ぶのが面白そうだったからだよー」

「本気……？」

「うん。一応、全てを賭けてる感じでしょー？　友達とか、立場とかー。オレが大事に思っていそうなもの、全て差し出して挑んだ訳だしー」

「そう。なら、全てを差し出した本気の遊びは、面白かったのかしら？」

ズミアーノは、ウェルミィの問いかけに目を細めて、首を傾げた。

「そんな気はするけど、分かんないんだー」

その言葉にだけ、ようやく僅かに彼の本音が覗いたような気がした。

――分かんない、ですって？


ウェルミィはそろそろ、内心の怒りを抑えきれなくなっていた。

正直、言動や態度よりも『エイデスが私の邪魔をした』と口にしたことが、許せない。

「さぁ、君の騎士《ナイト》は、コレを嵌める前に助けに来るかなー？」

ズミアーノの問いかけに、ウェルミィは奥歯を噛み締めた。

「貴方に、これだけは言っておくけれど」

「何？」

「あの人は、私の騎士《ナイト》ではなく主人《キング》よ。……助けに来ても来なくても、私が妃《クイーン》になることを選んだ人だわ」

彼の軽口に応じて、ボードゲームに例えて、ウェルミィは訂正する。

『何でも言うことをきくから』、と、エイデスに自分の全てを捧げたのは。

あの場で彼の手を取ったのは……ウェルミィ自身の意志であり、選択だった。

「彼は、私の邪魔なんかしてない。あの人は、助けてくれたの」

ぎゅっ、とドレスのスカートを掴んで、ウェルミィはズミアーノを睨み付ける。

「お義姉様だけじゃなくて、私の――――私の心まで、助けてくれたのよ！」

本当はウェルミィだって、お義姉様と一緒に居たかった。

家でも、貴族学校でも。

ずっと笑い合って、たわいも無い話をしながら一緒に過ごして。

お互いに大事な人と結婚して、手紙を書いて、たまに会って……そういう『幸せ』を、ウェルミィは一度、諦めたのだ。

覚悟を決めて、全てを捨てて。

それを、あの人は。

ウェルミィの大切な、ウェルミィを大切にしてくれる、彼は。

「あの人は、私の計画を潰して、私を迎え入れてくれた！　私が必要だってッ！」

絞首台を見据えていたウェルミィの視界に割り込んで、『そんな未来は見なくていい』と。

そして代わりに――――お義姉様と笑い合える未来を、くれたのだ。

ずっと欲しかったのに、手に入らなかったものを。

「邪魔をした、ですって⁉　ふざけるんじゃないわよ！」

エイデスはウェルミィを腕の中に包み込んで、夢見た景色を、見せてくれた。

「あの人は、私の全部を守ってくれたのよ！　私の大事なものを、全部！　大切だって思えるものを、犠牲にした貴方なんかが……私の矜持を地の底に置いたまま、都合の良い『救い』を押し付けようと見てただけの、貴方なんかが――――！」

昂ぶる感情のままに、言葉を叩きつける。


「――私のエイデスを、侮辱するなッ！」


ウェルミィが吐き出した言葉を聞いて。

ズミアーノは目をぱちくりさせた後……頬を軽く指先で掻いた。

「そっかー、ゴメンねー？」

口にした謝罪は、こちらを馬鹿にしている訳でも、戯《ふざ》けている訳でもなくて。

ちょっと肩がぶつかって文句を言われた、程度のとんでもない軽さだった。


――ああ、この人は。

空っぽなんだ、と、ウェルミィは思った。

どんな感情をぶつけられても、どうでも良くて。

それは、ずっと孤独だということと、もしかしたら同じなのじゃないかと、ウェルミィは思う。

良い感情でも、悪い感情でも。

人に想われた分だけ、想う気持ちを返せないのならば……それはとても虚しいだろう。

ズミアーノの生きてきた時間は、きっとずっと、そんな虚しさに支配されているのだ。

そう理解したからといって、彼に納得は出来ず、同じ気持ちにはなれないけれど。


——とても、哀れな人だわ。


どんな言葉も、近づいてくるズミアーノには届かない。

けれど、ウェルミィの声はあの人には届く。

光源が遮られるほど間近に迫った彼の顔に影が落ち、その手がウェルミィの首筋に触れた瞬間。


『——そこまでだ』

と、低く響いたのは、耳に馴染んだエイデスの声だった。

※※※

「……あれー？」

ズミアーノが、何かに気付いたようにそう呟くと同時に。

彼の体に、どこからか現れた縄がひとりでにシュルシュルと巻きついていく。

触れそうになった腕が縄に引っ張られて後ろに下がり、ウェルミィの首から離れた。

そのまま後ろ手に縛られて、拘束されたズミアーノの首に……ピタリと、刃が添えられる。

「……え？」

ウェルミィは、突如自分の影から現れた青年を見上げる。

それは、けれどエイデスではなく……先ほどの【王太子殿下婚約披露パーティー】で、衛兵に連れられていった筈の、赤毛の青年。

「ツルギス様⁉」

軍団長の息子である彼が、剣を握ってそこに立っていた。

それに、もう一人。

「ヒヤヒヤしましたよ、魔導卿。合図があるまで動くな、という指示は、非常に心臓に悪い」

ツルギス様と同様に影から飛び出し、ズミアーノに左手を突き出している片眼鏡《モノクル》の青年、シゾルダ様が険しい顔でそう口にした。

左手に嵌まった指輪が、補助魔術を発動していることを示す緑の光に染まっている。縄でズミアーノを拘束しているのは、シゾルダ様なのだろう。

「な、何で貴方達がここに？」

「万一もないよう、お前の護衛に付けていた」

ウェルミィの疑問に当たり前のように答えが聞こえたので、声がした方に目を向ける。


いつの間にか、開いたドアの近くにエイデスが立っていた。


「もう少し早く、私の名を呼ぶと思っていたんだがな」

「……ごめんなさい」

不機嫌そうな彼の様子に、少しだけ申し訳ないと思いつつ、ウェルミィは肩を縮こめる。

「ズミアーノ・オルブラン。誘拐の現行犯だ。ただで済むとは思っていないな？」

エイデスの目には氷点下の怒りが宿っていて、その全身から吹き出している魔力が、まるで冷気の靄のように周囲に漂っている。

けれど、ズミアーノは全くそれを、意に介していないようで。

「魔導卿、その魔術は何かなー？　いきなり気配が飛んだんだけどー」

「……私とウェルミィは、誓約書による婚約を交わし、魂の契約を結んでいる。名を呼ばれれば、それを指標に転移魔術を行使する程度の芸当は出来る」

「なるほどー。遺失魔術があっさり使えるなんて凄いなー。ツルギスが隠れてたのは〝影渡り〟の魔術かな。気配もしなかったし、君も、そんな稀有な魔術をいつの間に会得してたのかなー？」

　彼の問いかけに、ツルギス様は渋面でため息を吐いた。

「二年ほど前だ」

「隠してたなんて、つれないなー。教えてくれてたら警戒したのにー」

「元々、暗技として習得したんだ。……正面から父上に挑んでも、俺では勝てないからな」

「なるほど、それで軍団長に勝ったから、後継ぎとして認められたのかー。うん、君らしい技だし、良いような気がするなー」

「貴方、拘束されてちょっとは態度が変わるとかないの!?」

　そんなどうでも良いことを喋っているような状況ではない筈だ。

　だけど、ズミアーノはアハハ、と笑って、後ろ手に縛られたまま器用に肩を竦める。

「ないよー。それに、ミィを助けたのはやっぱり騎士だったねー。衛士《ルーク》まで居たのは読めなかったけど、オレの勝ちだねー」

　まだ軽口を叩く彼に、ツルギスに続いてウェルミィも深く息を吐き、話しかける相手を変えた。

「二人は、一体、いつからついて来てたの？」

ウェルミィが問いかけると、シゾルダ様が答えてくれた。

「披露パーティーが終わり、貴女が魔導卿の休憩室を出た時ですね」

シゾルダ様達は、大広間から衛兵に連れ去られる演技をした後、すぐにエイデスが使う予定だった休憩室の横の部屋に隠れていたそうだ。

部屋からウェルミィが出るタイミングでエイデスが彼らに認識阻害の魔術を掛け、それからすぐに影に潜んだらしい。

「ツルギス、様は」

「呼び捨てで良い。貴女には迷惑を掛けた」

「あら、そういう訳にはいきませんわ。……ツルギス様は、ズミアーノに操られていたのでは？」

「……その話は、後ほどオルミラージュ侯爵に聞いて貰えないだろうか」

自分の口からはあまり言いたくなさそうだったので、ウェルミィはそれ以上追求しなかった。

「さて〝詰み切り《チェックメイト》〟だ、ズミアーノ」

「みたいだねー。ありがとー」

「何の礼だ？」

「ミィと話す時間をくれたからー。後、止めて貰って良かった気がするからかなー？」

相変わらず他人事のようなズミアーノに、エイデスが片眉を上げる。

「元々、お前はウェルミィを害すつもりはなかった、と思っていたが」

「あれ？　そこまで気付かれてたんだー」

また、アハハ、と笑ったズミアーノが軽く体を動かすと、カチリ、と小さい音が響く。

「今、何をしたの？」

ウェルミィが警戒していると、ズミアーノは笑いながら、とんでもないことを口にした。

「ああ、【服従の腕輪】を自分に嵌めただけだから、気にしないでー？」


「…………え？」

「ミィに触れさせて貰えて助かった気がするよねー。じゃないと、魔導卿に仕えるしかなかったしー。どっちでも良いんだけど、やっぱりオレはミィの方が好きな気がするからねー」

「い、一体どういうこと!?」

訳が分からなかった。

あのとんでもない呪物を、自分に。

「あ、もう離して欲しいなー。全部見抜いてたなら、オレがもう暴れないって分かるでしょー？」

ズミアーノの問いかけに、エイデスはしばらくジッと彼の顔を見つめた後、静かに頷く。

「まさか、ウェルミィに自分の命まで差し出すつもりだったとは読めなかったがな……」

「だって、負けたからねー」

まるで調子が変わらないズミアーノに、ツルギス様達も戸惑いながら、エイデスの許可を得て拘束を解く。

「その腕輪……何なの？」

「だから【服従の腕輪】だよー。最初から、自分がつけるための一点ものー。あ、研究成果は焼き払ってあるから、他の誰にも複製出来ないよー」

言われて、ヒラヒラと振られた彼の手を見ると、黒い腕輪は、確かにズミアーノの手首のサイズにピッタリのようだった。

「自分が、つけるため？」

「そうだよー。さっきミィに触れた時に、ご主人様として指定させて貰ったんだー。君がオレに『死ね』と言えばオレは死ぬし、それ以外の方法だと腕輪を無理やり外したら死ぬかなー？　代わりに残念ながら、魔術で焼いても首を切っても水に沈められても死なない体になったよー」

便利な奴隷だねー、とあっけらかんと言われて、ウェルミィは開いた口が塞がらない。

「オレを殺せるのは、ミィだけだよー」

「おそらくだが、精神干渉の魔術を利用して分霊の禁呪に近いものを使ったな？」

エイデスの問いかけに『せいかーい』とズミアーノは頷く。

「魂を分けたのは、体と腕輪と、ミィの中の三つだねー。あ、さっきも言ったけど、解呪は無理だよー。支配権の譲渡は出来るけどねー」

「い、意味が分からないわ……何の目的で、そんなことを……？」

「ミィに魂のカケラを渡したこと？　それは、ミィがダメとか嫌とか本気で思うことを、オレが出来ないようにする為の制約だねー。いちいち聞いたり命令したりするのも面倒でしょー？」

「そうじゃなくて！　何で自分にそんなことしたの!?」

ウェルミィの問いかけに、ズミアーノはキョトンとした。

「え？　だから、負けたからだよー。普通に捕まったら処刑しかないじゃないー？　内憂外患を誘発して、禁呪に手を出して、法に触れる精神操作。助かる道ないでしょー」

当たり前のようにそう言われて、ウェルミィは黙った。

確かに彼の積み重ねた罪は、それくらい重いけれど。

「死んでも良かったけどさー、一応、自分でも殺すには勿体ない程度の能力はある気がするしー。ミィを攫ったのは、二人きりで話したかったのと、勝ったミィに決めて欲しかったからだよー」

「……何を？」

何となく、その先に続く言葉が分かったような気がした。

正直聞きたくなかったけれど、聞かざるを得ない。

「オレをここで殺すか、〝影〟として使うかを、だねー」

ズミアーノは溜めることもせず、あっさりと口にしてしまう。

「言っとくけど、役には立つよー？　それに、近くで眺めてたら、魔導卿やミィみたいになれる方法を思いつけるかなーって思ったりもするしさー」

ズミアーノは、今まで通りの軽薄な笑みを浮かべていたが。

「オレ、大切にするとか守るとか躊躇うとかって気持ち、分かりたくても分かんないからねー」

その言葉で。

ウェルミィは、彼が求めているものが、何となく分かった気がした。

同時に、呆れてもいた。

「……馬鹿じゃないの？」

気がする、気がする、と口にする言葉の中に、自分が本当にしたいことが隠れているのに、気付けないのだろうか。

そうして今口にした理由が、自分の行動を縛る理由であり。

最初から負けるつもりだった、と言っているも同然だということに。

「大事だと思える気がする、なら、それはもう、理解しているのと同じでしょう」

「どういうこと――？」

「分からないなら良いわ」

キョトンとしているズミアーノは、こんな騒動を巻き起こしておきながら、自分に枷を嵌めた。

彼はきっと、自分では止まれなかったのだ。

だから外に、それを求めた。

腕輪は、彼が止まれない自分を止めるために作り出した、抑止力そのもの。

なら、その命の使い道を決めるのはウェルミィじゃなくて……大事だと思われていたのに、大事にされなかった人達だろう。

「……ツルギス様、それにシゾルダ様」

「「はい」」

「どうされますか？　彼を。私は、貴方達が決めることだと思いますけれど」

彼らに選択を預けると、二人は目を見交わしてからズミアーノを見る。

「ズミ。お前は……結局、何がしたかったんだ？」

凄く言いづらそうに問いかけるツルギス様に、ズミアーノはあっさり答えた。

「ミィと遊びたかっただけだよー。それに、ダリステアを殿下の婚約者にしたい、って言ったの、君だよねー？　だからついでに、その願いを叶えてやろうとしただけー。オレが勝ったら、ツルギスとダリステアは大逆を防いで国家に貢献した英雄だしさー」

「……負けた時のことは？」

「君がダリステアに謝りに行く口実になるでしょー？　ついでに口説けばー？」

なんか間違ってる？　と首を傾げるズミアーノに、ツルギス様の眉間の皺が深くなる。

諸々全部、間違っていた。

特にやっぱり、感情的な部分を考慮しているようで全くしていない辺りが。

「私は、生かしておいて構わないと思うがな」

エイデスは意味ありげにこちらを見てから、言葉を重ねる。

「実際、こちらに従うのであれば有用だ。ウェルミィを狙ったのはいただけないが……その行動力と頭脳は評価してやってもいい」

エイデスは牙を剝く気概のある人間が好ましいと、常々言っている。

ウェルミィに興味を持ってくれた理由も、実際そういう感じだった。

ズミアーノは、そこだけ少し不満そうな表情を作ってみせる。

「狙ったも何も、貴方より、オレの方が先に目をつけてたのになー」

「だからどうした？　出会った順序も、私やお前がどう考えているかも、特に重要な点ではない」

「……？」

エイデスがそう告げるのに、ズミアーノは訝しげな顔をする。

「大切なのは、ウェルミィが私を選び、愛したことだ」

迷いのない言葉で、彼は断言した。

――断言しないで欲しいんだけど。


他人の前でそんな風に言われると、恥ずかしくて頬が熱くなる。

なのに、エイデスはぬけぬけと続けた。

「選ぶ権利はウェルミィにある。彼女に選ばれたのは、お前ではなかった。ただそれだけの話だ」

「選択権がミィにあることは、分かってるよー？」

「どうだろうな。お前は他者に与えるだけで、それが求められている形かどうかを考えない。逸話に語られる悪魔のように、人の望みを、人が望まぬ形で叶えているだけだ」

「えー。目的が達成できるなら、過程はどうでも良くないー？」

「理屈だけではなく感情で回っているのが、人であり世の中というものだ。見返りを求めず勝手に与えることしか出来ないのなら、その歪なお前でも良い、という女性を伴侶にすることだな」

ウェルミィはズミアーノを『与えられた想いに応えられない人』だと思ったけれど、エイデスは違ったようだった。

『与えるだけで見返りを望まない』から、手段を間違うし、通じ合わないのだと。

「他の女に命を握られているお前を受け入れてくれる女性がいれば、の話だが」

そう締めて、エイデスはズミアーノの命の選択を預けた二人に目を向ける。

「いるかなー？」

ズミアーノが、やっぱりどうでも良さそうに首を傾げると、ツルギス様が嘆息し、シゾルダ様は天井を仰いだ。

「……いるだろうが」

「全くニニーナの苦労が伝わっていませんね……いっそ死ぬ方が彼女の為かもしれません」

「ニニーナ？」

その名前を、どこかで聞いたことがある気がする。

「ああ、オレの許嫁だよー。年始の挨拶以外はずーっと領地に引きこもってる、変わった子ー」

「!?　貴方、昔から婚約者がいるのに私を口説いたの!?　アーバイン並みにクズじゃない！」

「だって、オレが罪を犯してるのがバレたら、どっちにしたって婚約解消になるしさー。それにあの子には、俺じゃない方がいい気がするしねー」

「……お前、それ絶対ニニーナの前で言うなよ」

「これ以上、彼女に負担を掛けないでいただきたい」

ツルギス様達が釘を刺すのと同時に、ウェルミィはその名前をどこで聞いたかを思い出した。

「もしかして貴方の婚約者って、カルクフェルト伯爵令嬢？」

「あ、知ってたー？」

「精神治癒と薬草研究の才媛じゃないの！」

聞いたことがある筈だ。

それは、お義姉様よりも遥かに早く上位国際魔導士の資格を得た女性である。

幼少の頃から様々な病気の治療法を発見している人物で、教科書に『載る側』の生ける天才。

貴族学校には通っていなかったので、面識はないけれど……そんな婚約者がいるのに、こんな騒ぎを引き起こしているなんて。

「貴方、絶対地獄行きだわ」

「知ってるよー？」

「……本当に貴方って、話せば話すだけそれが無駄だと思わせてくれるわよね……」

自覚がある上に打っても響かない相手と話すのは、非常に疲れる。

苛立ちのおかげで少し口調が雑になったけれど、水を向けた二人は気にしていないようだった。

「それでお二方。結局この人の扱いはどうするの？」

「……こんな男ですが、凶行に走った原因は俺達で、その為の行動でした」

「償うなら三人でやらせて欲しい、とは、思います」

ツルギス様とシゾルダ様が遠慮がちながら答えを出したので、ウェルミィはズミアーノに告げた。

「なら、これから償う為に洗いざらい何したか吐きなさい。その後、徹底的にこき使うわ。休む暇があると思わないことね。それと、私が貴方の主人をやるのは期間限定よ」

「なんで？」

「貴方の命なんていらないからよ。でも、とりあえず二つ命令するわ。一つは、大事だと思う『気がする』ものを大事にすること」

「うん、いいよー」

「もう一つは、ニニーナ様に話をしに行って。罪も馬鹿さも全部さらけ出して、彼女がそんな貴方でも良いと言ってくれるなら、私に紹介しなさい。分かった？」

「分かったー」

ウェルミィは鼻を鳴らして、まるで子どもみたいな笑顔で答えたズミアーノから目を逸らす。

迷惑を掛けられた全員が、彼を許すまで。

もし許されないなら、その罪を償い終えたと判断出来るまで。


――ウェルミィは、ズミアーノに生きることを許した。


彼は、非常に多大な迷惑を掛けたけれど、結局、誰の命も奪わなかったから。

そこだけは認めてあげてもいい、と、ウェルミィは自分に言い訳する。


――『人を殺す』という判断と覚悟が出来ない自分から、そっと目をそらしながら。

8 掌中の珠

ズミアーノを拘束して無事別邸に帰り着いたウェルミィは、クタクタに疲れていたせいか、湯船に浸かって侍女にマッサージされながら眠ってしまった。

目覚めた時には既に朝になっており、ベッドの中でエイデスの腕に抱かれていた。

彼はウェルミィを一度別邸に届けてから、ズミアーノと共に王城に向かったはずなのだけれど。

「ごめんなさい。エイデスが働いてるのに寝ちゃってたわ」

「構わない。疲れていただろう」

窓から差し込む朝日の眩しさに目を細めながらウェルミィが謝ると、彼は首を横に振った。

エイデスの髪が少し湿っている上に石鹸の香りがするので、帰って来たばかりなのかもしれない。

「ズミアーノって、結局どうなるの？」

「奴の関与については、当初の予定通り公表しない」

ではやっぱり、表向きは『恋に溺れたツルギス様がバカをやった』形で処理されるのだろう。

「……ツルギス様達は、それで良いの？」

シゾルダ様も汚名を被るのに、ズミアーノだけが世間の冷たい目に晒されないことになる。

「ツルギスらがそれを受け入れている以上、こちらが口を出すことでもないだろう」

エイデス達は、婚約披露パーティーの遥か前にツルギスを拘束しており、その際に彼も腕輪を嵌められていることに気付いたのだという。

お父様に頼んで解呪も行っており、披露パーティーの時にはもう彼は正気だったのだそうだ。

だからパーティーの時も、すぐにウェルミィの護衛につけたのだろう。

「まぁ、本人達が良いならそれでいいけど」

言いながら、目が慣れて来たので彼の顔を見上げて……その頬が、少し腫れていることに気付く。

「どうしたの、これ!?」

ウェルミィが手を伸ばすと、エイデスは苦笑する。

「ああ……ズミアーノを送り届けた後、イオーラにはたかれてな」

「お義姉様が!? 何で!?」

「レオが話して、お前を心配して待っていたそうだ。事情を説明する暇もなかったぞ」

そう言って、エイデスはその間に起こったことを話してくれた。

※※※

「だから、わたくしは反対したのよ！」

パーティー終わりに就寝の準備をしていたイオーラは、レオから『ウェルミィが誘拐された』と聞いて、血の気が引いた。

ウェルミィを囮に使うなんて、そんなことをするから、あの子が狙われる羽目になるのだ。

もっと強く止めていれば、と胸に怒りが渦巻く。

「イオーラ……」

レオに呼びかけられて、イオーラは少しだけ冷静になろうと、深く呼吸する。

そのまま、お腹の前に重ねた両手を硬く握りしめた。

「今、どんな状況になっているの？」

「エイデスが、救出に向かってる。おそらく危険はないと」

「分からないでしょう、そんなこと」

人は、誰もが自分の思い通りに動く訳ではないのだ。

エイデス様が保証しようとも、ウェルミィを攫った人物は信用できる相手ではない。

眠る準備を、と言いに来る侍女らを、側付きのオレイアと侍女長が遠ざけてくれる。

――ウェルミィにもし万一のことがあれば……その時は、誰も許さないわ。

イオーラが、彼女の無事を祈りながら待ち続けていると、夜も明けかけた頃合いに連絡があった。

「エイデスが戻ったらしい。会いに行くかい？」

「ウェルミィは!?」

「一緒にはいない、と聞いている」

スッ、と息を吸い込み、イオーラは静かに頷いた。

「……案内して」

「ああ、こっちだ」

レオに連れられて貴族牢に赴いたイオーラは、銀髪の後ろ姿を目にして歩み寄った。

「エイデス様」

イオーラは彼が振り向くのと同時に、その左頬に向かって、思い切り腕を振り抜く。

パァン！　と甲高い音が響き、エイデス様が顔を背けた。

手のひらが、ジィン、と痺れた後に、熱くなる。

「イオーラ!?」

「わたくしは反対致しました。守ると言ったから、了承したのです！　これはどういうことですか！」

背後で驚きの声を上げるレオを手で制し、エイデス様が視線をこちらに戻す。

「ウェルミィはどこです！」

「無事だ。傷一つない。別邸で、既に休ませている」

その言葉に、イオーラは一瞬目を閉じた。


――――良かった。


するとすぐ横で、エイデス様と話していたエンダーレン卿が沈痛な顔で口を開く。

「申し訳ありません、エルネスト女伯。欺かれたのは我々であり、オルミラージュ侯爵では……」

「関係ありませんわ、エンダーレン卿。わたくしはエイデス様にウェルミィを預けているのです」

彼を睨みつけたまま、イオーラがピシャリとそれを遮ると、エイデス様も頷いた。

「言い訳をするつもりはない。心配をかけたのは事実だ。……すまない」

「改めてお覚悟を、エイデス・オルミラージュ侯爵。今後同じようなことが起これば、その時はどんな手を使ってでも、貴方を地の底まで引き摺り落としますわ」

「二度目はないと誓おう。未来のライオネル王太子妃殿」

エイデス様の真摯な返答に、イオーラは深呼吸をして気分を落ち着けると……たった今、自分のした行動を振り返って、徐々に顔から血の気が引いていく。

――わ、わたくしは、何ということを!?

いくらウェルミィのことで頭に血が上っていたからといって、未だ女伯の身でありながら、筆頭侯爵に手を上げた挙句、怒鳴りつけてしまったのだ。

「し、失礼致しました！」

慌ててイオーラが頭を下げると、エイデス様が苦笑を浮かべる。

「謝罪は必要ない。将来の王家を担う者が毅然としているのは、頼もしい限りだ」

イオーラが叩いてしまった頬を、黒い手袋をつけた左の指先で舐めた彼は、レオに目を向けた。

振り向くと、彼が珍しく厳しい顔をしている。

「イオーラ。事情も聞かずに手を上げるのは、流石にやり過ぎだ」

「……ええ。そうね」

「すまない、エイデス。後で何か詫びの品を贈ろう」

「必要ないと言いましたよ、殿下。彼女でなければ口に出来ない意見を貫ったと思っておきます」

人目があるからだろう、レオに対して丁寧な口調で応じたエイデス様は。

チラリとイオーラを見下ろした後、すぐにレオに目を戻して、笑みの種類を悪童のそれに変えた。

「大人しい顔をした殿下の恋人は、ウェルミィに負けず劣らずお転婆なご様子。どうぞ尻に敷かれませぬよう」

「ご忠告痛み入るよ。貴方への詫びの分、彼女への贈り物でも買って機嫌を取ることにしよう」

「是非、そうなされるとよろしい」

「～～～っ！」

二人に与えられた、『いきなり手を上げた』分の罰を受けて。

イオーラは、顔から火が出そうだった。

※※※

「ズルい！　ズルいわエイデス！　私もその、カッコよくて可愛いお義姉様を見たかったわ！」

話を聞いたウェルミィは、その光景を想像して身悶える。

「何で連れて行ってくれなかったの！」

「湯船で寝るほど、疲れていただろう」

「そんなもの、お義姉様の顔を見たら吹き飛んだわよ！」

「私も、彼女があんな時間まで起きているとは思っていなかった」

「それはそうだろうけど！」

返す返すも悔やまれる話であることに、変わりはない。

むぅ～、と頰を膨らませたウェルミィの頭を、エイデスが優しく撫でる。

「機嫌を直せ」

「……ねぇ、エイデス。私、頑張ったわよね？」

「ああ」

「なら、私もご褒美が欲しいわ！」

「……ズミアーノと対峙したのは、お前のワガママだったと思ったが？」

「発端はそうでも、頑張ったことに変わりはないでしょ？」

「勝手なことを言っているな。……まぁ、良いだろう。何をお望みだ？」

ウェルミィは、折れたエイデスにニッコリと笑いかけ、腕枕に頭を預けながら上目遣いに告げる。

「この件、裏があるのよね？　それを話して」

ズミアーノが魔薬や精神操作の魔導具を使った、というだけなら、わざわざ隠す必要はないのだ。

ツルギス様やシゾルダ様がどんな罪悪感を抱こうと、事件に関する決定権がある訳ではない。

ではその権利を持つのが誰なのか、と言えば。

「真犯人を隠してまで、貴方や特務卿がツルギス達の言い分を聞き入れる必要なんて、ないわよね？　もっと大きな何かがあるでしょう？」

エイデス達が、ズミアーノの存在を隠したがる理由が。

彼は、最初に『魔薬や魔導具の件に関しては、機密だ』と言い、肝心な部分ははぐらかしていた。

「ここまで協力したんだもの。取引する権利はある筈よね？」

「賢いな、ウェルミィ。流石だ」

まるで良い子良い子するように頭を撫でられるが、何だか馬鹿にされている気しかしない。

「話してくれないなら、もう触らせないいんだからね！」

ご褒美が欲しいっておねだりしたら『良い』って言ったのに。

ウェルミィが起き上がろうとしたら、エイデスにスッと体を抱かれて阻まれる。

「離してよ！」

「話してやるから、大人しく愛でられていろ」

そう言って、首元に口づけを落とされて、ウェルミィは肩を竦める。

耳が熱くなってしまったのを見られたのか、エイデスが楽しげに喉を鳴らした。

「お前は本当に可愛いな、ウェルミィ」

「……」

無言でまた頬を膨らませていると、今度は柔らかくぽんぽん、と頭を叩かれた。

「そう拗ねるな。……今回の件には、帝国が絡んでいると言われていた。だから、ああするのが最良の選択だった」

「帝国？」

薬の出どころが帝国なのは、知っていたけれど。

「……え？　もしかして今回の件って、内部分裂を狙ってガッツリ陰謀が張り巡らされてたの？」

「そう、だと思っていたのだがな。……ズミアーノが、帝国内部の人間を操っていたと白状した。それを、帝国との関係を有利にする交渉材料に使えると奴が提案し、陛下が取引なさったのだ」

「ふぅん……それってつまり、あくまでも帝国《向こう》の有責、って形で話を進めるってこと？」

「ああ。ズミアーノがそうなるように、最初から計らっていたようだ」

　エイデスは、そこで笑みを消した。

「これからも油断はするな、ウェルミィ。アレは頭が切れるぞ。下手をすれば、私やお前よりも」

「そんなに？　エイデスでも危機感を覚えるほどなの？」

「ああ。今回勝てたのは、奴が勝つ気がなかったからだろう。実際、作り上げた帝国の弱みを投げてきたことからも分かるように、奴の策謀は常軌を逸している」

「……気をつけるわ」

　ウェルミィが気を引き締め直していると、エイデスが不意に、顎先をくすぐってくる。

「ん……なぁに？」

「少し話は変わるが、お前に囮の件を持ちかけたのは、少々個人的な理由があってな」

「え？　エイデスに？」

「ああ」

　ウェルミィは、体を起こした彼に、今度は膝の上に載せられる形で横抱きにされた。

そのまま、彼はその肩に頭を預ける姿勢になったウェルミィの頬を撫でながら、囁く。

「お前に、交友関係を少し広げて貰おうと思っていた」

「……？」

小さく微笑みながら意外な理由を口にした彼に、ウェルミィは何度かまばたきをする。

「えっと……それが個人的な理由？」

「ああ。お前は今まで、損得でしか人間を見てこなかっただろう。それも、目的の為に利用出来るが、あまりタチの良くない者とばかり付き合っていた」

「そうね。それが？」

「信頼できる友人、というのが、お前にはいない」

言われて、ウェルミィは考えた。

貴族学校時代から今も付き合いがある相手は、レオやカーラくらいかもしれない。

お義姉様とクラーテスお父様は家族だから、エイデスのいう友人には当たらないだろう。

レオはお義姉様の相手で、義兄とは呼びたくない犬猿の仲。

カーラは、お義姉様の友達という感じで、そこまで仲良しという訳でもないし。

「確かに……いないかも」

「お互いに助け合い、長く付き合える友人というものも、社交界で生きていくには必要な存在だ。そうした相手を見つけるためには、お前に動いて貰うのが一番だと思った」

「へぇ……だからわざわざ、お父様に頼まずに、私に令息達の解呪を？」

「そういうことだな」

「回りくどい話ね」

「友人というのは、人に言われて作るものではないからな。関わるうちに、お前が誰かを気に入れば良いと思った」

「そうね……でも、私にも家族以外に助けたいと思う相手はいるわよ」

「ほう？」

気付いていないのだろうか、と思いながら、ウェルミィは首を傾げた。


「――――エイデスよ？」


そう口にすると、彼は何だか意外そうな顔で、ジッとウェルミィを見下ろしてくる。

「な、何？」

何か変なことを言ったかしら、と思っていると、不意にエイデスの目が愛おしそうに細められた。

「ウェルミィ。お前の気持ちは嬉しいが……私は、お前の友人ではない。お前が友人と交流することでしか得られないものを、与えられる訳ではない」

「……よく分からないわ。だって、エイデスは助け合える相手が必要って言ったじゃない」

「助け合い、長く付き合える友人が必要だ、と言ったんだ、ウェルミィ」

エイデスの右手の指先が、ウェルミィの唇を撫でる。

「私やイオーラでも、ある程度は担えるだろう。しかし、そうした相手は多い方がいい。特にこれから先、私は女性のみの場には居てやれず、王太子妃となるイオーラは気軽に動けなくなる」

「……うん」

何だか友人について分かっていないのが気恥ずかしくなって来て、ウェルミィは逆に尋ねてみた。

「エイデスには、そういう人がいるの？」

「勿論だ、ウェルミィ。クラーテスも、レオも、先ほど顔を合わせたマレフィデントも。私にとってはかけがえのない友人だ。お前という掌中の珠を、安心して預けられる相手だ」

ウェルミィは、視線をさまよわせた。

そうしたことを不意に言われると、どうしたら良いか分からなくなってしまう。

嬉しくて、恥ずかしい。


――でも、そんな話じゃないのよ、ウェルミィ！


エイデスを預けられるくらい信頼できる相手はいるか、と問われている、のだと思う。

自分と仲が良くて、お義姉様を預けるに足る存在、の方が近いだろうか。

そうなると、預けられる相手はカーラを筆頭に皆お義姉様の友人で、ウェルミィの友人ではない。

「私、本当に友達がいないわね……」

「そういう生き方をせざるを得なかったからな。だが、今は違うだろう？」

「でも、必要なかったから、今更、作り方が分からないかも」

「今まで、気に入った者ほど避けて来たのだから、今度からは関わっていくようにすればいい。お前の人を見る目は確かだからな」

　気に入った相手に、友達として接する。

　まだ理解出来なかったけれど、大事なことだとエイデスが言うなら、多分そうなのだろう。

「……なんだか、難しそう……」

「気楽に考えればいい。話してみたいと思った相手や、今後が気になる相手。今回関わった中で、そういう者達はいなかったか？」

「とりあえず……テレサロと……セイファルト、かしら……？　ダリステア様やヒルデントライ嬢も気になるけれど、絶対私に良い感情を抱いてないと思うし」

　テレサロは、どこか放っておけない。

　ソフォイルとまた心を通わせたけれど、これから先は大丈夫だろうか。

　セイファルトは、考え方が似ていた。

　周りから見ると、そんな生き方は間違っているのじゃないかと思えてしまうところに、共感を覚えるくらいには。

他の二人も、叶うなら一度は普通に話をしてみたいと思うけれど。

「今回の件が落ち着いたら、会いに行ってみるといい。きっと、得られるものがあるだろう。特にテレサロとダリステアは、話せば『面白いこと』が分かるからな」

「何、それ？」

「本人達から直接聞くといい。機会はあるだろう。仲良くなるというのは、そういうことだ」

どこか楽しげで、けれど慈しむようなエイデスの顔を、ウェルミィはジッと見上げた。


——何でこの人は、こんなに優しくしてくれるんだろう？


ウェルミィは、今までの人生でずっと、どこか居心地の悪さを感じていた。

エルネスト伯爵家ではお義姉様の居場所を、得るべきものを奪っているようで。

だけど、エイデスの側は居心地が良い。

それはこの人が、ウェルミィの……ウェルミィだけの居場所を、与えてくれたからだ。

「何だ？」

彼が今、ウェルミィにしているように、そっと手を伸ばして少しだけ腫れている頬を撫でると、軽く熱を持っているようだった。

「癒やさないの？」

「お前を危険に晒した罰を与えられたのだから、治るまで放っておくのが礼儀だろう」

エイデスはちょっと偉そうで無愛想だけれど、律儀で真面目だ。

なんとなく胸の奥が温かくなって、自然と笑みを浮かべてしまう。

「私……そういうエイデスが、す、好きよ？　それと、お義姉様の誤解は、また解いておくわね。エイデスは悪くないんだし」

ウェルミィが恥ずかしさを押し殺しながらそう伝えると、彼は何故か、笑みを深くした。

「そうか。……お前がそう言うなら、私は反省も遠慮もいらないな」

ちょっとその瞳の奥に嗜虐的な色が見えて、ウェルミィは我に返る。

頬から手を離そうとしたら、その手をがっしりと掴まれた。

「あの、エイデス？」

「そういえば、私も頑張ったことだし、ご褒美を貰わなければな。お前だけだと不公平だろう？」

「え、あ、それは……な、何が欲しいのかしら？」

思わず頬を引き攣らせながら問いかけると、エイデスは楽しそうな笑みを浮かべながら、顔を寄せて来る。

「さっきから無駄に誘うような言葉を口にする恋人に、大人の口づけを貰おうか」

そう言って、唇を奪われ……口の中にぬるりと舌が入り込んでくる。

「――――!?」

初めての感覚に、一気に顔が火照った。

「ん～！　ん、ゃ、エイデ、んん……!!」

そのまま、存分に、何度も口の中を貪られて、ウェルミィはだんだん、息苦しさと共に甘く蕩けるような気持ちになってくる。

「ふぁ……」

恥ずかしさとそれらがないまぜになって、意識が朦朧としてきたところで、ようやく解放された。

「私は特に悪くないらしいからな。なら、ご褒美を我慢する理由もないだろう？」

「ばか……きらい……！」

わざとらしく唇を舌で舐めて、満足そうに見下ろしてくるエイデスから、顔を背けるけれど。

「違うだろう？　ウェルミィ。そこは『大好き』だ」

「やだ……きらい……！」

「ウェルミィ、嘘は良くないな。……素直になるように、もう一度試すか？」

と、そう耳元で囁かれて、ひぅ、と喉を鳴らした。

――もう一回アレをされたら、立てなくなっちゃう……っ！


今でも体から力が抜けてへろへろなのに。

ウェルミィは観念して、小さく『好き』と口にしたけれど、エイデスは納得しなかった。

「顔を見て、きちんと言えるだろう？」

「いじわる……！」

ウェルミィは、両手で顔を覆ったけれど。

意地悪を言うくせに、ちゃんとエイデスは待ってくれる。

だからウェルミィは、指の隙間からちゃんと彼を見て、頑張って、もう一度告げた。


「大、好き。――エイデス」


ちゃんと言ったのに。

結局もう一回されてしまって、ウェルミィはしばらく動けなかった。

{裏}

悪の華から希望を

PRIDE OF
A VILLAINESS

1 国王の采配

――【王太子殿下婚約披露パーティー】の前日。

その日、ライオネル王国国王コビャクは、ネテ・デルトラーテ侯爵に事情を説明していた。

「ツルギス……あのバカ息子が……！」

額に青筋を立てている彼は、普段は軍団長を務めており『閣下』と呼ばれる身分である。

〝赤獅子〟の異名を持つ彼は、真っ赤な髪と髭が逆だっているように見えるほど怒っていた。

剣の魔術に秀でる彼の迫力ある怒りに、コビャクは苦笑する。

「ネテ、落ち着け」

そう声を掛けたのは、シゾルダの父でコビャクの従兄弟、宰相のノトルド・ラングレー公爵だ。

息子とよく似た顔立ちをしていて、元々体毛が薄いタチらしく髭は生やしていない。

しかし眉の間に深く入った皺が、彼に気難しそうな印象と威厳を与えていた。

「これが落ち着いていられるか！　まさか大逆の疑いをかけられるなど！」

軍団長ネテが憤然と立ち上がり、今にも退出しかねない様子なので、コビャクは軽く手を上げる。

「話にはまだ続きがある。お前に知らせずに事を運んで済まないが、明日の茶番はノトルドも、ツルギスも、シゾルダも納得した上での茶番だ」

「何だと!?」

コビャクと、他二人は貴族学校の同期生である。

当時、代々文官のラングレー公爵家と、武門であるデルトラーテ侯爵家は関係が悪かったが、貴族学校で仲の良い学友となったコビャクを含む三人は、家同士の関係を改善しようと画策した。

結果としてノトルドと、気性のさっぱりした当時のデルトラーテ嬢……ネテの妹が恋に落ちた。

親族からの若干の反対はあったものの、後ろ盾に王家がついて牽制し、結局どちらにも不利益のないことから婚姻が成立したのだ。

故にこの三人しかいない場では無礼講だと、コビャクは命じていた。

だからこんなにも、ネテは気安いのである。

「何故、儂《わし》を除け者にした!?」

「貴殿に知らせると、話を全て聞かぬ内に息子のところに行って殴り倒すだろうが」

「当然だッ!」

「それだと困るから、知らせなかったんだ」

ネテは直情的であり、特に自分を継ぐよう躾けたツルギスには特に厳しいと有名だ。

彼の息子は、第二王子タイグリム同様に双子だった。

ツルギスが弟で、兄はアダムスという。

兄の方が性格も明るく剣の腕前も人望もあるのだが……どうにも根無し草で責任感もない。

おかげでネテの指導を一身に受けたツルギスは、生来の性格もあり、生真面目で我慢強くはあるが、自分の気持ちを出すのがどうにも苦手に育ってしまった。

それを彼が愚痴るたびに『お前のせいだろう』と二人で言っていたのだが、改める様子はなく……それでも、そろそろ後を継がせるかという段に来て、この事件である。

コビャクは、ネテを落ち着かせるように手を上げてから話を始めた。

「この件に隣のバルザム帝国が絡んでいる可能性がある。少し前から、人を操る魔導具の噂が立っていたのを覚えているか？」

「聞いてはいる」

「これが、その証拠だ」

コトリと、テーブルの上に置いたのは、一つの腕輪だった。

『身につけると特殊な魔術が起動して思考力を奪う』との解析結果が、魔導省から上がっている。

「これを、ツルギスは身につけさせられていた。付けていた間にしたことを覚えてはいるらしいが、自らの意思ではないそうだ」

「……操られていた、と？」

ネテは武芸に秀でるが、魔術知識方面は苦手としている。

膨大な魔力は、魔法剣と呼ばれる剣技や大味な攻撃魔術に活かされるばかりで、魔導具にも疎い。

そんな彼に、ノトルドは眉根の皺を深くして淡々と告げた。

「その原因を作ったのは、我が息子シゾルダだ。ツルギスはダリステア嬢に好意を抱いている。その秘めた想いと我慢強さを、悪い方向に利用されたのだろうな」

もう一つ噂になっている思考を鈍らせる香水の方も、エイデスが生産元を押さえていた。

「ある領地に、倉庫に見せかけて工場が建てられていたそうだ」

「どこの領主が裏切り者だ？　まさかアバッカム公爵ではあるまいな？」

ネテが、血走った目で睨むように問いかけてくるのに、コビャクはニヤリと笑った。

「鋭いな、ネテ。が、アバッカム公爵ではない。倉庫が見つかったのはオルブラン領だからな」

するとと彼は、意外そうに眉を上げげた。

「何だと……？　ハビィの奴が裏切ったのか!?」

この三人ほどには親しくないが、国の穀物庫を預かるハビィ・オルブラン侯爵は一つ下の年齢で、よく一緒に悪さをした仲だ。

「我も最初に聞いた時、同じ顔をした。帝国の王姪に惚れて、大恋愛の末に奪い取るように娶ったアイツが、今さら協力してやった王家を裏切るとも思えん」

妻以外には目もくれず、結婚後は王都に出ることすら渋るような引きこもりである。

彼女が帝国に里帰りすることすら、あまり良い顔はしないほど溺愛している。

そんな男が、ライオネル王国を潰すような面倒臭い事態に関わる理由が全くない。

「……帝国に脅されてる、とかか？」

「どんな理由でだ。アイツの機嫌を損ねたら、困るのは向こうだろう」

帝国が虫害飢饉に見舞われた際、格安で食料を輸出したオルブラン侯爵家は帝国民の人気が高い。

今でも相場より安い価格で質の良い麦を輸出しているので、もし帝国上層部が余計なことをしてオルブラン侯爵家が取引を停止すれば、自国民の反感を買うだろう。

「一応、ハビィや細君が操られているという線も考えて影に探らせたが、不審な点はなかった」

ノトルドがゆっくりと告げ、目を細める。

「この事件の黒幕はハビィではない、というのが、オルミラージュ侯爵の見解だ」

「お前と同じ状況なんだろうよ、ネテ。息子が独断で動いている可能性が高いそうだ」

「どういうことだ？」

「ズミアーノが!?」

帝国の血が入った流麗な容貌を持ち、快活で人当たりが良く、ハビィとよく似ている倅だ。

が、何もかもを他人事と考えているかのような振る舞いをする青年でもある。

「筋が通るだろう？　ツルギスを帝国に連れて行ったのは、シゾルダとズミアーノだ。ツルギスに魔導具を嵌めることが出来るのも、そして領内に倉庫を建てて魔薬の生産工場にするのも……」

「一番やりやすいのは、ズミアーノ、ということか！」

ネテは、組織の長の顔になってコビャクを睨みつけてくる。

「だったら、なぜ捕らえない!?」

「一つには、明確な証拠がないからだ。ツルギスは腕輪を貰った相手も、香水の使い方を習った相手も覚えていなかった。認識阻害魔術だろうな」

コビャクの言葉を、ノトルドが引き継ぐ。

「もう一つの理由は、本当に帝国が絡んでいるのかどうか、詳しく動向を探るためだ。その為に『あくまでもツルギスの恋心と、それを唆したシゾルダを罰する』という形で事を収める。帝国が内乱を狙って画策したことなら、詳らかにすることで、戦争に発展する事態だけは回避する為にな」

コビャクとノトルドは、その点に関して一番慎重に振る舞う方針、なのだが。

「恐れるようなことか？　向こうが仕掛けてきたら、真正面から叩き潰してやれば良かろう！」

「それで被害を被るのが私達だけならば良いが、一番犠牲になるのは民だろう。話を聞け」

ネテの強気な発言に、ノトルドはため息を吐く。

「証拠が揃えば、それを理由に裏から帝国に手を回して制裁措置はとれる。そう収めるために、全員が動いている状態だ」

戦争を辞さない姿勢ならば、最初からネテに話している。

「明日、お前はパーティーに参加せず警備の指揮を取れ。それと近々、人事異動を行う」

「警備は構わんが、人事異動？　誰の首をすげ替えるんだ？」

「外務卿だ。平時であれば今のままで良いが、帝国だけでなく、大公国側にも近々大きな動きがある。有事に近い形で外交が荒れたら、あの穏やかだが凡庸な外務卿では対応できんだろう」

「後釜は」

「エイデスだ。今、一番適任だろう」

「……魔導省はどうする気だ？」

「マレフィデントに預けるさ。奴なら上手くやる」

「アバッカムの小倅か。親よりはだいぶマシだが……特務卿はどうする」

「一度、レオニールに預けてみようかと思っている。あれは、少し汚い方向に揉まれた方が良い」

コビャクの人材選定に、ネテは鼻から大きく息を吐いた。

「上手く行くのか？　それで」

「エイデスとレオニールが有能な姉妹を伴侶に得たからな。あれらは得難い拾い物だぞ？」

年若いが、外交と内政に携わらせるのにあれほど適した人材はそういない。

妹のウェルミィ・リロウドは、血統固有の解呪能力を備えた生粋の人垂らし《タレント》。

優秀な人材を見極める目を持ち、王族を含む他者すら手玉に取る弁舌と演技力、それを多くの者に悟らせることなく意のままに誘導する素晴らしい外交手腕を持っている。

情の深さも気の強さも一級品だ。

姉のイオーラ・エルネストは、紫瞳を備えた百年に一人の頭脳を持つ才媛。

国際魔導研究所においてあっさり上位魔導師資格を取得し、領主としても舌を巻くほどの手腕と、魔術に対する造詣の深さを持ち合わせている。

そして何より、愛する妃を病から救ってくれた。

「我が国は次代においてさらに盤石になるぞ。彼女らを得たアイツらがどんな働きをするのか、今から楽しみで仕方がないと思わんか？」

「相変わらず腹黒い男だな、コビャク。息子の嫁と妹まで利用しようと？」

「悪いか？　別に誰も不幸にはなっていないだろう」

しれっと答えてやると、ネテは首を横に振ってからノトルドに目を向ける。

「ツルギスとシゾルダはどう扱う？」

「しばらくは謹慎という形で隠し、別の身分を与えて動いて貰う予定だ。能力的に、遊ばせておくには勿体ない。その上でもう一度浮上できるかは、あれら次第だ」

息子のやらかしに何も感じていない訳ではないだろうに、ノトルドは宰相として冷静だった。

「つまりその程度の罪で収める、と」

「大逆でなければ、シゾルダは噂を流しただけで、ツルギスは心神喪失だ。どうとでもなる」

キルレイン法務卿は法に忠実ではあるが、法の範囲内であれば文句を言うほど狭量ではない。

「後は陛下の、我々の家に対する采配次第だが？」

と、ノトルドに話を向けられてコビャクは苦笑した。

「賠償金と慰謝料を支払ってやれ。巻き添えで迷惑を被ったのは、アウルギム伯爵令息、アバッカム嬢、トラフ嬢くらいだ。それぞれに金以外にも望みを叶えてやればいいだろう」

「それだけで良いのか？」

「表向きは、その程度のことしか起こっていないんだ。全員を内乱罪に問えば、むしろ人材を失って国家の安寧を揺るがすことになる。後は、教皇猊下の出方次第だな」

聖教会の本拠地こそ帝国にあるが、女神を最高神として信仰する聖教徒は中央大陸全土にいて、さながら『国土なき王国』と呼べる立場だ。

彼らの教義と権威の根幹を成すのが、聖女と呼ばれる存在である。

強い癒やしの力を持つ聖女は別に世の中に一人という訳ではなく、聖教会は数多くの聖女を常に抱え込み、広く民衆にその力を還元することで権威を増してきた。

その中でも特に、魔王すら祓う力を持つと言われる最高位の聖女――〝桃色の髪と銀の瞳の乙女〟であるテレサロは重要な存在なので、この騒動に付け込んで引き抜こうと事態を引っ掻き回してくるかどうかで、話が変わってくる。

「その見極めのためにも、エイデスとリロウド嬢に動いて貰おう。それがイオーラやレオニールの為になるのなら、あの二人に否はあるまいよ」

コビャクはそう告げ、ニヤリと笑って顎を撫でた。

2.王子達の決断

ライオネル王国には、王子王女が合わせて五人いる。

上から順番に、長兄レオニール、長女ヒャオン、双子の次男タイグリムと次女ナニャオ、そして三男のティグだ。

【王太子殿下婚約披露パーティー】から一ヶ月が経ち、あの騒動の後始末も落ち着いてきたある日、第二王子タイグリム・ライオネルは、中庭でぼんやりと今までのことを思い返していた。

幼い頃、兄であるレオニールは、賢く柔軟だが病弱だった。

幸い、兄は年齢が上がるごとに健康になり、無事に王太子になったけれど当時、腹黒な大人だが平等で嘘はつかない父王に、ハッキリと説明されたことがある。

『お前達はお互いに難しい立場だ。レオニールは体が弱いが賢く、タイグリムは第二子という立場だが、同様に聡明だ。どちらが王太子となるかは、今の時点では分からん。故にお前達は、それぞれに己が国を背負うと考えて生きることになるが、どちらかは最後にその道から外れる』

彼も母上も、タイグリムを兄のスペア扱いになどしなかった。

父王は、少なくとも自分達に関することについて、隠し事をしなかった。

『その時に、お互いを恨むこともあるかも知れん。長兄なのに玉座を得られぬと、優秀なのに王弟に甘んじると。そうした気持ちをお互いの前で隠してはならぬ。吐き出さぬ想いは、いつか心を蝕むからだ。お前達は国の未来と安寧の為に考え続け、話し合い続ける必要がある。分かるか？』

兄とタイグリムは、それぞれに頷いた。

それから自分より三つ年上の兄は、父王同様に、タイグリムに隠し事をしなくなった。

『俺はお前が王になっても恨むつもりはないが、なるべく重責を押し付けないことを目指す』

兄の言葉は真摯で力強かった。

だから、タイグリムも同様に答えた。

『兄上の努力が及ばなかった時、重責を預かる。そのつもりで学びましょう。それが役に立たぬことを願っています。俺は、兄上が好きですから』

タイグリムが答えると、兄は嬉しそうに笑った。

『俺もだよ、タイグリム』

それから、今まで以上に兄との仲は良好だったと思う。

同じ話題について議論して、時にぶつかり、徹底的に意見を擦り合わせた。

時には双子の妹が交じり、二人して言い負かされることもあった。

あいつは微塵も自重しないし、父王が『女王でも良いかもしれんな……』と真剣に考えるくらいは賢かったので。

ただ妹は、父王に対して『玉座に興味ない。面倒くさい』と、バッサリ切り捨てていたし、兄と自分、どちらが王になっても助けるとは言ってくれていた。

そして天の采配と、兄上の努力が健康にも影響したのか……父王が、彼を王太子にと定めた時に、タイグリムもまた自分の道を探り始めたのだ。

父譲りの銀の瞳と治癒魔術という、兄にない自分自身の武器を持っていたのは幸いだった。

そして、弟子として預かったテレサロ嬢もまた、タイグリムには得難い宝だった。

自らも王として立つ為に学んだタイグリムは、冷静な頭で彼女の行く末を憂いていた。

平民上がりで天真爛漫な彼女の、ずば抜けた治癒能力と穏やかで優しい人間性は、聖女と呼ぶに相応しい。

しかし、謀略にその力を利用しようとする欲望と悪意に対しては無力に見えたからだ。

故に、実際に今回の事件が起こった時……タイグリムは、自分の道を定めた。

「タイグリム」

「兄上。お待ちしておりました」

中庭に遅れて現れた兄は、昔の病弱な面影など微塵もない、勝ち気な印象の青年に成長していた。

今となっては、まだ成長途上の自分の方が、細く弱く見えるかもしれない。

「……バルザム帝国へ行くと聞いたが」

けれど、彼の性格は変わっていない。

横に座ってすぐにそう口にした兄の表情は、どこか寂しさを含んでいた。

「聖教会の総本山へ、行くのか」

「ええ、枢機卿を目指します。そして叶うなら、教皇に」

ハッキリと口に出すと、兄は唇を引き結んだ。

『王弟として治世を支えて欲しかった』と口にするかな、とタイグリムは予想した。

これは父王の決定ではなく、自分自身が望んだこと。


——継承権を捨てて、神の使徒となる。


世界中から人の集まる権力争いの坩堝《るつぼ》に、飛び込む決意をしたのだ。

そこが、王足りうるべく学んだ帝王学を、最も活かせる場所だと思った。

しかし兄は、全く予想していなかったことを口にした。

「トラフ嬢の為か？」

「……まさか、兄上に見抜かれているとは思いませんでしたね」

兄の方は自分に隠し事をしないが、タイグリムは嘘は吐かずとも、あまり余計なことは言わない。

当時伯爵令嬢だったエルネスト女伯のことは兄の口からよく聞いたが、逆にタイグリムが自分の色恋について兄に話すことはなかった。

自分はそういう性分で、兄も深くは突っ込んでこなかったからだ。

すると兄は、肩を竦めてすぐに種明かしをして来た。

「お前の気持ちを見抜いたのは、俺じゃない。イオーラとウェルミィだ」

「なるほど。あのお二人は、本当に慧眼であらせられる」

大した関わりもなかったのに何故分かるのだろう、とタイグリムはいっそ感心した。

「テレサロ嬢のことが理由なのは、事実ですよ。聖女は渡さぬ、枢機卿候補となる力を秘めた第二王子は渡さぬ、では、聖教会も納得しづらいでしょうしね」

「この国は今、父上のお陰で力を蓄えてる。何ともならないことはないだろう」

「そこは分かってないんですね、兄上。俺が教皇になる方が将来、兄上の地位がより盤石になると判断したんですよ。だから行くんです」

兄を側で支えたいという気持ちもあったが、それは妹に任せようと思ったのである。

「……今後、俺に万一がないとも限らないぞ」

「その時になれば、姉は嫁いでいるかもしれませんが、ナニャオとその伴侶、あるいはティグが後釜を担うでしょう。ナニャオが歴代初の女王となって喚く姿も、少し見たい気持ちもあります」

「それは、俺も少し見てみたいな」

兄と二人で、笑い合う。

彼女に治世の才を見いだした父王は、兄やタイグリムに対するのと同様の教育を施した。

当の本人が拒否しているが、淑女としても申し分ないほどの勉強を詰め込まれた上で、それをこなす彼女こそ本当に王位に相応しいのでは、と兄と語り合う程に優秀だった。

父王は、本当に周辺諸国を見ても稀有なほどに、真に平等で柔軟な人だった。

妹の、降嫁を望まぬ意思すら尊重すると言っていたのだ。

「……私は、ナニャオの伴侶にマレフィデント・アバッカム公爵を推しますよ」

タイグリムがそう口にすると、兄が眉を上げる。

「……アバッカム公爵領はどうする？」

「王家直轄地にして、今まで通りに預かって貰えばいいでしょう。あの家は前王家の血を継いでいてややこしいんですから、忠臣である内に取り込んで、今代で血を統合してしまえば良いんです」

そうすれば無駄な争いをせずに済むし、アバッカム特務卿の優秀さは折り紙つきだ。

実際に妹の伴侶になった後に兄が倒れたとしても、彼は王ではなく王配の道を選ぶだろう。

父であるアバッカム公爵の妄執を、叶えてやる気はなさそうだから。

「……特務卿は、だいぶ歳が離れてるぞ。ナニャオが気に入れば良いが」

「知らないんですか？　ナニャオは、アバッカム公爵を自分の伴侶にと、昔から望んでいますよ」

「そうなのか!?」

「バラしたと怒られるかな……色恋に歳は関係ないですし、彼は才覚があるだけでなく、見目も良いですからね。性格もナニャオと合いそうです」

「それはそうかも知れないが……まぁ、俺達の一存では何ともな」

「確かに。では、後で父王に伝えておくとしましょう」

あの人のことだから、気付いていて言い出すまで放っておくつもりか、あるいは母上が自分のところで情報を止めている可能性もある。

話題が途切れると、兄は言いづらそうに頭を掻きながら、晴れた空に目を向けた。

「あ～……お前さ、トラフ嬢と一緒に聖教会に行く、って選択もあったんじゃないのか？」

「兄上。彼女の笑顔が曇る選択ですよ、それは」

タイグリムは苦笑した。

婚約者であるソフォイル卿のことを話す彼女の、キラキラとした笑顔が好きだった。

その笑顔が曇った時に、自分の恋心に気付いたのだ。

婚約破棄をさせられた時、セイファルト氏に迫られ、ツルギス氏に脅された時。

テレサロ嬢は、何があったかを尋ねてもタイグリムには何も言わなかった。

それが、彼女と自分の間にある線引きだったのだろう。

だがリロウド嬢のお陰でテレサロ嬢に笑顔が戻ったので、それ以上、タイグリムが口を挟むことなど何もない。

「兄上。俺は多分、他の誰かを想っている女性が好きなんですよ」

初恋は、ダリステア嬢だった。

その時の彼女は、王太子となった兄の婚約者筆頭であり手が届く人ではなかったし、彼女は未来の王妃としての地位と責任を見据えていた。

次がテレサロ嬢。

彼女もまた、想い想われる人がいて、彼との将来を夢見ていた。

そうした彼女達の気持ちを聞くのが、タイグリムは好きだったのだ。

「お前……趣味が悪いな……」

ひどく微妙そうな顔をする兄、レオニールに、タイグリムはニヤリと笑う。

「しかしそう考えると、俺は聖教会向きな気がしませんか？　聖女の存在により、聖教会での女性の地位は決して低くありません。そんな中、慎ましく暮らす修道女や聖女が大勢いる」

おどけて肩を竦めながら、タイグリムは軽口を重ねた。

「神とかいうハレム野郎に愛と貞淑と祈りを捧げる、俺を見ない〝花嫁〟達が、大量にね」

「あそこの最高神はそもそも女神であって野郎じゃないだろ。お前、天罰が下るぞ？」

「なるほど、男女の別を問わない方という話ですか？　百合というのも乙なものですよ」

「こんな奴が教皇になったら、聖教会は終わりだ」

嘆くように頭を振りながらも、兄の口元は笑っていたのでタイグリムは目を細める。

「それでも、俺はここにいるより向こうに行ったほうが良いんですよ」

兄には妹や自分だけでなく、エルネスト女伯も、オルミラージュ侯爵もいる。

そして、デビュタントからこっち、嵐のように表舞台を荒らしながら、その裏で国内の問題を瞬く間に平定してしまったリロウド嬢も。

本人は自覚がないだろうが、あの伯爵令嬢は特にとんでもない、とタイグリムは思っていた。

「国をお願いしますよ、兄上。父上を引き摺り下ろせば、玉座は貴方のものです」

「大人しく引き摺り下ろされてくれるようなタマじゃないが、努力はしよう。お前も、行くなら聖教会と帝国を黙らせてくれ。大嫌いなオルブラン侯爵令息と一緒にな」

「本当にその点だけが、唯一の不満ですよ。何が悲しくて、テレサロ嬢を嵌めたヤツと協力しないといけないのか」

それが将来的にテレサロ嬢の為になるのなら、仕方がないことなのだが。

教皇になれば。

聖女となったテレサロ嬢と添い遂げることはなくとも、いずれ信徒のために近しく話すことが出来るようになるだろう。

タイグリムにとってはきっと、それが一番心地よい距離だ。

そうしてやがて、今の面々がこのまま、ライオネル王国の味方であれば。

「十数年後、もしかしたら世界は、この国の手中かもしれないですね、兄上」

「ゾッとしない話だ。随分と重い玉座になる」

「俺が座るんじゃなくて良かった。兄上が〝覇王〟と呼ばれる日を、楽しみにしてますよ」

タイグリムは、座ったまま兄に拳を突き出して。

彼は、それにゴン、と同じように拳を打ち合わせた。

「ああそれとズミアーノ氏の話で思い出しましたが、彼に一つ頼まれたことがありましてね。兄上にお願いしたいんですが」

「何だ？」

「セイファルト氏に、手紙を書いてあげて欲しいんですよ。オルミラージュ侯爵と連名でね」

「……何の手紙だ？」

そう警戒する兄に、タイグリムは自分が知っている情報と書いて欲しい内容を伝えた。

※※※

「義兄上《あにうえ》」

セイファルトは、廊下を玄関に向かって歩いている時に、弟フュリィの呼びかけを聞いて、後ろを振り向いた。

来年から貴族学校に入学する彼は、どこか悲しそうな顔でこちらを見ている。

「話を聞きました。良いんですか、本当に」

「元々向いてないと思ってたからね。フュリィに押し付けちゃって、ごめんね」

アハハ、と明るく笑いながら謝罪すると、彼はますます顔を歪める。

「義兄上、私は」

「フュリィ」

セイファルトは、彼の話の続きを遮り、内心で呟いた。

——これで良いんだよ。

だって、継承権《それ》は元々、セイファルトがフュリィや義母上から奪ったものなんだから。

セイファルトは、アウルギム伯爵家の長子だけど、庶子だから。

あるべき場所に、あるべきものが戻るだけの話だ。

「心配しなくても、僕は好きにやるさ。それよりも、僕のせいで迷惑を掛けてゴメンね」

セイファルトの醜聞がちゃんと貴族社会に出回ったことで、父はようやく後継者候補から外して、フュリィを嫡男に据える決断をした。

父と義母上は典型的な政略結婚で夫婦の間に愛はないが、義母上は出来た人で、正妻の座はもし母が生きていたとしても揺るがなかった筈だ。

きっと父とセイファルトの母も、遊びのような関係だったのだろうと思う。

愛人にはなれても正妻になることは決してない、そういう一線を引かれていたからこそ、セイファルトの母は荒れていた。

母は、父のいないところではセイファルトに、不満や暴力をぶつける人だったのだ。

だから、人の顔色を窺うのが得意になった。

引き取られた後も、優しい義母上や賢くて可愛い弟の邪魔にならないように振る舞うのなんて、簡単なことだった。

実際可愛い弟の遊びに付き合って笑ってあげることなんて、いつ来るか、いつ過ぎるか分からない暴力の嵐に怯えることに比べれば、何の苦労でもなかった。

正当な後継者であるアウルギム家の長子と母が流行病で亡くなり、セイファルトが伯爵家に引き取られることとさえなければ……何も問題はなかったのだ。

「……義兄上は、今からどこに行かれるのですか？」

「ん？　ちょっと遊びに行くだけだよ。友達から観劇チケットを受け取ったから、デートにね」

嘘だ。

セイファルトは割と、そういう害のないしょうもない嘘は、よく吐く。

「……戻って来られますよね？」

「もちろん。僕の家はここだし、貴族学校を辞めるつもりはないからね」

何をするにしても、学歴があって困ることはない。

僕は結構図々しいんだ、と思いながら、セイファルトはフュリィに片目をパチリと閉じる。

「じゃあね」

ヒラヒラと手を振って屋敷を後にしたセイファルトは、馬車も使わずに歩き出した。

女遊びなんて、実際はズミアーノ兄ぃといる時ですら、ほとんどしたことはない。

ただ、近づいてくるご令嬢を拒否せず、平民の酒場で知り合った子と適当に会話していただけだ。


——噂なんて、無責任なものだからねー。


そんな風に思いながら平民街に向かい、知り合いの人々と適当に挨拶しながら向かった先は『ローンダート商会』という大手の貿易商会。

港町を領地に持ち、輸出入業に元々力を入れていた子爵家が経営しているところだ。

その受付で、声を掛ける。

「やぁ」

「これはセイファルト様。またご面会ですか？」

「うん、いつもの。……彼女は来てる？」

「今日はおられますよ。執務室です」

「ありがとう」

顔パスで通して貰えるが、一応の取り次ぎを待ってセイファルトは執務室に向かった。

「やほー。手は足りてる？」

「また来たの？」

そこで、チラッとすら目を上げることもなく応じたのは、ローンダート子爵家の次女だった。

緑の髪に気の強そうな顔立ちをしていて、無駄な愛想は浮かべない。

上質だが落ち着いた色のドレスを身に纏い、書類を読んで手際よく処理していく彼女は、カーラ。

セイファルトより二つ年上で、イオーラ・エルネスト女伯の親友だという少女だ。

カーラは最近、彼女の開発する魔導具の、材料仕入れや開発の窓口として忙しくしているらしい。

『婚約者を作る暇もない』とブチブチ言っている彼女が、実際は多数の縁談を『選別する時間がない』と断っていることをセイファルトは知っていた。

「ていうか貴方、後継者を外されたらしいじゃない。何をしてるの？」

「耳が早いね。でも、狙い通りだよ」

「馬鹿じゃない？」

セイファルトは、遠慮のない彼女にズケズケとモノを言われるのが大変心地よい。

思わず口元を緩めながら、尋ねた。

「何か手伝えること、ある？」

「今はないわね。もう少ししたら、色々届け物とか手紙とか、手伝って貰うかもしれないけど」

「残念」

カーラから貰う仕事は、セイファルト個人の貴重な収入源になっている。

勝手に近くの椅子に座ると、カーラはまたチラッと目を向けてきた。

「何？」

「ん～……なんか、ズミアーノ兄ぃから紹介状を貰ったんだ。ここの商会で僕を雇ってくれないか、って打診」

『君の望みはこの辺でしょー？』と渡されたもので、苦笑するしかない。


――この人のそばに居たい、って、バレてるんだよなぁ。


凜として迷いのない、商才のある年上のご令嬢。

しなやかに我を通して行くカーラは、セイファルトの憧れだった。

「下働きで良いからさ、卒業したら雇って欲しいな、って思って」

「ふざけたこと言わないで」

カーラが万年筆を走らせる手を止めて、スッと目を上げる。

その緑の瞳に射竦められると、ゾクゾクした。

「自分の能力も見極められない男に、用はないの」

「ひどい言い草だなぁ。でも、僕ならもっとやれる、って期待をカーラがしてくれてるなら、重たいけど嬉しいな」

彼女と知り合ったのは、もっと幼い時。

子爵家としてよりも商売人としての気質が強いローンダート子爵が、それなりに裕福な暮らしをしていた母に、海外の宝石を売り込みに来たのが始まりだった。

商談の間、それにくっついて来ていたカーラと庭で遊んで貰っていたのだ。

だから彼女は、セイファルトの事情をよく知っている。

「期待してくれるんなら、僕をお婿さんにしてくれない？」

将来は、子爵に暖簾分けをして貰って自分の事業を立ち上げる、とカーラはよく言っていた。

イオーラ様の研究の件を手がけているのは、その目標に向かっていることの証明だろう。

「却下。その軽薄な態度を改めて、相応しい業績を自分の手で得てから出直してきなさい」

「難しいこと言うね」

「それと私、年下は好みじゃない」

「傷つくなぁ」

「頼りがいがあれば年齢は関係ないけれど、今のところ甲斐性のある年下には会ったことないし」

「甲斐性のある年上は？」

「父の方が年齢近くて、ちょっとね」

つまりそこまでの実力がないと、カーラのお眼鏡には適わない、ということだ。

「残念、出直そうかな。……それまで、売れ残っててくれたりとかは、しない？」

「馬鹿なの？　そういうところよ」

カーラは眉をひそめて、セイファルトが手にした紹介状を示す。

「手っ取り早く実績を積みたいなら、それを使うのよ。侯爵家のコネなんだから、うちが断れる訳ないでしょう？　そういうモノを利用する意地汚さを持ちなさいって言ってるの」

「ああ、これ？」

セイファルトは内心ニヤリとしながら、カーラの執務机に近づいて、それを置く。

「利用していいって君自身が言ってくれるなんて、嬉しいな。中に目を通して貰える？」

何か嫌な予感がしたのか、カーラが不機嫌そうな顔になった。

封筒を手に取ると、中身を取り出して……珍しく、びしりと固まる。

「だから、君に『雇わない』って言われたら、諦めようと思ったんだけどね」

「貴方……最初からこれが狙いだったわね!?」

と、いきなり、その美しくマニキュアの塗られた指先で鼻を摘んでひねられる。

「いひゃいよ～」

どんなに不機嫌になっても、生真面目なカーラは見たモノを見なかったフリは出来ない。

セイファルトは、自分に得があるなら、たまには人の害になる嘘も、吐く。

「ああもう、殿下もふざけた真似してくれるじゃない！　見てなさいよ、今度イオーラの件で発注してきたら迷惑料として踏んだくってやるんだからッ！」

「ねぇ、カーラ」

「何よ!?」

離して貰った鼻をさすりながら、セイファルトは真っ直ぐに彼女の目を見つめる。

「僕は、ちゃんと本気だよ？」

「……せめて、貴族学校をAクラスで卒業してから出直してきなさい。それまで保留にしておくわ」

「チャンスをくれて、ありがとう」

セイファルトは、グッと執務机から身を乗り出すと、カーラの頬に口付ける。

「なっ……！」

「約束だよ。諦めないから逃げないでね？」

顔を真っ赤にするカーラにセイファルトがそう伝えると、パン！　と思いきり頬を叩かれた。

「破廉恥なのよっ！」

セイファルトが携えてきた、ズミアーノの書状は、就職紹介ではなく。

オルミラージュ侯爵家、オルブラン侯爵家、そして王太子殿下の連名が記された、カーラとセイファルトの、正式なお見合いの依頼だった。

3 聖女の受難

【王太子殿下婚約披露パーティー】から二週間が経ったある日。

貴族学校の中にある、とある隠し部屋で……テレサロは、頰を引き攣らせていた。

目の前にいるのは、平伏している三人の青年。


――何で、何で侯爵家と公爵家の御令息がわたしに頭を下げているんですかぁ～！？！？


そこにいるのは、ズミアーノ様を先頭に、ツルギス様とシゾルダ様である。

宰相の息子であるシゾルダ様など、レオニール殿下の又従兄弟《はとこ》だった筈で……つまり現状、下位ながら王位継承権もお持ちの筈だ。

商人からの、しがない成り上がり男爵家の娘でしかないテレサロは、卒倒しそうだった。

いきなり呼び出されたかと思ったら、この三人土下座の状況である。

さらに、彼らの横には得意げに両拳を腰に当て、胸を張っているウェルミィ様の姿があった。

相変わらず愛くるしくて美しい人だけれど、今は謎の迫力を身に纏っている。

テレサロは、恐る恐るウェルミィ様に質問を投げかけた。

「あのぉ～……な、何で、この方々は、わたしに頭を下げておられるので……？」

「謝罪のために決まってるでしょう！」

ふん、と鼻を鳴らしたウェルミィは、侮蔑するように三人を見下ろした。

「か、仮にも高位貴族の、それも嫡男の、皆様です、よね……？」

「貴女、この人達のせいで、危うく乙女の尊厳を奪われるところだったのよ!?　このくらい当然だし、陛下もこの人達の親も認めてるんだから良いのよ！　今は私の護衛だし、全員！」

何だか、ウェルミィ様もヤケクソ気味だった。

一体何があったんでしょうか、とも聞くに聞けず「そ、そうですか……」と返答する。

「テレサロ嬢への謝罪か……それならこれ、僕も並んだ方がいいよね？」

「やめて下さいっ！　それにセイファルト様にはとっくに謝って貰ってます！」

横から聞こえた声に、テレサロは即座に拒否を示す。

顎に手を当てているのは、以前と比べ物にならないくらい表情が柔らかくなったセイファルト様。

だけど、これ以上事態をややこしくしないで欲しい、とテレサロは切実に願った。

どうやらテレサロ同様『謝られる側』として呼ばれているらしいセイファルト様は、〝魅了の聖術〟が解けた後、手紙で謝罪の連絡をくれたのだ。

会おうと思えば学校ですぐに会えるのに、『怖いだろうから』と、わざわざウェルミィ様経由で。

ちなみに、この謝罪の場にいる後の一人は、騎士服を纏ったソフォイルである。

ソフォイルと未だに再婚約は出来ていないけれど、ウェルミィ様から時間の問題だと聞いている。

お互いに起こったことや想いを伝え合って、どうにか恋人同士に戻れた彼は……物凄く不機嫌そうに、糸目の奥からズミアーノ様に向けて殺気を放っていた。

三人の後ろで腕を組み、今にも剣を抜き放ちそうなオーラと共に仁王立ちしている。

「てて、ていうか別に、皆、わたしなんかに謝って貰う必要はないですよ!?」

ソフォイルも王都に戻ってきてくれたし、もう気にしていないのだ。

『これはこれで良かったのかも……』と口にしたら、『君は人が良すぎる』とソフォイルには呆れられたけれど。

「ていうか、学校の中なのに、何で当たり前のように皆様いらっしゃるのですか……？」

「え？　レオニール王太子殿下様に許可を出させたからだけど」


――殿下ぁあああ〜〜っ！　何してくれてるんですかぁああああ〜っ！


テレサロは心の中で叫び声を上げた。

今いるこの場所は、もう卒業してしまったレオニール殿下が用意した、イオーラ様のための空間……通称『サロン』と呼ばれていた部屋だった。

「そういえばテレサロって、セイファルト様とこの部屋に入って来たけど、場所知ってたの？」

——そんなことより平伏やめさせて下さいよぉ～っ！

ウェルミィ様に心の中で叫びつつ、質問に答える。

「あの、わ、わたし、皆様が卒業なさる前の最後の半年だけ『サロン』のメンバーだったので……」

「……へぇ？」

すると、何故かウェルミィ様の雰囲気が冷たいものに変わる。

宝石みたいな朱色の瞳がスッと細まって、危険な光を宿していた。

「ひぃ!?　なん、何デスかぁ!?」

「そうなのね、テレサロ……私がアーバインとつまらない時間を過ごしている間、貴女はここで私のお義姉様と、楽しい時間を過ごしていた、と……？」

「あああああ、あのあのあの……!?」

完全に自分が失言したと気付いたテレサロは、頭が真っ白になった。

イオーラ様の学生時代の話題が虎の尾だった、と気付いても、もう遅くて。

「だから最初、レオに話しかけた時にあんなに親しげで？　ふぅん、そうなのね……」

「いえ、その、あのですね……」

テレサロは、胸元にぎゅっと手を当てて体をこわばらせ、視線を彷徨わせる。

するとウェルミィ様は、爪を瞳と同じ朱色に塗った指先で、ツィ、とテレサロの顎を持ち上げた。

背はそう変わらないくらいなのに、目だけが笑っていない微笑みには思わず『女王様』と呼びたくなるような、とんでもなく嗜虐的な圧を感じる。


――え、エイデス様の雰囲気が乗り移ったみたいですぅ〜っ！


数度しか会ったことがないけれど、ウェルミィ様がお側におられる時とおられない時では、全然雰囲気が違う侯爵の顔を思い浮かべながら、テレサロはダラダラと冷や汗を流した。

「あの時、助けなかったほうが良かったかしら……？」

「うぇ、ウェルミィお姉様に助けていただいて、テレサロはとってもとっても感謝してますぅっ！」

目を閉じて反射的にそう口にすると、ウェルミィ様が、何故かピタリと動きを止めたようだった。

恐る恐る目を開けると、何故かこちらの顔を凝視している。

「テレサロ」

「はいぃ……」

「もう一度？」

「わたしは、ウェルミィお姉様に助けていただいて感謝してますぅっ！」

すると、それまで処刑モードだったウェルミィ様の顔から、スーっと威圧感が抜けて。

今度はどこか恍惚としたように、軽く頬を染めて潤んだ目で見つめられる。

女の自分でもドキドキする、とても色っぽくて切なげな表情に思わず見入っていると、彼女は、はぁ、と吐息を漏らした。

「何だか、凄くいいわ……！」

「え……？」

「テレサロ。これから貴女は、私をお姉様と呼びなさい……」

「わ、分かりました！　お姉様！」

テレサロがウェルミィお姉様にそう答えると、何故かセイファルト様が深く頷く。

「なるほど、これが眺める百合ってやつか……ウェルミィ様が性癖に目覚めてるな。いや元から素質あったけど……」

そんなわちゃわちゃに、ソフォイルが痺れを切らしたようにため息を吐いて、低い声で言った。

「申し訳ありませんが、そろそろ話を本題に進めていただけませんか？」

「あ、そうね。ソフォイル卿にわざわざ足を運んで貰ったのに、お待たせしてごめんなさい」

微笑みと共に軽く謝罪したウェルミィお姉様は、平伏したままの令息がたに声を掛ける。

「ほら三人とも、ちゃんと声に出して謝って！」

「「「誠に申し訳ございませんでした」」」

「ゆ、ゆゆ、許しますっ！」

「ダメに決まってるでしょ!?」

テレサロは謝罪に即答したのだけれど、ウェルミィお姉様は許してくれなかった。

「な、何でですかぁ！　この状況、もう無理ですぅ！　せめて頭を上げて貰って下さいぃっ！」

そう半泣きで訴えると、ようやく「顔を上げていいわよ」とウェルミィお姉様は口にしてくれた。

ホッとして思わず倒れそうになったテレサロを、素早く回り込んで近づいて来たソフォイルが、そっと支えてくれる。

「ねえ、ミィ。そろそろ喋っていいー？」

先ほどまで、とんでもなく屈辱的な格好で待たされていたというのに、まるで気にした様子も……同時に後ろの二人と違って反省した様子もなく……ニコニコとズミアーノ様が問いかける。

セイファルト様はどこか複雑そうな顔で、兄貴分らしい彼を見ていた。

「余計なことばっかり喋ったら殺すわよ」

「ちゃんとやるよー。そのくらいは弁えてる気がするしー」

今回の事件で、ツルギス様やシゾルダ様、それにセイファルト様まで操っていたという黒幕、ズミアーノ様。

ソフォイルは真相を知った後、しばらくしてポツリと、こう呟いていた。

『身分で侮らず、功績を認めて、親しみを込めて接してくれる方々ばかりだったのだが』と。

テレサロの目に映る魔力の波動も、皆基本的に心地よい雰囲気を放っているので、その気持ちはよく分かった。


──ツルギス様の恋を実らせるためだった、と。


やり方がとんでもなくて、迷惑を掛けられたけれど、そのズミアーノ様本人すらも、少し歪だけど決して悪い波動を持ってはいない。

けれどその色合いは、色とりどりな他の人々と違い、どこか灰色みを帯びていた。

まるで、色のない絵のように。

改めて注視すると、波動が褪せているのは、頭と心臓にある魔力の源《みなもと》の内、頭の方に微かな歪みがあるからだ。

それを見て取ったテレサロは、無意識に彼の額に手を伸ばしていた。

「ん？　何？」

「あ、いえ。少しジッとしていて貰えますか？」

ニコニコと問いかける彼に、テレサロは言葉を濁しながら、歪みを正す治癒の聖術を発した。

魔力の波動が感じるだけでなくハッキリ見えるというのは、どうやら特異なことらしく、『信用できる人以外にはあまり口外しないように』と、タイグリム殿下に命じられている。

そして、魔力の歪みを正すことで、その原因となっている傷や痛みといったものを、間接的に癒やせるのもまた、テレサロ特有の力らしい。

ズミアーノ様の波動が歪んでいるのは、額の中心。

多分、だいぶ古くから歪んでいたのだろうその部分は、聖術だけでは正常に戻らなかったけれど。


魔力の波動に、色のついた水滴をぴちょんと落としたように、ほんの少しだけ彩りが戻る。


歪んだ部分は、多分これで徐々に回復するだろう。

すると、ウェルミィお姉様が不思議そうに首を傾げる。

「何をしたの？」

「あ、すみません。えーと……古い傷があったので、それを治したんです。ズミアーノ様？」

「うん、何？」

不思議そうな顔をして首を傾げているズミアーノ様に、テレサロは問いかける。

「ズミアーノ様は、昔、頭に何か傷を負われたのですか？」

すると、その言葉に彼自身よりも、シゾルダ様とツルギス様が反応した。

二人して、目を見張っている。

「傷？　昔、足を踏み外したニーナを庇って、崖から落ちたことがあったよねー？」

後ろの二人に何でもないことのように問いかけるズミアーノ様に、シゾルダ様がため息を吐く。

「あったよねー？　ではありません。生死の境を彷徨ったでしょう」

「そうだっけー」

アハハ、と笑う彼に、ウェルミィお姉様が珍しいものを見るような顔をした。

「へー。貴方でも昔は、そんな行動に出ることあったのね」

「ミィは、オレを何だと思ってるのかなー？」

「とんでもない変人だと思ってるけど」

「えー。酷いこと言われてる気がするなー」

テレサロは二人の会話に申し訳ないと思いながらも割り込み、大事なことを口にした。

「あのですね、頭に怪我をされると、表面上は問題がなくても、色々支障が出ることがあるんです！」

同じように頭の部分の波動が歪んでいて精神を病まれた方を治療した時に偶然知ったのだけれど、魔力の波動が歪んでいると、人間性にまで影響が出るのだ。

躁鬱の激しい性格をしていたその方は、数ヶ月後にすっかり穏やかに、そして元気になった。

「その怪我の前後で、何かズミアーノ様の中で、変わったことがありませんでしたか？」

「んー？　昔すぎてあんまり覚えてないけど……そういえば、全部つまんなくなった気がするのって、その位の時からだったっけ……？　あれ？」

ズミアーノ様がかすかに眉根を寄せた顔をするのを、ウェルミィお姉様やツルギス様達が珍しいものを見たようにますます目を見開く。

「ま、どうでもいいかー」

すぐに笑顔に戻ったズミアーノ様は、まるで何事もなかったかのように話に戻ったけれど、波動が少しずつ瑞々しい輝きを取り戻し始めていたので、テレサロはそれ以上何も言わなかった。

「それで、テレサロに対するお詫びの話なんだけどさー」

「あ、はい」

別にいらないんだけどなぁ、と思いながら、テレサロが頷くと、ズミアーノ様がニコニコととんでもないことを口にした。


「君が聖女として聖教会に入りたくないって聞いたから、オレ、ぶっ潰す準備してきたんだー」


「……………………え？」

あまりにも衝撃的な発言にテレサロがピシリと固まっていると、ウェルミィお姉様が怒鳴る。

「ちょっとズミアーノ様！　もうちょっとちゃんと説明しなさい！」

「余計なこと言うなってミィが言うから、結論から話したのにー」

「主語が大事だって話をしてるのよ！　潰すのは『聖女として総本山入りする話』でしょう!?」

「ああ、なるほど」

ぽん、と手を打つズミアーノ様に、テレサロはなんとか、話せる程度には平静を取り戻した。

「そ、そんなこと出来るんですか!?」

「出来るよー」

さも簡単であるかのように、ズミアーノ様がヘラヘラと言う。

現状、テレサロは猶予を貰っているだけで、将来的には帝国にある総本山に渡り聖女として務めることは、もう決定していることだと思っていた。

「神殿……ていうか教皇猊下には、貸しを作ってあったのと、黙らせる情報を伝えといたからねー。君がソフォイルと再婚約するなら、神殿に行かなくてもいいようにしといたー」

アハハ、となんてことのないように言うけれど、話が大き過ぎて頭がついてこない。

——教皇猊下に貸し？　黙らせる？

この人は、一体何を言っているのか。

「一体、いつそんな話をしたの？　貴方ここ最近は拘束されていたでしょう？」

「手紙出したし、ネタを仕込んだのは社交シーズン開幕よりも前だよー」

「四ヶ月以上前……!?」

「そうだよー。だって、遊んだら後片付けはするものでしょー？　オレが勝っても負けても、全部滞りなく元に戻るように、あらゆる手は打ってあるよー」


――そんなこと、普通は出来ないと思うんですけど!?

――ていうかこの人、こないだの大騒ぎを遊びって言った!?


下手をすれば王国と帝国、聖教会までも揺るがすような策略が、遊び。

この人、本当に自分と同じ人間なのだろうか。

もしかして、本当は魔王とかなんじゃ、とまで考えて。

「皆に散々迷惑かけた挙句にエイデスに負けたくせに、誇らしげにしてんじゃないわよ！」

「誇らしげになんかしてないよー」


――魔王を負かした人いたぁあああ～～～ッ！

筆頭侯爵は、魔王の上。

もしかして魔神の類いなのだろうか。

ズミアーノ様の発言に、セイファルト様もソフォイルもちょっと頬を引き攣らせてるのに、ウェルミィお姉様は全然動じていない。


——というかウェルミィお姉様、今、筆頭侯爵を呼び捨てにしましたか⁉


そういえば、テレサロは地位が違いすぎて噂にしか聞いていなかったけれど、レオニール殿下の婚約者候補になる前は、魔導卿と婚約しているっていう噂もあった。

事実だったのだろうか。

とんでもない人にお姉様と呼ぶように言われているのでは、と思い至って、体が震える。

元々、ウェルミィお姉様はただの伯爵令嬢ではない。

リロウド公爵家の系譜に連なる令嬢であり、未来の王太子妃であるイオーラ様の義妹《いもうと》でもあり、レオニール殿下に『許可を出させる』ことが出来る人で。

その上で、魔王と魔神を呼び捨てに出来る、未来の筆頭侯爵夫人でもあるということ。


——ウェルミィお姉様は、もしかして、女神様か女大魔王様……ッ⁉

と、テレサロの脳内がヒートアップしている間に、ソフォイルが質問を投げ掛ける。

「ズミアーノ様、リロウド嬢。その、拙めとテレサロの再婚約、というのは？」

「ああ。はい、これ。二人の再婚約に関する王命を、タヌキ国王から預かってるんだー。あ、二人が嫌なら破棄していいって言われてるから安心して？」

と、ズミアーノ様がペラリと一枚の書状を差し出して来た。

「テレサロを呼び捨てはまだしも、陛下をタヌキ呼ばわりするのやめなさいよ！　誰かに聞かれたらどーするの!?」

「ミィも王太子を呼び捨てにしてるじゃないー。大体、殿下がイオーラの為に用意した『サロン』で聞かれる訳ないし。心配性だなー」

テレサロは、ソフォイルの横から差し出されたものをおそるおそる覗き込んだ。

確かにそこには、陛下直々の署名と、再婚約の王命が書かれていた。


——もう、もう訳が分かりません……！


もちろん、昔から大好きなソフォイルともう一度婚約できるのは、すごくすごく嬉しい。

ご実家が貧乏だからって下町でお仕事してたのに、お願いすると、仕事が終わってから皆と遊んでくれてた五歳年上の優しいお兄ちゃん。

騎士団に入ってからも、お休みの日はお菓子を持ってきて振る舞ってくれたり、騎士団でのお話をせがんだら、言葉少なだけど色々お話ししてくれたり。

そんなソフォイルが、ずっと好きで、婚約者にして貰えた時も頑張ったのだ。

年齢とか、テレサロの聖女の身分とか、そういうのを気にして辞退しようとする彼に、ずっと想いを伝え続けて手に入れた大事な約束だったから。

辺境に行って会えなくなっちゃったのに、唯一の絆だったものまで奪われて、凄く悲しくて。

今度は、ソフォイルからも『好きだ』って言われて、舞い上がるように嬉しかったから。

色んな想いがぐちゃぐちゃに溢れて、テレサロが泣きそうになっていると、ソフォイルが優しく背中をさすってくれた。

「……しかし何故、再婚約が神殿へ入ることを覆す条件になるのです？」

もう言葉が出ないテレサロの代わりに、ソフォイルが問いかけると。

侯爵家の名を使って圧力をかけた婚約破棄の元凶であり、その後にとんでもないご褒美を持ってきたズミアーノ様がヘラリと笑って。

「――だって君、隠してるみたいだけど〝光の騎士〟なんでしょー？」

今度はソフォイルが、横で驚いた様子で固まった。

〝光の騎士〟。

それは〝桃色の髪と銀の瞳の乙女〟の伝説と共に語り継がれていて、魔王獣と呼ばれる知性ある魔獣や、魔族王と呼ばれる人よりも強大な存在を打ち倒す、光の祝福を受けた存在らしい。

「知ってるー？　伝承とか記録で〝桃色の髪と銀の瞳の乙女〟……つまりテレサロみたいな子が出現した時は、必ず魔王獣や魔族王が生まれていて、魔物の力が強大になっているんだよねー。最近魔物の活動が活発になってるっていうのも報告されてるしさー」

ペラペラと話すズミアーノの言葉に、また理解が追いつかない。

「その時に、乙女を守るとされる〝光の騎士〟の出現も、同時に記録されてるんだよー。聖女自身は癒やしや浄化の存在で、魔物を倒す力はないからねー」

聖教会だけでなく、中央大陸各国の王家も、昔のライオネル辺境伯家も、過去に〝光の騎士〟や〝桃色の髪と銀の瞳の乙女〟を輩出したことで力を強めた、という説もあるそうだ。

テレサロは初めて聞く話ばかりだったけれど、どうやらソフォイルは知っていたみたいだった。

ぎゅ、と奥歯を噛み締めて、テレサロの肩に置いた手に少しだけ力が込もる。

「ソフォイルは、そういう煩わしいのが嫌だったのかなー？　それとも、他に隠してた理由がある？」

ズミアーノ様の態度は変わらない。

相変わらずニコニコと、それでいて全て見抜いているような態度で、ソフォイルを問い詰める。

しばしの沈黙の後、ソフォイルは小さく息を吐いた。

「……テレサロの側で、彼女を守る為に。辺境への派兵に応じたのは、魔王獣となる前に、強大化した魔物を狩ろうと」

「だよねー。あ、ちなみにオレは魔人王でもないし、魔導卿もミィも違うからねー？　テレサロ」

いきなり心を読まれたようなことを言われて、ひぅ、とテレサロは息を呑んだ。

「そそそ……！」

「さっき、考えてたでしょー？　だからそれを証明するために、こんなモノを用意してみましたー！」

じゃじゃーん、とズミアーノ様が香水と腕輪を取り出してサロンのテーブルの上に置くと、ウェルミィお姉様の顔色が変わる。

「っ！　ズミアーノ様、それ！」

「あ、これは違うよミィ。人を操るためのモノじゃなくて、オレの研究の本命だねー」

「……本命？」

ウェルミィお姉様が警戒を解かないまま尋ねると、ズミアーノ様は「何と！」と声を上げた。

「これは、魔物の思考力を阻害する香水と、魔物を弱体化させる魔力場を張る腕輪でーす！」

——もう、何を言われても驚かないと思ってましたけれど。

「魔導卿がさー、オレが密輸手伝って貰ってる人に探りいれてきたかなー？　と思ったらあっさり隠してた工場《こうば》まで見つけちゃってねー。多分研究内容を見たんだろうなー。ちょっと前に『教皇を黙らせるのに足りなければ、上手く使え』って教えてくれた情報が、ソフォイルが〝光の騎士〟っぽいっていう話だったんだー」

筆頭侯爵も、やっぱりおかしい。

何で、そんな情報握ってるんだろう。

「てことは、ズミアーノ様が教皇を黙らせる為の材料にしたのって、これ？」

「ご名答ー。この香水で弱い魔物なら動けなくなるし、強いのも酔うみたい。で、腕輪のほうは多分、デカめの魔獣でも強い騎士ならタイマン張れるくらい鈍らせれる筈だよー」

凄い効果を淡々と説明してから、ズミアーノ様は片目を閉じた。

「この香水のほうの権利を、改めて〝光の騎士〟の情報と一緒に教皇猊下に提示してねー。聖教会の功績としてあげる代わりに確約しておいたんだよー」

表向きはね、とズミアーノ様は含みを持たせる。

「でも、猊下も阿呆じゃないからねー。そこに一つ『代わりに、ソフォイルが〝光の騎士〟であると公表して、テレサロと一緒に正式に聖教会の祝福を受けること』って条件を出してきた。テレサロが拒否したって事実で、権威を損なわない為かなー？」

「聖職者のくせに、取引内容が腹黒過ぎるわね……」

「権力者なんてそんなもんでしょー」

ウェルミィお姉様の呆れ顔に、ズミアーノ様はあっさり返してから、さらに言葉を重ねる。

「で、この腕輪の方は、オレの罪を許す代わりに王室と魔導省で共同管理して量産するってところで落とし込んだんだー。魔導卿は個人としては関わらない、と後で表明するし、有力なところの息子どもが馬鹿やったし、多分誰も口出せないでしょー」

彼は自分とツルギス様、そしてシゾルダ様を指差して、最後にこう締めた。

「まーでも、一応開発者としての利益は、量産され始めたら幾分かオレの懐に入るみたいだからー。これで得る分配利益を……権利ごとソフォイルの財産にしようかなーって」

それで全部解決だよー、と手を合わせたズミアーノ様は、ニッコリとその手を顔の横に持っていって首を傾げる。

「何その気持ち悪い仕草」

「ミィは本当にひどいなー。で、ソフォイル。返答は？」

「……拙めが、隠していた能力を知らしめることに否はありません、が、その魔導具の利益を拙めに与える理由は？　金銭など欲してはおりませんが」

「テレサロを守るんでしょー？」

ソフォイルの疑問に、ズミアーノ様は簡単に答える。

「地位と財産。権力と肩書き。何もなしに、世界にたった一人の乙女を剣一本で守れると思うのー？」

「……っ」

「聖教会だって今は約束しても、何か君がしくじれば、それを口実にテレサロをまた手にしようとする気がするよー。各国も犯罪者も、本気で欲しがれば誘拐や脅迫もするだろうねー」

鋭い舌鋒でソフォイルを詰めるズミアーノ様の瞳は、どこまでも澄んでいた。

「君が魔物退治の英雄として外に出ている間、誰が、何が、テレサロを守るのー？」

彼は、無邪気な人なのだ。

それは悪いことと良いことの区別がつかないということでも、あるけれど。

人の善意も悪意も、全て同じように、色眼鏡なしに見ているのだろう。

だから、遠慮がない。

ズミアーノ様が口にしている言葉は、きっと全て、ただの事実だから。

「そういう話だよ、ソフォイル。君がテレサロを守るために出来ることは、信頼出来る人を雇うこと、成り上がること、誰にも手出しできない実績を持つことだよー。だから、腕輪のお金が君には必要なんだー。そういうアレコレを『無理だ』と逃げるなら、逃げていいよー？」

「……逃げません」

「じゃ、受け取ってねー」

ズミアーノ様が持ち上げた腕輪を受け取って……ソフォイルがテレサロの方に視線を向ける。

「テレサロ」

「っはぃ！」

糸目の、決して美形とは言えないけれどテレサロが大好きなソフォイルが、静かに言う。

「……君と、添い遂げたいと思う」

「うん……」

「君も、同じ気持ちでいてくれるか？」

「……うん！」

満面の笑みで答えると、ソフォイルはズミアーノ様から腕輪を受け取った。

その拍子に、堪えていた涙がポロリと溢れた。

ウェルミィお姉様が嬉しそうな顔でハンカチを差し出してくれたので、涙を拭うと、皆が拍手をしてくれたので、すごく照れ臭くてテレサロは俯く。

「じゃ、光の騎士として立つことを決めたソフォイルには、これもプレゼントするねー」

と、ズミアーノ様がサロンの端に歩いて行って、細長い包みを持って戻ってくる。

「それは？」

「光の宝玉を柄《つか》に埋めた【光の聖剣】と、まっさらの魔玉を埋めたレプリカだねー。合計三本。これも量産するつもりだよー」

「…………………は？」

ソフォイルがぽかんとする間に、ズミアーノ様は包みを開く。

そこには、寸分違わぬ形をした三本の剣。

白く、流麗と言うには飾り気がなく無骨なものだけれど、一本は神聖な気配を備えていて、残り二本はズミアーノ様の言う通り、何の魔力も宿っていない魔玉が埋まっていた。

「【光の聖剣】……は……国宝では？」

「倉庫の肥やしになってるから持っていって良いって、タヌキ国王が言ったからねー。元々、本来の持ち主が現れたら渡すものだしさー。あ、レプリカには、君やテレサロが光の魔力を込めれば、聖剣と同じになるらしいよー。レプリカの方は、君達の承認があれば他の騎士も使えるようになるから、渡してあげたらいいよー」

魔物には有効な剣だからね、と、ズミアーノ様は言うけれど。

「……聖剣ってそんなに簡単に複製できるものなの？」

テレサロと同じ疑問をウェルミィお姉様も抱いたようで、そう質問を口にする。

「聖剣のレプリカはオレが作ったんじゃないよー？」

「じゃ、誰なのよ？」

「魔導卿とエルネスト女伯、それにアバッカム特務卿の共同開発だってさー。魔白銀《ミスリル》から、聖剣の原材料である聖白金《オリハルコン》の精製に成功したんだってー。あ、まだそれは秘密なんだったかなー？」

「……なんてこと！　流石エイデスとお義姉様だわ！　でもズルいわ！　二人で会ってたなんて！」

ウェルミィお姉様が、喜んだり悔しがったり忙しくしている横で、ズミアーノ様の暴露にツルギス様とシゾルダ様が青ざめている。

テレサロも同じ気持ちだったけれど……それよりも。

——もしかしてこの国って、今までの歴史の中で最強の王国なんじゃ……？

国の中枢に近い人達の、世界を揺るがすようなとんでもない発明や行動に、テレサロはそれについて即座に深く考えるのをやめる。

——魔王よりも、よっぽど恐ろしい人達な気がするわ……。

テレサロは、今からほんの数年後に起こることを、まだ知らない。

史上最悪と言われる、強大な魔王獣や魔族王が出現することも。

史上最速と言われた制圧、の先頭に『聖剣の騎士団』を率いるソフォイルが立つことも。

史上最高と言われる聖術による土地の浄化を、テレサロ自身が成し遂げることも。

その影に、後にも数々の歴史的発見をして王国に破格の利益をもたらす王太子夫妻や、教会のトップに上り詰める第二王子の存在があったことも。

世界各国の協力をその手腕で迅速に取り付けた、外務卿夫妻と協力者達の存在がチラつくことも。

それらはテレサロだけでなく、今の時点では、誰も知らないことだった。

4 剣士の訪問

――【王太子殿下婚約披露パーティー】の二週間後。

ズミアーノが、テレサロとセイファルト様に謝罪した翌日。

ウェルミィはツルギス様と共に、ダリステア様の住むアバッカム邸を訪れていた。

なんと、ご招待いただいたのである。

何故ツルギス様と一緒なのかと言えば、彼が謹慎代わりに護衛任務を命じられているから、らしい。

一応、ウェルミィは目立ち過ぎたこともあって、帝国や主流派とは違う勢力からの暗殺を警戒してのことだそうだ。

シゾルダ様は、流石に登城して父である宰相を手伝うことは出来ないということで、自宅であるラングレー公爵家の屋敷で、領地経営の仕事の方に携わっていると聞いている。

ズミアーノは、今朝エイデスが『少しの間、貸しておけ』と言ったので『今日一日はエイデスの命令に従うように』と命じておいた。

なので、今日はウェルミィとツルギス様、それにオルミラージュ侯爵家別邸で現在は専属侍女としてついてくれているヌーアの三人で、こちらを訪れている。

ヌーアはどこかの伯爵家のご令嬢らしいが、家名や年齢は教えてくれない。

多分二十代中頃だろうと思うのだけれど、時折もっと年上にも十代の少女のようにも見える不思議な人で、それなりに整っている顔立ちなのに印象の薄い、いつもにこやかな女性だった。

「もうすぐですねぇ、お嬢様」

「そうね」

そんなやり取りに、ツルギス様がピクリと肩を震わせる。

顔を見ると、元々寡黙で俯き気味な彼は、少々緊張しているようだった。

流れる景色をぼんやりと眺めながら、ツルギス様は落ち着かない様子を見せている。

国内でも屈指の名家であるアバッカム公爵家は巨大で、門を潜っても、しばらく馬車を走らせる必要があるくらい広い庭があった。

その間に、ウェルミィは彼に声を掛けておくことにする。

「緊張してるの？　ツルギス様」

「……いえ」

そう答える彼を、ウェルミィは改めて見つめた。

赤い髪に精悍な顔立ちをした青年で、腰に佩《は》いた剣がよく馴染んでいる。

飛び抜けた美形という訳ではないのだけれど、茶色がかった赤い瞳は珍しい色合いだ。

エイデスによると、魔術も剣技も飛び抜けたセンスはないものの、それらを組み合わせた剣術や体術は一目置ける練度であり、魔力保有量はそこそこ多く、頭も悪くないという。

実際、言葉少ながら話してみたり観察してみた感じ、気が利いて、スッとこちらがして欲しいように動いてくれる。


――お父上に認められないことに悩んでいる、と聞いたけれど。


初見の印象が最悪なのは、テレサロの件があるので度外視するにしても。

あの【王太子殿下婚約披露パーティー】で彼に纏わりついてしまった『愚か者』の評判よりは、遥かに有益な人材だとウェルミィは思っていた。

というか、後継者に指名されているのに認められていない、というのはどういうことなのか。

一応、エイデスに理由らしきものは聞いていた。

『軍団長は、あの歳で剣術大会に参加して優勝するような剛の者だからな。ツルギスの如才ない戦い方を小手先のものと感じて、つい厳しく接してしまう面はあるのだろう』

『そんなものかしら？』

『真に優れた者は、力無き他者の想いを汲み取れんものだ。力無き者が、飛び抜けた天才を理解出来ないようにな』

『……エイデスも、そうなの？』

ウェルミィの問いかけに、彼は不意をつかれたような顔をした。

そしてふと、優しげな微笑みを浮かべて、首を横に振る。

『私の生まれ持った力が人より優れているのは、確かだろう。だがそれは、ズミアーノのような使い方まで含めて理解しているような、天賦の才とは違う。……大切なものを失った挫折があったから、二度と無くさぬよう手に入れた力だ』


――義母と義姉を、呪いの魔導具で失ったこと。


きっと彼は、それを悔い続けているのだろう。

『私は、幼い頃は不真面目だった。物心ついた頃には、後継ぎだと掛けられる重圧も家の中での立ち位置も理解して、煩わしいと思っていた。……優しかった義母と義姉が冷たくなったのも、自分がそう仕向けたと思っていたんだ』

エイデスは、淡々としていたが。

『自分の気質が、跡継ぎに相応しくない、となれば、義姉から奪った将来や家督を返せるだろうと……当時は、浅はかに考えていた』

最初から真面目に、跡継ぎとして努めて二人と向き合っていれば、冷たくなっていく彼女達の態度に違和感を覚えることも出来ただろう、と。

『結果は知っての通りだ。――泣くな、ウェルミィ』

『そんなの、エイデスのせいじゃないわ。呪いの魔導具を置いた奴らのせいよ。貴方だって、まだ子どもだったでしょう？』

掛け違えたことで、失ったものの重さ。

それはきっと、エイデスの心を深く傷つけた。

火傷の跡が残る左手に手袋を嵌めて見ないようにしているのは、その心の傷を思い出すからなのかもしれない。

『今はもう、お前がいる。今度こそ無くさぬように生きよう。……ウェルミィは、本当に大事なものを無くさずに済んだだろう？　その手助けが出来たことに、私は感謝している』

そう言って抱きしめてくれたエイデスと、目の前で、ウェルミィの視線に居心地が悪そうにしているツルギス様が重なる。

「素直になった方が良いわよ」

――まだ、やり直せる範囲。

ウェルミィはそう思い、ツルギス様に語りかける。

「……どういう意味か、聞いても？」

「傷つくことを恐れてばかりいると、気付いた時には本当に手が届かなくなるわよ？　やり直しがきく内に、周りの人に勇気を持って本心を伝えた方が、後悔も少ないと思うわ」

ズミアーノによって一番被害を受けたのは、実はダリステア様とツルギス様だろうと、ウェルミィは思っていた。

我慢出来てしまうから、表には現れないけれど。

友人に自分を操られて、その友人の為に汚名を被って、公衆の面前で恋心を本人に暴露されて。

全く傷ついていない、なんて、そんな筈がないのだ。

なのに、元凶であるズミアーノ本人は『あいつは頑固だからへーキへーキ』と笑っていたので、一度、扇でしばき倒しておいた。

けれど、彼の話には続きがあった。

『ツルギスは、曲がらないんだよー。あいつ自身の精神がそういう性質なんだろうね。そんで周り見えないからさー。こうでもしないと、もっと取り返しのつかない方法を、取ってたかもねー』

そうツルギス様を評した後に、ズミアーノはパチリと片目を閉じた。

――ダリステア様を、レオの妃に。

彼の望んだ、その結末の為に。

もっと直接的な……邪魔者を排除するような、行動を取ったかも、と。

自分や誰かを犠牲にしても、好意を抱いている相手を救う。

その気持ちが、ウェルミィには痛いほどに分かる。

同じことをしたのだから。

だから、もし行動した先に奪われたかもしれない命が、レオの婚約者筆頭を演じた自分のものだったとしても、責められない。

しかし結果として、ウェルミィ自身の目論見も、ツルギス様の望みも失敗に終わった。

だからきっと……その先も同じようになる可能性は、0ではない。

『まーでも、多分ツルギスは、シズがオレに相談したことも、そうさせてしまった自分にも後悔してるんじゃないかなー。だから迷惑掛けられた側で、それを止めてくれたミィの言葉なら、届くと思うよー』

ツルギス様自身は、一度もズミアーノに、自分の気持ちを話さず、助けてくれとも言わなかったのだという。

我慢強く、頑固で、センスのない努力家。

そうした評価は、確かに華やかでも鮮やかでもない。

ツルギス様は偉大な父親に、重圧を覚えていたのだろうし、掛けられた言葉は、もしかしたら自分を否定するもののように感じていたのかもしれない。


努力が足りない、と。


しかしきっと、今のツルギス様の扱いを見るに、軍団長ネテは彼なりの愛情を持っている。

ウェルミィの母イザベラが、本来お義姉様が持つべきだったものを与える、という歪んだ形であっても、自分を愛してくれたように。

「ねぇツルギス様。デルトラーテ侯爵は、貴方に罰を与える時に、なんと言ったの？」

ウェルミィの問いかけに、ツルギス様は目を伏せた。

「……『もう二度と道を違《たが》えるな。次はない』と」

口にしたツルギス様の表情は変わらなかったけれど。

瞳の奥と固い声に、諦めたような色が見える。

本当に失望された、と思っているのだろう。

だけれど。

「失敗しても、最後には許されて来たんでしょう？　昔も、今回も」

ウェルミィがそう声を掛けると、ツルギス様は思いがけないことを言われたように、目を見開いた。

「そうでしょう？　次はない、というのは、そういう言葉よ」

今回までは許す、と。

人の言葉というのは、捉え方で意味が変わるものだから。

「貴方を知る人は、皆貴方のことを『我慢強い』と言うわ。一つのことに集中すると周りが見えなくなるけれど、曲げずめげずに努力する人間だって。自分の意見を言わないけれど、人の辛さに寄り添える人だって」

シゾルダ様から、聞いたことがある。

大昔、ズミアーノが崖から落ちて命を失いかけた時。

目覚めるまで毎日通っては、彼の婚約者であったニニーナ様と共に、ジッと側で待ち続けたと。

シゾルダ様が、宰相である父親に膨大な勉強を押し付けられて折れかけた時。

ツルギス様は、必要ないのに同じ勉強をして『自分には理解出来ないことが多いのに、それがきちんと分かるお前は凄い』と励まし続けたと。

「そうして努力の果てに得た力で、貴方は私を助けてくれたわ」

〝影渡り〟の魔術は、易々と習得できるものではないらしい。

まして、剣の道に生きることが決まっていて魔術の修練を疎かにしている者には、習得しても長時間維持できるものでもないのだと。

それをツルギス様は、シゾルダ様までも含めて行使し、ウェルミィがズミアーノと接触するギリギリまで維持し続けたのだ。

「エイデスから聞いたけれど、デルトラーテ侯爵はあの時のことは、褒めておられたそうよ」

『ようやく自分の戦い方を会得したようだな。〝影の騎士〟の称号でもくれてやるか？』と。

ウェルミィが微笑みながら告げると、ツルギス様は呆然としていた。

「父上が、そのような……？」

「人は、他人と同じにはなれないわ。私がエイデスやお義姉様のようになろうとしても無理なように。……ダリステア様が、お義姉様と違い、レオの心を射止めることが出来なかったように」

そしてツルギス様が、デルトラーテ侯爵のようには、なれないように。

「だけど、それでも認めてくれる人はいるのよ」

ウェルミィを、エイデスが見つけてくれたように。

お義姉様を、レオが見つけてくれたように。

そしてツルギス様の努力を、軍団長ネテがきちんと認めていたように。

息を呑む彼をまっすぐ見て、ウェルミィは告げる。

「貴方に足りないのは、努力じゃなくて、自分を認める勇気だわ」

馬車が、止まった。

「ダリステア様が、どういう対応をなさるかは分からないけれど。貴方が彼女の努力を見ていたことや、影ながら慕っていたことを、きちんと、伝えてみたら？」

ツルギス様は、不意に泣きそうな顔になって。

しかし涙は流さずに、拳を握りしめて、すぐに元の表情に戻ると。

「……ご教授、ありがとうございます」

そう言って、頭を下げた。

※※※

——ずっと、彼女を見ていた。

けど、それは叶わない想いだと思っていた。

ツルギス・デルトラーテは、一言で言うと『凡庸』だと、自分のことを評価していた。

ただ、運良くデルトラーテ侯爵家の息子として生まれた、というだけの人間だと。

最初にそれを考えたのは、軍団長である父、ネテの失望にも似たため息を聞いた時だった。

『お前には、本当に剣の才がないな。覇気が足りん』

それを言われた理由が、ツルギスにはよく分からなかった。

だけれど、周りの目が徐々にそれを悟らせた。

父とは違う。君の剣は軽い。このくらいのこと、双子の兄は軽くこなしている。

そうした言葉を直接的に、間接的に、あるいは小耳に挟んで言われ続けた。

しかし、それが事実であったことが、反論の余地をなくしていた。


――だけど、やり続けるしかない。


幸いにも、剣は好きだった。

認められなくとも、無心に振るうこと、その切先を相手に届かせるために何をするべきか。

そうしたことを考えるのは、苦ではなかった。

楽しいことをしていれば、周りの評価は忘れられる。

自分の気質に感謝しながらも、ツルギスは徐々に必要以上の言葉を口にしなくなった。

気にする人はいなかった。

元々、自分のことを話すのは得意ではなかったので、周りから見ると変わりはないかもしれない。

それはそれで、気が楽だ。

静かに、少しでも切先を研ぎ澄ますために、鍛錬だけは欠かさなかった。

父に届かずとも、デルトラーテの名は、何故か双子の兄ではなく自分が継がねばならないという。

やがて諦められ、別の才あるものを妹が娶ることや、あるいは兄にすげ替えられて嫡子ではなくなることも考慮していたが、それまでは自分が背負うものだ。

幸い、似たような辛さを分け合えるシゾルダがいた。

ズミアーノは、才気溢れる奔放な男で、それが劣等感を刺激することもあったけれど、その明るい気性に救われることの方が多かった。


そんな日常の中で、彼女に出会った。


雨上がりの翌日だったことを、鮮明に覚えている。

昼休み、人目につかないところで鍛錬をしようと場所を探していた時に、彼女を見た。

裏庭のベンチに腰掛け、従者もなく、静かに一点を見つめて涙を流しているその少女に、何故かは分からないが目を惹かれ、そこから少しの間見惚れていた。

鮮やかな金の髪が陽光に煌めき、澄み渡る緑瞳は宝玉のよう。

背筋は伸びていて、一分の隙もない淑女の佇まいを見せる彼女が、見つめる先に目を移すと。

生垣の先、図書館の窓の向こうに一組の男女が見えた。

彼女と同じ二年生、黒髪の男爵令息を装っている王太子殿下と、灰色の髪色に眼鏡をかけた少女。

二人が笑い合っているのを、彼女は静かに、涙を流して見つめていた。

軍団長の息子であるツルギスは、当然ながら王太子殿下と幼い頃からある程度交流があるので、彼の正体には気付いていていた。

そして、ああ、と彼女の名を思い出す。


――ダリステア・アバッカム公爵令嬢か。


幼い頃から、殿下の婚約者候補と言われていた女性だった。

ツルギス自身が貴族の集まりなどを好まないので、あまり交流はないが、間違いないだろう。

幼い頃は病弱だった王太子殿下には、未だに婚約者がいない。

貴族学校の卒業まで王太子が正式な婚約を結ばない、という他国から見れば奇妙な風習が、この国には元々ありはするが……当然ながら、候補はいる。

しかし学校入学前にあまり期待できないご令嬢は婚約して行き、見合う家格で残るのは数人。

その中の最有力の一人と、目の前の風景に、ツルギスは悟った。

――きっと彼女は、王太子殿下を本当にお慕いしていたのだろう。


そして、別の女性と親しくしていることに、悲しんでいる。

シゾルダに対するように、ダリステア嬢に寄り添うことは出来ない。

しかし届かないものを見つめる姿が、ツルギスの心に焼き付いてしまった。

それから、偶然貴族学校で出会うたびに、目で追ってしまう。

彼女の振る舞いは、いつでも淑女のそれであり、王太子の婚約者候補であるに相応しいもので。

毅然と、しかし分け隔てなく人に接し、いつでも相手を不快にさせない微笑みを浮かべていた。


――どれほど、努力したのだろう。


礼儀礼節に関しても苦労したツルギスは、彼女の立ち振る舞いに対して尊敬を覚えた。

口さがない噂は聞こえて来る。

その中心となっているのは、イオーラ嬢と同い年の姉妹であるというウェルミィ嬢率いる噂好きのご令嬢達だ。

ダリステア嬢は王太子殿下の婚約者候補であるのに、最近は王城に招かれていないらしい、と。

――気に入らないな。


そう思いながらも、ツルギスは口を出す立場にはない。

実害はなさそうなので、噂を肴にする連中に『彼女に瑕疵《かし》はないだろう』と口にするに留めた。

だが、普段何も言わないからか、シゾルダにはそれが気にかかったようだ。

一度好きなのかと問われたが、曖昧に言葉を濁した。

好きかどうかが、自分でも分からなかったからだ。

今まで、武門の次期侯爵たるよう、それだけを考えて生きてきたから。

だが例えば……姿を追うだけでなく、成績が張り出されるとその中に彼女の名前を探してしまう。

シゾルダに勉強の協力を得ても、成績は真ん中より少し上の自分。

対してダリステア嬢は、いつも上から数えたほうが早いところにいる。

王太子殿下の名前は、常にそれよりも上で輝いていた。

あの灰色髪のイオーラ嬢は、ツルギスとそう変わらない位置にいる。


――レオニール殿下は、一体ダリステア嬢の何が不満だったのだろう。

平凡で容姿も優れないイオーラ嬢。

しかし、彼女を見かけて目で追い始めると、その仕草が洗練されているのを知る。

あまりにも研ぎ澄まされた……まるで淑女というよりも、戦士であるかのような隙のなさ。

柔らかく、それでいて鋭い様は、どこか荒々しくも強靱な父の佇まいを思い出させる。

外見とのちぐはぐさに違和感を覚えたが、王太子殿下の目を見て、ツルギスは一度納得した。

きっと自分のような平凡な人間には分からない何かが、あの少女にはあるのだろう、と。

それが、ダリステア嬢よりも王太子殿下の心を摑むものだったのかもしれない。

しかし、卒業から二年。

今度は社交の場に現れた王太子は、リロウドと姓を変えたウェルミィ嬢を連れていた。

まるで、恋人であるかのような距離感で。


——何故だ？


そのせいで、またダリステア嬢に関する、捨てられただのという噂が広がっていた。

許し難い。

そう感じている自分に、ツルギスはようやく自分の恋を自覚した。

しかしダリステア嬢が手が届く存在になるかもしれない、などという気持ちは湧かなかった。

自分とは釣り合わない、高嶺の花のような少女だったからだろう。

噂話などないかのようにいつでも毅然としているが、王太子殿下が現れる場では、どこか寂しそうな目をしていることだけが、切なかった。

『ダリステアを、王太子の婚約者にしたい？』

だから、ズミアーノが不意にしてきた問いかけにも。

『……ダリステア嬢が、王太子殿下と結ばれることを望んでいるのなら、その意思を尊重したい』

ツルギスはそう答えた。

なら、これを付けてみてねー、と渡されたのは、願いが叶う腕輪だと言われたもの。

気休めのお守りかと思いながら……身につけた後の記憶は、ほとんどない。

ただ、ズミアーノに囁かれるままに、すべきことではない振る舞いをしている自覚だけがあった。

そうして、秘密裏に拘束され、その場に現れたオルミラージュ魔導卿に、腕輪を外された時に。


ツルギスは、絶望に崩れ落ちた。


ズミアーノの真意が分からなかった。

何故こんなやり方を選んだのか、と、問い詰めたかった。

彼の頭脳をもってすれば、別の選択肢などいくらでもあった筈なのに。

――ダリステア嬢まで巻き込む必要が、どこにあった。


その時点ではもう、アバッカム公爵邸で機を待っていた彼女の行く末が、一番の気がかりだった。

オルミラージュ侯爵は、ツルギスに向かって、相変わらず静かな目でこう告げた。

『事はこちらで収める。協力する気はあるか？』

『必要であれば、全ての罪を私が引き受けます、オルミラージュ侯爵。ですからどうか、ダリステア嬢と、出来ればズミアーノにも慈悲を』

『ダリステア嬢に関しては、理解している。だが、何故ズミアーノを庇う？』

『彼が死ねば……ニニーナが悲しみます』

幼馴染みで、ズミアーノの婚約者である少女。

ズミアーノが罪を犯した原因がツルギスであるのなら、彼女までも巻き込むのは避けたかった。

『……確約は出来ん。全ての状況が分かっている訳ではないからな』

『ええ。可能であれば、で、構いません』

そう協力を約束して初めて、ウェルミィ嬢と王太子殿下の振る舞いの真意を聞いた。

正式な婚約発表まで、イオーラ嬢……エルネスト女伯を危険から遠ざける為だったと。

それはきっと、操られていた自分がしていたような行いのこと。

――何の因果だろうな。


全てが終わって、ツルギスは今。

悪女と思っていた……実際は義姉のために尽力していただけだった……ウェルミィ嬢の従者として、ダリステア嬢に対面しようとしている。

しかも彼女は、ツルギスに真っ直ぐな言葉をくれた。

罪を犯したが、認める人には認められていたのだと。

自分に足りなかったのは、努力ではなく勇気なのだと。

そんなウェルミィ嬢に感謝しながらも、ダリステア嬢に合わせる顔などないのに、という気持ちがせめぎ合い、答えが出ないまま……面会が、叶ってしまった。

「ダリステア様。本日は、お屋敷での面会をお許しいただきまして、誠にありがとうございます」

ウェルミィ嬢が応接間のドアから入って優雅な礼をするのに合わせて、ツルギスは頭を下げる。

そうして頭を上げた先で。

少し痩せて、青い顔を化粧で隠したダリステア嬢が、それでも背筋を伸ばして微笑んでいた。

※※※

「まずは、謝罪をさせて下さい、ダリステア様」

裾をふわりと広げて淑女の礼《カーテシー》を取り、微笑むウェルミィ嬢の口から出た言葉は、ダリステアにとって意外なものだった。

彼女の今日の装いは、いつも好んで身につけている鮮烈な赤系統のものではなく淡い青のドレスに白いレースのついた爽やかな印象のものだ。

普段の気の強そうな印象は抑えられ、小柄な彼女の可愛らしい一面を引き立てている。

そんな彼女がダリステアに見せた表情も、様々な夜会の場で見せていた勝ち気で人を見下したようなものではなく。

ダリステアが掛けた暗示が解かれた後に見せた、柔らかいものだった。

きっとこの、好奇心が強い猫のような瞳と、人懐こさを感じさせる笑みの方が、彼女本来の姿なのだろう。

『リロウド嬢は人を騙す演技が飛び抜けて上手い』とお兄様やイオーラ女伯が言っていたけれど。

悪辣な顔が『裏向きにした淑女の顔』だと信じ切れなかった自分を、ダリステアは恥じていた。

公爵家の令嬢として、それなりに磨いてきたつもりの審美眼も、まだまだ曇っているのだと見せつけられた気がした。

あの婚約披露パーティーまでの間だけでなく、学生時代からずっと疑っていたのだから。

「謝罪、というのは？」

黙っている訳にもいかず、ダリステアが小さく首を傾げると、ウェルミィ嬢は少し上目遣いに、本当に申し訳なさそうな顔をする。

「以前お会いした夜会でワインをドレスに。休憩室で王太子殿下に、事情を説明していただこうと思っていたのですけれど……タイグリム殿下には、あの時点ではまだお伝えしていなかったのです」


――ああ。


ダリステアは、彼女の行動の意味を知って、タイグリム殿下の態度があの後に変わった理由も理解して、自分の浅はかさにさらに落胆する。

ウェルミィ嬢の言動にカッとせず少し、冷静に行動していれば。

タイグリム殿下の態度に『操られた』と判断を下すのではなく、もっと疑問を抱いていれば。

全て、自分を、あの騒ぎから遠ざける為の行動だったと……知れた筈なのに。

そうすれば、あのような醜態を晒すこともなかった。

「……謝罪すべきは、貴女ではなく、わたくしの方です」

ダリステアは、まんまと踊らされてしまったのだから。

あの後『支障のない範囲で話す』とお兄様に言われて、断罪劇やウェルミィ嬢の裏事情を聞いた。

ダリステアは、逆にウェルミィ嬢に頭を下げる。

「愚かなわたくしが、余計な真似をしてしまい、誠に申し訳ございません」

こんな自分では、レオニール殿下に相手にされなくて当然だったのだと、今になって理解して自嘲する。

すると、ウェルミィ嬢が少し慌てた口調で言った。

「いえ、顔を上げて下さい！　私達がもう少し上手くやれていれば……ダリステア様の名誉が傷つくことも、なかった筈ですもの」

ダリステアは、違法改造された催眠魔導具使用の罪にのみ、問われている。

と言っても、魔薬の影響もあって情状酌量の余地があり、断罪劇の顛末そのものが陛下の知るところだったという事情を加味して、数週間の謹慎のみで済まされたのだ。


――それでも、もう社交界の場では死んだも同然の身ですけれど。


年齢的にも、新たな婚約を高位の方々と結ぶには時間や席がなく。

貴族学校時代から付き纏っていた噂とも相まって、ダリステアに声を掛けようとする殿方はきっと、公爵家との繋がりが欲しい者だけだろう。

元々、それでも良かったのだけれど……アバッカムの名を求める方々は家格が落ちるだろうし、それでは、最近顔を見ないお父様の期待には応えられない。

「そんなに畏まらないで。わたくしが行き遅れとして役立たずになった時に起こることが、数年早くなっただけのことなのですから」

「え？」

ウェルミィ嬢が戸惑ったような顔をして、横に立つツルギス様の表情が厳しくなる。

「そのお話は、お茶でも飲みながら致しましょう？　最後になるかもしれませんし、そのお相手が貴女がたで良かったと、わたくしは思っておりますの」

ダリステアは、庭にウェルミィ嬢とツルギス様を誘い、侍女にお茶を用意させる。

準備が整ったところで人払いをして、話し始めた。

「わたくしから話を始めた方が、よろしいかしら？」

するとウェルミィ嬢が、ツルギス様に目を向ける。

彼は何かを決心するように、深く息を吸うとこちらに頭を下げられた。

「まずは私からも、ダリステア嬢への謝罪を」

ツルギス様は頭を下げたまま、言葉を重ねる。

「するべきでない振る舞いの結果、多大なるご迷惑をお掛けいたしました。……ダリステア嬢が被害をこうむったのは、私の、独りよがりな望みに端を発するものです」

そう言われて、ダリステアは顔に熱が上るのを自覚する。

『ダリステア嬢に、恋慕の情を抱いていた』

そう、シゾルダ様が言っていたのを、ダリステアは当然覚えていた。

「その……望みというの、は」

「はい。分不相応ながら……私は、ダリステア嬢に想いを寄せておりました。ですが決して、罪を着せて我が物にしようとした訳ではありません」

「……存じております。どうか、顔をお上げになって下さいませ」

「は。……気持ちに偽りはありませんが、私は、ダリステア様が想い人と添い遂げられることを、望んでおりました。それがこのような結果に終わり、誠に申し訳ありません」

ツルギス様は顔を上げ、真っ直ぐにダリステアを眼差す。

その視線を受け止めることが出来ずに、ダリステアの方が視線を逸らした。

意識していなかったとはいえ、想いをこれほど真っ直ぐに伝えられた経験などなくて。

だってダリステアは、幼い頃からずっと、王太子殿下の第一婚約者候補だったから。

「……ツルギス様。一つ誤解がありますわ」

ダリステアはそっと息を吐き、彼の間違いを正す。

「わたくしは、レオニール殿下をお慕いしてはおりません。親愛の情はございますけれど」

だから、ダリステアはイオーラ女伯と彼が親しくなるのを見て、諦めたのだ。

相手がイオーラ女伯だったから。

「誰にもお伝えしておりませんけれど。……わたくしは、とっくに諦めておりました」

「ですが貴女は……学校で、図書館にいたお二人を見つめて泣いておられました」

苦しそうなツルギス様の言葉に、ダリステアは目を丸くする。

「み、見ておられましたの……？」

それは、王太子殿下との婚約を諦めようと思った日のことだから、鮮明に覚えていた。

「はい。申し訳ありません」

「……恥ずかしくも涙を流したのは、殿下の婚約者となることがわたくしの使命であり、生きていることを許されている理由でも、あったからです」

「あの、横から申し訳ありません。先ほども仰られていましたが、どういう意味でしょう？」

ウェルミィ嬢の言葉に、ダリステアは自嘲の笑みを浮かべる。

「お父様は、わたくしに王太子妃の座をお望みでした。そうならなければ存在価値がないと、言われて育てられたのですわ」

二人が、息を呑む。

『お前は、王太子殿下の婚約者になるのだ。そして、アバッカムの身に流れる正当な王の血筋に、権威を取り戻すのだ』
父であるアバッカム公爵は、ダリステアにそれだけを求めた。
その為だけに存在していいと、言われていたから。

だから、イオーラ女伯がいずれ正式な婚約者になるだろうことを悟った時に、覚悟はしていた。


王太子妃になれなければ、次は『側妃に』『第二王子妃に』と求められることも、理解していた。

でもレオニール殿下は、三年の間イオーラ女伯との子が産まれるか否かに拘わらず、側妃は求めないだろう、という予感もあった。

幼い頃から親交があったからこそ、殿下の気質は知っている。

タイグリム殿下はダリステアよりも年齢が下で、まだ16歳の成人を迎えたばかり。

罪に問われるような行為をした年上の相手を、王子妃に選ぶ理由がない。

だから、ダリステアの縁談が王族と結ばれることは今後、ないだろうし……名誉を失った今となっては、下手をすれば謹慎が解けてすぐに、修道院に入る話も出るかもしれない。

だからその前にウェルミィ嬢に会って、謝罪しておこうと思ったのだ。

「ごめんなさい。ウェルミィ嬢に対して感情的になったのは、わたくしのワガママです。イオーラ女伯だから諦めたのに、何故ウェルミィ嬢なのかと……」

あれほど想い合っていた二人の間にウェルミィ嬢が割り込むのは、それこそ魔術でも使わなければあり得ないと、思い込んでしまったのだ。

「お義姉様だから、ですか？　それは、理解出来ますけれど……ダリステア様はその、何故お義姉様の本来の気質と言いますか、そうしたものをご存じですの？」

納得しつつも戸惑うウェルミィ嬢に、ほんの少しの悪戯心を出してダリステアは告げた。

「――だってわたくしは、イオーラ女伯の『サロン』のメンバーですもの」

「……ぇぇ⁉　ダリステア様も⁉」

「ええ。あの【王太子殿下婚約披露パーティー】で全てが終わった後、休憩室にイオーラとレオニール殿下が訪ねて来られました。その時に、お二人の謝罪と『面通し』のお話を聞きましたわ」

ウェルミィ嬢と貴族学校で会話をしたのは、一度きり。

なんでもない言付けを教師から頼まれ、アーバインに侍るウェルミィ嬢を睨み、嘲笑を返された。

ただそれだけの話だったけれど。

言付けは、レオニール殿下が教授に頼んでのことであったのと、『ウェルミィが信用できる人間を自分から遠ざける時の顔をしていた』という説明を受けた。

だから『サロン』に誘ったのだと。

「イオーラ女伯にお化粧を教えたのと、髪艶を隠す魔術を共同研究していたのは、わたくしですの」

その時にイオーラ女伯の聡明さと、本来の美しさに触れて。

『わたくしを救おうと頑張ってくれている人が困るから』という、自らが我慢をすることを受容する優しさに触れて。

敵わない、と思ったから、諦めた。

「驚かれましたか？」

「え、ええ……じゃあ、テレサロ・トラフ嬢とも面識が……？」

「彼女は、魔力負担軽減の論文を作成する際の、イオーラ女伯の協力者でしたわ。ご実家の商売が薬草に関するもので、魔力回復薬《マジックポーション》の原料についての知識が深かったようですわね」

ダリステアは、自分の卒業論文があったのでそちらには関わっていなかった。

「わたくしは、自分の選択を後悔しておりませんわ。……お父様は、本来の血筋に王権を取り戻すのだと、馬鹿な妄執を抱いておりますから、選ばれない方が良かったのです」

ダリステアは謹慎が解けた後、兄に相談して、その事実を訴えるつもりだった。

レオニール殿下もイオーラ女伯も『いつでも連絡を』とありがたくも言ってくれている。

「この件はいずれ決着がつきますから、ご内密にお願いいたしますね？」

近い将来、ダリステアは公爵令嬢ではなくなるだろうから。

「だから、ツルギス様の想いには、お応えすることが叶いません。申し訳ありませんけれど」

きっと、自分に唯一好意を抱いてくれている人。

お顔は知っていても、今まで意識を向けることはなかった、そんな方だけれど。


――嬉しい。


向けられた好意に対しては、素直にそう思った。

ツルギス様も操られていたという話を聞いていたし、騙されたとも思っていない。

ダリステア自身にも、物事の真贋《しんがん》を曇らせる邪《よこしま》な気持ちがあったのだから。

「……ダリステア様」

「はい」

どこか思慮深い色を、鮮やかな朱色の瞳に浮かべて、ウェルミィ嬢が言葉を口にする。

「貴女が公爵令嬢でなくなることは、恐らくありません」

「……何故でしょう？」

「それは、後ろのお兄様にお聞きするべきことと、思いますわ」

ふんわりと顔をほころばせたウェルミィ嬢に、茶目っ気たっぷりに言われて振り向くと。

そこには言われた通り、マレフィデント・アバッカム……お兄様が、立っていた。

悠然と、いつも優しげにダリステアを見てくれる柔らかい面差しが、今日はどこか不機嫌そうな色を浮かべている。

「お兄様、い、いつからそこに？」

「ついさっきだ。私の可愛い妹を狙う不埒ものが、リロウド嬢に金魚の糞のごとくくっついて、誑かしに来たと言われてな」

ふん、と鼻を鳴らして、お兄様はツルギス様を睨みつける。

動揺しているダリステアを置いて、彼は立ち上がって深く腰を折った。

「申し訳ありません。二人きりでないとはいえ、ご令嬢と席を共にしてしまったことを謝罪します」

「狙っていることは否定しないのか？」

「……誠に勝手ながら、想いを寄せていることは、事実です」

「返答になっていない。根性なしに妹を預ける気はないぞ、ツルギス・デルトラーテ。貴殿も侯爵家を……ネテ閣下の後を継ぐ者ならば、いつまでも己を卑下せず堂々としたらどうだ」

驚いたように顔を跳ね上げるツルギス様を、お兄様は相変わらず不機嫌そうな顔で睨んでいる。

その身から威圧感すら漂わせる、あまり見たことのないお兄様の姿に、ダリステアは固まって言葉が出なかった。

「もう一度問うぞ。狙っ、てい、いることは、、、否定し、な、いのか？」

今一度の問いかけに、ツルギス様の顔が引き締まる。

それまでは感情の薄かった彼の顔に、覚悟のような、あるいは覇気のようなものが漲った。

すると、不思議なことに印象が変わる。

それなりに整った顔立ちではあれど、どこか影の薄い暗そうな雰囲気が消えて、まるで戦場の騎士のような、力強い存在感が顔を出す。

一歩も引くことのないような精悍さが彼の顔に生まれた瞬間、ダリステアは目を離せなくなった。


「――否定しません。今後をいただけるのであれば、父を説得し、正式な申し込みを」


しばらく、息が詰まるような沈黙の後。

ふ、とお兄様が表情を緩める。

「常にそういう顔をしていれば、後継に相応しくないなどと口にする輩は減るだろう。失態を嘲る者は実力で黙らせろ。……だが他の誰が認めようと、ダリステアが納得しなければくれてやる気はない。我が妹はアバッカム公爵家の、誰に恥じることもない宝だからな」

「お、兄様……」

ダリステアは、動揺していた。

ツルギス様の言葉に、お兄様の言葉に……自分が望まれ、肯定される言葉に、不意に泣きそうに

なる。

「承知しております。特務卿にそこまで仰って貰えたのですから。ダリステア嬢のお気持ちを向けていただけるよう、努力することを、今後怠るつもりはありません」

そう口にするツルギス様と目が合って……心臓がドクン、と跳ねる。

「口だけにならぬよう、励め。……茶会の邪魔をして済まなかったな、リロウド嬢」

「いえ、私達はそろそろお暇《いとま》させていただきますので、気になさることはございませんわ、アバッカム特務卿。個人的には貴方様の登場で、望ましい結果が期待出来ることを、嬉しく思っておりますの」

「うぇ、ウェルミィ嬢……」

「ダリステア様は、美しく、お可愛いらしいですもの。今後は引く手数多で、ツルギス様は霞んでしまうかもしれませんわね」

うふふ、と自分こそ可愛らしく肩を竦めるウェルミィ嬢に、ダリステアは顔を両手で覆った。

「ごめんなさい……恥ずかしくて……その」

きっと首や耳まで真っ赤になっていると分かるくらい、頬が熱い。

嬉しくて、恥ずかしくて、涙がこぼれてしまいそうなのを知られたくなくて。

ダリステアは彼らが立ち上がり、背中をお見送りする時まで、顔を上げられなかった。

※※※

「あの、お兄様」

「何だ？」

リロウド嬢らを見送った後、マレフィデントが改めて妹のダリステアと共に茶会の席に戻ると、正面に腰掛けた彼女が戸惑ったように問うて来た。

「わたくしが公爵令嬢ではなくならない、というのは、どういうことなのでしょう？」

その質問に、ああ、と頷いて笑みを浮かべ、マレフィデントは静かに告げた。

「父上には、引退していただくことになったからな」

「…………っ!?」

ダリステアが息を呑むのに、重ねて事情を告げる。

「レオニール殿下とエルネスト女伯の婚約に際して私が最も警戒していたのが、父上の動きだ」

幼い頃。

彼女同様、マレフィデント自身も『覇権を握れ』と父に命じられて来た。

そしてダリステアが求められて来たこともまた、身に染みるほど理解していた。

——その事実に怒りを覚え始めた頃のことも、ハッキリと覚えている。

「父上は、お前以外の邪魔者を排除していた。レオニール殿下が歴代に比べて婚約者候補が少ないのも、それが理由だ」

今までは、そこまで悪辣な手段は取っていなかった。

ほんの少し家格が劣る令嬢に、逆らえぬのを利用して縁談を世話したり、些細な間違いを犯した貴族に、それとなく圧を掛けて娘を婚約者候補から外させたり。

そうして残った数名の中で、筆頭候補であり続けたのがダリステアだった。

妹の努力を知っていたマレフィデントは、小細工などせずとも地位は揺るがぬだろうにと、考えていたが。

エルネスト女伯が、レオニール殿下と惹かれ合ったことで、状況が変わった。

ダリステアの様子がおかしくなった理由……どこか諦めにも似た気配を漂わせることになった理由を知ったのは、エイデスの主催した【断罪の夜会】の場だった。

あの日、マレフィデントも招かれてその場にいたのだ。

だが、父上はエルネスト女伯のことを人伝に聞いて、諦めずに禁忌に手を出した。

「父上は、度を越した。エイデスが絡んだ女伯とリロウド嬢の顛末を知って、暗殺を目論んだのだ。私は特務卿として、それを看過出来なかった」

「そんな……」

ダリステアが青ざめたのは、父の大それた行いに対してか、それともマレフィデントが父を売ったことに対してか。

「レオニール殿下と女伯の正式な婚約が成立するまで、お前にも伝えられなかった。王命でな……父上に『暗殺を計画し、悟られぬよう実行せよ』と命じられたのは私だ。【王太子殿下婚約披露パーティー】の日に、父上は既に拘束している。二度と戻っては来ない」

マレフィデントは、父に暗殺を命じられたその足で王城に赴き、陛下にその事実を伝えたのだ。

その後、魔薬の話を持ってきたエイデスとも情報を共有した。

「暗殺は万一にも行われないが、父上と帝国側の繋がりが読み切れていなかった。時間を稼ぎつつ、勝手に動かれた時に備えてエイデスが身代わりに立てることを提案し、女伯に身を隠させたのだ」

マレフィデントは、妹がレオニール殿下を本気で慕っている訳ではないことに気付いていた。

故にこの状況を、父を捕縛する好機、と読んだのだ。

そのままマレフィデントは、女伯の動向が摑めない、魔道研究所の警備態勢から人を送るのは難しい、などの理由を付けて、のらりくらりと時間を稼いだ。

その間に、ブラフであるリロウド嬢にまで父上が目を向けた矢先、ズミアーノが動いた。

「リロウド嬢やお前が巻き込まれたあの事件は、全員が想定外だった。しかし利用出来そうだった。……いくら父上が業を煮やして動こうとも、あの令息達を排除するのは困難だ」

図らずも……あるいは、それすらもズミアーノの策略か……魔物退治の英傑であるソフォイルを筆頭に、父によるリロウド嬢の暗殺を防ぐ、あるいは排除出来ない相手が彼女の側に揃った。

権力で圧をかけて引き離そうにも、リロウド嬢の後ろ盾はエイデスと陛下だ。

毒殺を目論んでも、リロウド嬢やシゾルダ、ズミアーノの目があり、間違ってタイグリム殿下、レオニール殿下に毒が回れば国家が犯人捜しに血眼になる。

互いに手を組んでおらずとも。

エイデスとズミアーノ、そして国王陛下が三者三様に『ウェルミィ・リロウドに手を出させない』という目的を一致させている以上、父の陰謀は失敗することが決定していたのだ。

「リロウド嬢と女伯に対する鉄壁の守りを敷いた上で、レオニール殿下と共に秘密裏に証拠を集め、王城にて父上に全てを突きつけた。公爵家を残して罪を詳らかにせぬ条件は、引退だ」

実質は、幽閉である。

公爵領の辺境にて静養するという体《てい》で、高貴の身で大逆を目論んだ者を秘密裏に閉じ込めるための、魔術が無力化される王城の塔に入ることになる。

「父上は、それを呑んだ」

公爵家を絶やさぬことで、次の代に賭けようとしていることが、ライオネル王家側についた息子である自分を見る目に宿っていることを、マレフィデントは理解していた。

——そんな妄執に意味はない。

時代は、既に変わっているのだ。

全ては父の自己満足でしかなく、それに付き合わされたのがマレフィデントとダリステアである。

だが、マレフィデントはエイデスのおかげで。

ダリステアは自力でか、誰かの啓示があったのかは知らないが……その妄執から降りた。

「公爵は俺が継ぎ、落ち着いた頃に魔導省長の地位を賜ることになる」

「エイデス様は……」

「外務卿に収まる。図らずも内憂が治まったからな……リロウド嬢がエイデスの婚約者に内定し、レオニール殿下も伴侶を得た。有力な公爵・侯爵家の後継や、最大の商家に成長するだろうローンダート子爵家までも、女伯やリロウド嬢を通して王党派と繋がりを持ち、裏切りの心配はない」

今回汚名を被った令息らは多少の苦労をするだろうが、最も懸念されたズミアーノをエイデスとリロウド嬢が抑えていて、ツルギスも、あの顔を見るに近く評価が変わるだろう。

シゾルダに関しては、身内に甘いところがあったが、今回の件を受けて一つ成長する筈だ。

そしてセイファルトは、今はただの伯爵家の後継だが……ズミアーノとエイデスから得た情報が事実なら、やがて有力な手駒になる。

「エイデスには外務卿として、南西部の大公国と北の帝国、聖教会の動向に注力して貰う方がいい、と国王陛下は仰った」

聖教会についてはもう一つ手が打たれているが、それをダリステアが知るのはもう少し後になる。

「ほかに何か質問はあるか？」

愛しい妹に、紅茶のカップを置きながら微笑みを向けると、ダリステアは青ざめた顔のまま、少し考えて……ポツリ漏らした。

「この件には関係がないかもしれませんが。……お兄様は、オルミラージュ侯爵を、信頼しておられたのですね……」

「意外か？」

「ええ。お二人は反目されていると、もっぱらの噂でしたから」

「貴族学校時代から、父上の目を欺く為にそう見せかけていたからな。それと、信頼はしているが仲が良い訳ではない」

かつて『常に覇権を握れ』と言われていたマレフィデントの前に、最初に立ち塞がったのが、エイデスだった。

貴族学校の同窓であり、入学当初から、あらゆる面でトップを独走し続けた男だ。

魔導卿に叙されたのも、あいつが先だった。

父上の妄執の手駒として教育されたマレフィデントは、当時エイデスに憎悪に近い感情を向けた。

「本人から聞いた話だが、あいつは幼少の頃に、大切なものを喪《うしな》っている」

「……はい。聞き及んでおります」

その出来事の結果がどうなったのかを、マレフィデントが知ったのは貴族学校三年生の時だった。

「かつて、我慢の限界に達した私は、エイデスに問いかけた。挫折を味わわされ、超えることも叶わず。折られた誇りをどうすることも出来ず……恥も憎悪も捨てて、自暴自棄に問いかけた」

若い、とすら言えない程、それはエイデスから見れば理不尽な怒りだっただろう。

『どうすればお前のようになれる。何故お前は、そうして何もかも全てを俺から奪うのだ！』

だが彼は、あるかなしかの笑みと共に、こう答えたのだ。

『俺のようになる必要が、どこにある。お前は大切なものをまだ何も失ってはいない。マレフィデント、私はお前が羨ましい』と。

「衝撃だった」

まるで幼児のような癇癪を起こした過去を自嘲しながら、マレフィデントは言葉を重ねる。

「私も、エイデスに降りかかった過去の不幸は知っていた。だが何もかも持っていると思っていた男が、私を羨ましがっているなど、露ほども思ってはいなかった」

何故だ、と問うと、エイデスは特に隠すこともなく答えた。

『もしこれから先、大切なものを得た時。私はそれを二度とは失わぬ為に。人を不幸にする呪いをこの世から消し去る為に、〝力〟を求めている』と。

だから、と、そう続けたエイデスの視線は、いつもの冷たいものではなく、寂寥と憧憬が入り混じったものだった。

『お前は気付くべきだ。そして今ある大切なものに目を向けろ。一度たりとも、失わぬ為に』

そう言われて、マレフィデントは自分が持っているものに初めて目を向けたのだ。

父の妄執に囚われ、それでも歯を食いしばって気高く懸命に頑張っている妹に。

それまで当然と思っていた、彼女の哀れな生かされ方に。

「公爵家の中で、私だけがお前を守ることが出来るのだと、気付かせてくれたのはエイデスだった」

十も離れた妹を、高齢で産み落とすこと。

父上にそれを望まれた母上は、彼女が幼少の頃に儚くなった。

マレフィデントはそれでも、母上からは愛情を受けたけれど、ダリステアは違ったのだ。

それを与えてやれるのは、自分だけだと。

「お兄様が、わたくしに優しくして下さるようになったのは……それが、理由でしたのね」

ダリステアは、目に涙を浮かべていた。

「私はエイデスに感謝している。そして、立派に育った愛しいお前にも。……守るということの大切さを、お前達が教えてくれた」

求めるばかりではなく、求められ、慕われることの嬉しさ、楽しさ、必要さ。

人は一人で生きているのではないと。

そんなエイデスも、伴侶を得た。

『ウェルミィは、面白い。そして健気で、同時に強い。側にいて守りたいと思う者を、やっと見つけることが出来たぞ、マレフィデント』

そう、どこか嬉しそうに告げたエイデスを、心から祝福した。

「私も、お前が手を離れたら見つけようと思う。だから、早く愛しいと思う者を見つけ、自分の為に生きてくれ、ダリステア」

最後に茶化すように告げると、ダリステアは頬を染める。

「……そう遠くはないかもしれませんわ、お兄様」

「ツルギスが気に入ったか？」

自分で焚き付けておいて何だが、多少面白くはない。

が、妹がそう思う相手なら認めよう、とマレフィデントは思っていた。

もちろん、人格などに問題がないことが前提だが……ダリステアを想い続けていたというあのガキなら、この子を無下にはしないだろう。

「あの……分かりませんけれど。殿方にそのように想われていたと知ったのは、初めてなので……」

両手を頬に添える妹は、可憐と呼んで差し支えない。

「お前なら、レオニール殿下の婚約者候補という枷が外れれば、よりどりみどりだと思うがな。……止めはしない。それと、暇なら少し家政を手伝ってくれ。手が回らんからな」

「はい。わたくしで良ければ、微力ながら」

妹が元気になったことを確認したマレフィデントは立ち上がり、執務に戻ることにした。

特務卿と魔導省長の引き継ぎを同時にしながら、公爵を継ぐ準備をするのである。

中々骨が折れる忙しさなのは想像に難くないので、先に片づけておきたいことが山ほどあった。

「お前は、お前の幸せを見つけてくれ」

その肩にぽん、と手を置くと。

ダリステアは、花開くように笑みをこぼした。

5 悪女の不安

――【王太子殿下婚約披露パーティー】の三週間後。


全てが落ち着き始めた頃に、ウェルミィはまた別の人物から招待を受けていた。

ダリステア様の時よりも、さらに気合いを入れて面会に臨まないといけない相手……である。

「来たね、ウェルミィ・リロウド」

その相手、ヒルデントライ嬢は、案の定、その金の瞳で見下したようにウェルミィを睨んでいる。

いきなり呼び捨てにされて面食らったけれど、外には出さずに微笑みの仮面を被った。

彼女はシゾルダ様の婚約者であり……そういう態度を取られても仕方がない事をした相手である、という自覚はあった。

「ヒルデントライ・イーサ様。本日はお招きに預かり、誠にありがとうございます」

そう言って、彼女とは同格ではあるけれど、淑女の礼《カーテシー》の姿勢を取る。

やらかした側としての、礼儀の問題である。

ヒルデントライ嬢はウェルミィに抗議してきた夜会の日と同様、仕事中でもないのに、魔導士団の正式なローブを引き締まった体に纏っている。

魔導士であること、あるいは自立的であることに誇りを持っているのだろう。

そんな彼女との面会を、申し訳なさそうにシゾルダ様に頼まれたのは、一週間前のこと。

彼は先の騒動での謹慎は解かれたものの、まだ登城が許されない、ということで、ツルギスの休日に、ウェルミィの護衛を言いつけられているのだ。

その護衛の日に赴いて貰えないだろうか、と告げられたのが、イーサ伯爵家だった。

イーサ伯爵家は魔術の名門で、オルミラージュ侯爵家やアバッカム公爵家の傍流ほどではないが、多くの魔導士を排出しているという家系だ。

ヒルデントライ嬢は伯爵家の次女で、シゾルダ様がウェルミィの側に侍っている時に、正面から苦言を呈して来た、気骨のある女性である。

珍しいことに、彼女はシゾルダ様の一つ年上であるらしい。

昔、伯爵家の令嬢が公爵家の嫡男と婚約を結んだ、という話そのものが話題になった記憶はウェルミィにもあった。

さらにその後、魔導士団に入隊したことで『公爵家に相応しくないのでは』という噂が広がったこともあったので、彼女の事は覚えていたけれど、詳細は知らなかったのである。

だからつい先日、『シズの方から熱烈に婚約を望んだ相手』だという話をツルギスから聞いて。

ヒルデントライ嬢と衝突した時に、シゾルダ様が苦慮の表情を浮かべていた理由が分かって、納得したのである。

彼女は、ふん、と鼻を鳴らして、綺麗に整えられた庭園の東屋にある椅子に顎をしゃくった。


――何で呼ばれたのかしら？　嫌味を言う為……っていう性格でもないと思うのだけど。


ウェルミィは、どちらかと言えばヒルデントライ嬢は、気に入らない相手には関わらないタイプの性格をしている、と読んでいたのである。

あの日声を掛けてきたのは、ウェルミィの行動を『害』だと判断したからだ。

良い印象を持たれていないことは重々承知していたが、ここまで露骨な嫌悪の態度を取られたのは久しぶりだった。

「では、失礼いたします」

ウェルミィは微笑みを浮かべたまま、椅子に腰掛けた。

普通、来客はホストと斜めになるように座るものだが、彼女に勧められたのは当然のように正面の椅子だったので、敵対の意思を持っているのは間違いない。

『誤解は解けている』とシゾルダ様は言っていたけれど、対応を見る限り解けていなさそうだ。

――そもそも、怒ってる理由が至極真っ当なのよね……。

自分の婚約者が夜会で他のご令嬢に侍っていたのだから、それは面白くないに決まっている。

ウェルミィ自身も、エイデスがウェルミィとお義姉様以外に侍って同じ扱いをされたら、報復の策略を練るだろう。

お義姉様ならもちろん良い。

何故ならお義姉様だから。

という訳で、ウェルミィはこの場が親交の場ではなく、対峙の場だということを理解した。

事情があったこととはいえ、元はと言えばズミアーノのせいだったこと。

シゾルダ様に掛けられた〝魅了の聖術〟や、ズミアーノの作った香水の効果を解いてやったのは誰だと思ってるの？　ということ。

そうした諸々を加味したとしても、ヒルデントライ嬢の怒りは正当なのだ。

全くもってややこしいし、面倒臭い。

けれど、最初からこの場所に至るまでずーっと申し訳なさそうなシゾルダ様が横にいる。

彼の顔に免じてこの場に挑むことを決め、ウェルミィは頭を切り替えた。

シゾルダ様はシゾルダ様で、今の時間は護衛任務中だけれど自分の席も用意されている、という微妙な状況。

片眼鏡《モノクル》を掛けた生真面目な彼は、少し悩んだ後に職務を優先して、ウェルミィの斜め後ろに立った。

しかし。

「シズも、座ったらどう？」

ヒルデントライ嬢はそれも気に入らなかったようで、茶色の髪を掻き上げながら、シゾルダ様に声を掛けた。

「いえ、ですが」

「主催がそう仰っておられますので、シゾルダ様」

「……分かりました、リロウド嬢。しかしヒルデ、彼女に対してその態度は……」

「気に入らない相手に、くれてやる礼儀はないよ」

少し男性寄りの口調は、服装次第では『男装の麗人』と呼べそうな彼女に、よく似合っていた。

歯に衣着せぬ物言いも、今のような状態でなければウェルミィには好ましいのだけれど。

憤りを隠そうともしないヒルデントライ嬢は、シゾルダ様に対して被せるように嫌味を口にする。

「大体、淑女とかいう概念そのものが、ボクはそもそも気に入らないんだ。茶会で服や菓子や人の噂話をし、夜会で男を漁る。そんな取るに足りない連中だろう？　ああ、奔放な振る舞いは淑女と呼ぶには下品だから、それ以下か」

「ヒルデ！」

「シゾルダ様。構いませんよ」

――逆に、ちょっと面白くなって来たし。


ここまで遠慮がないならば、ウェルミィも遠慮はいらない。

内心でそんな風に思いながら扇を開いて口元を隠し、小さく首を傾げる。

「私とのお茶を望まれていた、とお伺い致しましたけれど。そのような、鏡をお見せしたくなる話がお茶請け、ということで宜しいでしょうか？」

『貴女の物言いの方が、私の態度よりもよほど下品ですよ』と、皮肉まじりに遠回しに伝えたところ、ヒルデントライ嬢は正確に理解したようだった。

ギッ！　と眉根に皺を寄せてこちらを睨むヒルデントライ嬢は、プライドは高いけれど、馬鹿ではなさそうだ。

が、いくら鋭い眼光でも、エイデスに比べればぬるいのである。

ましてウェルミィは、眼光程度で怖気付くような可愛らしさを持ち合わせていない。

「言うね。戦う力もない女が偉そうに。恥ずかしくないのかい？」

「そうですね……ヒルデントライ様を見習いたいですけれど、私、初対面に近い方に肌を晒すような淑女教育は受けておりませんの。申し訳ございません」

『礼儀礼節も弁えられないような相手に言われたくない』、という淑女言葉である。

それから、わざと挑発するつもりで言葉を重ねた。

「ましてや、男性の領分に踏み入り、本来在るべき姿を疎かにするなど、私にはとても」

露骨な当て擦りに、ス、とヒルデントライ嬢の眼差しが冷たくなる。

冷静になったのではなく、怒りが沸点を超えて氷点下に下降しただけだ。

勿論、ウェルミィは本音でそう思っている訳ではなかった。

相手の誇る部分を逆撫でして、気持ちを波立たせ、主導権を取ることで優位に繋げるのが、ウェルミィの戦い方なのだ。

自らの実力で魔導士として成り上がり地位を得た彼女は、本来尊敬すべき相手ではあるけれど。

社交の場において敵対的であるのなら、屈服させるのに躊躇は覚えない。


お茶会と夜会は、ウェルミィの戦場である。


「本来の姿、ね。どうでもいい繋がりの為に、せっせと民の血税で得た金で身を飾ることが、どんな益になるんだい？」

「そうですね、賢くあらせられるヒルデントライ様には自明のことと思われますけれど、領地の道を平《なら》し守るだけで、人は食を得られない、と聞いておりますわ」

実際、貴族の女性が身を飾り、豪奢な催しを行うのは、救貧院にて施しを行うのと同様に、度を越さねば必要なことだ。

そこには針子として勤める女性の仕事があり。

珍しい、あるいは高価な布を仕入れて売る商人の生活があり。

ひいてはそのための糸を作ることで、ようやく口に糊する者達があり。

夜会に料理を供する料理人の努力があり。

使用人として仕える者達の培った、もてなしの技術があり。

見事な庭園を、そこに咲き誇る花々を育てる庭師の、見事な建物を作り出す建築士の、たゆまぬ日々の営みがある。

「国を守る行いが、誰かの身一つで成し得ないことは、ご存じでしょうか?」

兵士が、騎士が、民を守る為に剣を振るい。

魔導士が、魔力の枯渇を気にせずに戦う。

「その陰《かげ》には、騎士が手に取る剣を作る者が、身につける鎧を作る者が、駆る乗騎を育てる者が、砦を作る者が、魔玉を加工する者が、魔力回復薬《マジックポーション》を作る者がおりますの」

「……? それが、どうしたんだい?」

「貴族の所有する領地には、兵士の口にする食物を育てる者が、獣を狩る者が、その材料を各地に運ぶ者がおります。彼らがいて、初めて道は意味を持ちますのよ。その領地が安らかなるよう、税を使い、領地を通ることをつつがなくする為に山賊を追い、嘆願を聞き入れる領主がいて……領主が悪辣を働かぬよう目を光らせる王宮の者と、国王陛下がおられます」

それが、国というものだ。

彼らの中には、私腹を肥やす者がいるだろう。

恵みをタダで享受する者がいるだろう。

当然だ、彼らは歯車ではなく『人』なのだから。

しかし貴族の全てが、そうなのではない。

「着飾るドレスを鎧として、対価の形で集まった富を民に配り、次代を産み育てることを旨とし、横の繋がりを育て、強め、夫の、国の繁栄を陰で支える――」

一見華やかであろうとも、そうした欲に塗れ追い落とそうと目論む者がいる中で笑顔を崩さず交流し、物事が滞らぬようにとたゆまず努力をする者。

「――それが夫人、令嬢と呼ばれる〝淑女〟の使命ですわ」

人は合理だけでも、感情だけでも動かない。

その両輪の片側だけでは、馬車は走らない。

「私は確かに、せいぜい解呪の力しかない、非力な小娘ですけれど」

そう遠くない昔に、破滅を見据え。

夜会を、お義姉様を救う存在を見つける為の戦場と定め。

命を賭けてそこに立つ、矜持を抱いていた。

ウェルミィはスッと目を細め、扇の奥からヒルデントライ嬢を見据える。

こちらの眼光に、彼女が肩をピクリと震わせるのを見逃さなかった。


「――――支える者の務めを軽視する貴女に、シゾルダ様を襲った苦難が、払えまして？」


ズミアーノが起こしたあの事件は、国家の屋台骨を揺るがしかねないものだった。

見逃して揺らいでいれば、やがて他国との小競り合いどころではない激震が国に走っただろう。

だが、夜会を厭い、情報ではなく武力を武器とし、人との交流を面倒と捨てる者には、気付くことすら出来ない奸計《かんけい》であったことは疑いがない。

ヒルデントライ嬢は、どちらかといえば、そうした交流を厭う側の人だ。

シゾルダ様に諫言をした時も、彼女はドレスではなくローブを身に纏っていた。

それも正装であり、ヒルデントライ嬢の誇りではあるのだろうけれど。

事が終わるまで、彼女は婚約者を襲った災難に気付くことは出来なかった。

それが事実であり、全てだ。

おそらくウェルミィは、彼女の意図しないところから、急所を射抜いた。

眉根を寄せて一度口元を引き締めたヒルデントライ嬢は、すぐにそれを笑みに変える。

「なるほど、ただのお嫋《たお》やかなご令嬢ではない、ということだね」

「強かさは見せびらかすものではなく、内に秘めてこそ。厭う殿方も多くあらせられますから」

言外に、ヒルデントライ嬢を貶め、シゾルダ様を褒めた。

やり取りに口を挟まず、苦い顔をしている彼はこのヒルデントライ嬢の率直な人柄を、好んでいるのだろう。

そして、ウェルミィのことを認めてくれている。

だからこそ、黙っているのだろうけれど。

「領分を心得ている、と言うのならば、己が身一つすら守れぬ自分を憂いてはどうかな。ご自覚がおありなのだろう？　誰の手も借りずに立つことも出来ぬのなら、それは人に迷惑を掛けることを是とする怠慢だ」


——守られなければ何も出来ない。


同じ戦い方に切り替えたヒルデントライ嬢の言葉もまた、事実だった。

ウェルミィは戦うことを選んだつもりだけれど、エイデスに包まれ、守られているだけの存在だと言われれば、何も言い返すことは出来ない。

「ボクはシズに並び立てる。君はどう？　魔導卿の横に立つに相応しいと自分を誇れるかい？」

「そう在りたいと望んでおりますわ。エイデスに求められたのですから」

そうハッキリと告げたけれど、言葉の歯切れの良さ程、自信がある訳ではなかった。

彼に対して『何でも言うことを聞く都合のいい人形』であることを、自ら望んだのだとしても
……そうして大切にされ、愛を囁かれていても。


――私は、エイデスに相応しいんだろうか。


そう思っていることも、間違いではないのだから。

「ヒルデ」

そこで、先ほどまでとは違う、静かながらどこか鋭さを含んだシゾルダ様の声が飛んだ。

近くにいたご令息の中で、生真面目なこと、身内に甘いこと、実務に長けていること、くらいしか知らない青年は、ハッキリと怒りを露わにしていた。

「リロウド嬢は、魔導卿ご自身がお選びになられた方であり、私やツルギスだけでなく、ズミまでお救い下さった方です。それ以上無礼を働くのなら、この場を辞させて貰いますよ」

婚約者の本気を悟ったのか、あるいはシゾルダ様がウェルミィの肩を持ったことが気に入らない

のか、ヒルデントライ嬢は少し傷ついた顔をした。

「偉そうに。最初に間抜けを晒したのは君だろう」

「それに関しては、私自身が幾らでも謝罪します。しかし、リロウド嬢に君の憤りをぶつけるのは間違っているでしょう」

「憤りをぶつけた訳ではないよ。侮辱されたのはこちらも同じだ」

「ヒルデの態度が原因でしょう。最初に人を試すのはやめて下さい、と何度も伝えている筈ですよ。何ですか、そのわざとらしい顔は。いくら何でも、やり過ぎです」

するとヒルデントライ嬢は肩を竦め……いきなり、態度を軟化させて笑みを浮かべながら、肩を震わせた。

そして、パチンと指を鳴らす。

「分かった、分かったよ、シズ。ボクが悪かった」

たったそれだけで傲慢さが鳴りを潜め、瞳が生き生きと輝いたかと思うと、快活さが顔を出した。

怒りの気配など、もう微塵も残っていない。

そのあまりの変わりように、ウェルミィは内心、唖然とした。

これも演技だろうか、と思ったけれど、彼女は両手を上げてひらひらと振る。

「いやすまなかった、リロウド嬢。うちの婚約者殿は、ほんのちょっとした戯れにも頭が固くて困ってしまう」

「あの……？」

先ほどまでの怒りと直情さは何だったのか。

瞳の奥に宿っていた本質を見ていた筈なのに、今の彼女からは全くと言っていいほど敵意を感じない。

「君の評判を聞いて、ほんの少し仕返しをしたくなったんだ。ボクも見事に騙されたからね……社交界を騒がせる悪の華、ウェルミィ・リロウドに」

意味ありげな流し目を受けて、ウェルミィは視線を彷徨わせた。

「シズに聞いた通り、君は賢く強かな、愚かしさとは縁遠い人だったね。負けず嫌いなのは本来の気質のようだけど」

「ヒルデ！」

「そう怒るなよ、シズ。悪かったと言っているじゃないか。それに、君達がボクを仲間外れにしたのは事実だろう？」

ははは、と笑って、ヒルデントライ嬢は片眉を上げる。

「リロウド嬢の人を見抜く目が、とても素晴らしいと皆が褒めるから、それを逆手に取ってみた。どうだい？　瞳に別の感情を映す幻術は、通用したかな？」

まるで悪巧みに成功した悪童のようなその顔が、彼女本来の魅力なのだろう。

――――騙された。

まさか、そんな方法で感情を隠すことが出来るなんて、ウェルミィは思いつきもしなかったから、素直に負けを認めた。

「結果は成功、かと。面白がっていた様子は、微塵も感じられませんでした」

「ありがとう。……これは余計な忠告かもしれないが、その目に関することは、あまり吹聴しない方が良い。カラクリが読めたら、君の利点が失われてしまうだろう」

「痛み入りますわ。……ヒルデントライ様は、まるでズミアーノ様みたいですね」

「失礼だな。あんな腹黒と一緒にしないでくれ！」

心外だ、と頰を膨らませる彼女に、思わずウェルミィは吹き出した。

「では、少し謝罪しようかな」

ヒルデントライ嬢は立ち上がると長いローブの裾を摘んで、見事な淑女の礼《カーテシー》を見せる。

「改めまして。イーサ伯爵家が次女、ヒルデントライと申します。この度は、婚約者であるラングレー伯爵令息、シゾルダをお救いいただき、誠に感謝しております」

彼女の人柄を表すように、堂々とキレの良い仕草と言葉でそう述べて。

「今後は、君を見習って、社交の場での戦い方も学ばせていただこう。是非、交友していただけるとありがたい」

顔を上げて、小さく首を傾げるのに。

「こちらこそ、よろしくお願いいたしますわ」

ウェルミィは、一筋縄ではいかないヒルデントライ嬢に魅力を感じて、にっこりと承諾の頷きを返した。

※※※

「さて、リロウド嬢」

「どうぞ、ウェルミィと」

「では、ウェルミィ嬢。我が幼馴染み達が起こした、国家の屋台骨を揺るがす傍迷惑な策略とやらを叩き潰した君の功績は、素晴らしいものだ」

ピン、とヒルデントライ嬢が人差し指を立てると、お付きの侍女がススス、と近づいて来て、何かを東屋のテーブルに置いた。

小さな箱で、何やら高価そうな気配がする。

「これは……?」

「わざわざ君に、足を運んでいただいた本来の用件だよ。ズミに良いように使われた我が婚約者殿と、二人で考えたんだけれど」

「一言多いですね……」

「ウェルミィ嬢は伯爵家を出て、魔導卿に保護されたことで私有財産をお持ちでない。違うかい？」

「それは、そうですね」

ウェルミィは元々、正式なエルネスト伯爵家の令嬢ではあったものの庶子で、後から知ったことだけれど、そもそも伯爵家の者達と血が繋がっていない。

故に財産分与権は与えられず、さらに領地を含む多くの財は元・婚約者の実家であり、アーバイン以外はまともな家だったシュナイガー伯爵家に継承される予定だ。

お義姉様に『少ないけれど個人資産から提供を』と言われた分も断っている。

エイデスやクラーテス先生から仕度用予算は預かっているものの、それは彼らのお金なので、必要なこと以外には使わないようにしていた。

「なので、これをね。ボクとシズ個人からの謝礼として、贈ろうと思って」

「そんな……受け取れません」

この件は、ウェルミィ個人の力で解決した訳ではない。

しかしシゾルダ様は、これについてはヒルデントライ嬢の味方らしく、彼女を援護する。

「聖女テレサロという『点』から、糸を手繰ってズミの狙いを暴き出したのは貴女ですよ」

「ズミアーノ自身が、私を狙っていたからですわ。ヒントを出されただけで」

「それでも、という話なのだよ、ウェルミィ嬢。君の存在がなければ、ズミがもっと悪い方向に暴走していた懸念もあった。……それに、アイツが変わったのも、多分君のお陰だろう？」

「変わった……？」

単に【服従の腕輪】をつけて、悪いことが出来なくなっただけだと思っているのだけれど。

不思議に思っていると、遠くに目を向けたヒルデントライ嬢が、ポツリと呟いた。

「……つい先日、仕事終わりだと非常識な時間に訪ねて来たアイツが、謝罪してきた」

「謝罪……!? 自分からですか!?」

「そうなんだ。『シズを巻き込んでごめんねー』と。まぁそこはいつもの調子だったが」

——あの、ズミアーノ様が？

にわかには信じがたい話なのだけれど、ヒルデントライ嬢は真剣な顔をしている。

「頭を打って以来、フラフラしていたアイツが、どこか変わった。そうだろう？ シズ」

「ええ。リロウド嬢に言われて、聖女テレサロに謝罪しに行った時から、ですね」

あの時のことを、シゾルダ様はヒルデントライ嬢に話したらしい。

「治癒したのは彼女なので、テレサロの功績では……？」

「君が会わせて頭を下げさせなければ、その繋がりもなかった。ウェルミィ嬢。ボクは、本当に感謝しているんだ。ズミが崖から落ちた後に歪んでいた歯車が、元に戻っていく感じがする」

ヒルデントライ嬢がシゾルダ様を見ると、彼は目を閉じて、話を継いだ。

「あれ以来、我々の関係はどこかぎこちなくなりました。ズミはああなり、ニニーナ嬢は引きこもり、ツルギスは誘った責任を感じてか、元からあまり主張をしないのに、ますます消極的に……私は、あまり人の心に聡くはないので、どうしたら良いのか分からず」

どうにか出来ないだろうかと、ヒルデントライ嬢と二人で、長年悩んでいたことだったと。

「それを、貴女は解決してくれました。だから、貴女に喜んで貰える贈り物は何か、と思案し、個人資産がないことを知って、選ばせていただきました」

加工はまだしておりませんが、と、シゾルダ様に開けることを勧められて。

その中に入っているものの正体にぼんやりと気付いたウェルミィは、それ以上断ることも出来ず、そうっと箱を開く。

並んでいたのは、親指の爪ほどのサイズにカットされた、同じ大きさの二つの宝石だった。

「――――や、やっぱり受け取れませんっ！」

目にした瞬間、そこに並ぶもののあまりの価値に、目眩がした。

「これ、これは……〝希望の朱魔珠《ウィルバーミリオン》〟と〝太古の紫魔晶《ロストヴァイオレット》〟ではありませんか!?」

「流石の鑑定眼だね」

「感心している場合じゃありません！」

並んでいたのは、魔宝玉と呼ばれる希少な宝石だった。

どちらも、同じ大きさのダイヤ五つ分と同じくらい、あるいはもっと価値があるものだ。

そこに宿る太古の魔力が、不思議な力を発現させることがある、と言われている。

光の当たり方で色味が変わり、猫の目と呼ばれる変化を見せる透き通った朱色の魔宝石は『真なる願いを持つ主人に遥かな時の先にある啓示をもたらす』とされ。

淡く光を放つようなグラデーションの、星の光と呼ばれる光彩を備えた紫の魔宝玉は『誓った約束を叶える力を与える』とされている。

「何を考えているんですか!?　いくら何でも、貰い過ぎです！」

「だって君のやったことって、本来なら勲章ものだよ。下手すると爵位だって得られるくらい。だったら、贈り物としてこの位は順当だ」

「持ったこともないような高価な石ですよ!?」

「オルミラージュ侯爵夫人なら、同じ価値があるものを複数身につけていてもおかしくないよ」

「っ！」

サラリと言われた言葉に、息が詰まる。

確かに、この国の王室すら無視できない、他国にまで影響を及ぼすような筆頭侯爵家であるエイデスの妻なら、あり得るのかもしれないと気付いてしまった。

ただでさえ婚約前にドレスなどを仕立てて貰っている遠慮から、宝石類は、あまりにも高価なものはエイデスからも固辞しているけれど。

ウェルミィは、自分がとんでもない立場になろうとしていることを、初めて実感する。


——だからやめる、とは、今さら言えないけれど。


「それに、気付かないかな？　これは裸《ルース》だけれど、君が加工を望むか望まないかは置いておいて。

……その色味が、何を意味するか」

ニコニコとヒルデントライ嬢に続けられて、あ、と声を漏らす。

これは。

「私とエイデスの……瞳の色……？」

「そう。白金の台座と真銀の台座を作れば、君と魔導卿の色だよ。君が『彼に渡せるものがない』と漏らしていたと、シズが思い出してね」

パッと顔を向けると、スッとシゾルダ様が目を逸らす。

「他人の心の機微を読むのが苦手なシズにしては、ファインプレイだったね」

「……恩人の為です。私でもそのくらいは真剣に考えますよ」

「シゾルダ様……」

テレサロの前で土下座までさせたウェルミィに、そこまでしてくれるなんて。

悪いことをしたかもしれない。

「ボク達の気持ちを、受け取ってくれないか。リロウド嬢。きっと、魔導卿も喜んでくれると思う」

――友好と感謝の印に。あなた達の幸せを願って。

そう言いながら、最敬礼を取るヒルデントライ嬢に合わせて、立ち上がったシゾルダ様も同じ姿勢になる。

「か、顔を上げて下さい！　分かり、ました。受け取り、ますから……」

ゴクっと唾を飲みながら、ウェルミィは告げる。

将来的に、何かを返さないといけない、と心に深く誓いながら、吐血するような気持ちで。

受け取らないと、いつまでもこのまま頭を下げ続けそうな様子だったから。

あの時ぎゃんぎゃん騒いだテレサロの気持ちが、よーく分かった。

いわゆる因果応報なのだろう。

それに。

改めてウェルミィは、美しい魔宝玉に目を向けた。

――エイデスと、お互いの色を身につける……。

それは、相思相愛の……とまで考えて、頬が熱くなる。

「受け取って貰えて良かった。加工はどうする？」

「……わ、私の意見だけじゃなくて、エイデスの意見も聞きたいので……その、このままで……」

それにアクセサリーに加工するとなると、さらに二人が支払う金額が跳ね上がってしまう。

「では、そのまま持って帰ってくれ。包ませよう。シズもそれでいいか？」

「私に異論はありません。リロウド嬢。本当にありがとうございました」

「も、もうお礼はいいですから……！」

こうして、エイデスへの贈り物を、ウェルミィは予想外の形で手に入れることになった。

※※※

それから数日。

魔宝玉のことをどうエイデスに切り出そうかな、と考えていると。

夜、いつものように膝にウェルミィを置いて頭を撫でていた彼が、長い銀の髪をサラリと流しながら、こちらを覗き込んだ。

「どうした？　イーサ伯爵家にお茶会に行ってから、何か言いたそうだが？」

「……いつも通り、何でもお見通しなのね」

ちょっと面白くない、と思って素直じゃない態度を取ってしまうけれど、エイデスは柔らかな微笑みを浮かべたまま、頷いた。

「お前のことだけは、ずっと見ている。様子が違えば分かるくらいにはな」

そんなことを甘い声でさらりと言われると、落ち着かない。

熱が上がってくるのに気付かないフリをしながら、いつも通り、彼の美しい顔を見上げる。

「えっと……まだ、ご褒美を貰ってないと思ったのよ」

「情報とキスでは足りないか？」

「あれはどっちかっていうと、エイデスのご褒美でしょ!?」

「何だ、嫌だったのか？」

「い、嫌とは言ってないわよ！」

ククッ、と喉を鳴らしてからかって来るエイデスの頬を、もう！　と横に引っ張る。

「何が欲しい？」

間抜けな顔になっているのに、いつもと変わらない様子でそう返されて、言葉に詰まった。

話を逸らそうと思ったのに、逸らす先を間違えてしまったようだ。

「……えっと」

ウェルミィは一生懸命考えた。

――私って、何か欲しいものあるのかしら？

物……は、別にそこまで欲しくない。

お義姉様との時間……は、お義姉様の都合があるから、エイデスに言ってどうにかなるものでもなく。

して欲しいこと、も、今のところないけれど。

一緒にお出かけするのは、悪くない気がした。

――でも、エイデスも忙しいのよね……？

外務卿になるという内示があった、と前に言っていた。

働く場所や役職が変わるのは、領主を引き継ぐようなものだと思うので、きっと大変。

あまり時間を取るようなワガママは言えない。

もしかしたら家に帰れない日もあったりするかもしれないし、無理はさせられない。

うんうん悩んでいると、エイデスがずっと見ていたのか、またクグッと喉を鳴らす。

「うちのお姫様は、欲しいものが多すぎるのか？　それとも、無欲で思いつかないのか？」

「……どっちもよ」

物が欲しいならすっごく楽なのに、と、面白そうに待ってくれている彼の顔を見上げて。

「何が欲しいか、思いついたらでも……」

「——エイデスが」

と、声が重なった。

驚いたように口をつぐむ彼に、ウェルミィも無意識に口にしようとした言葉に自分で驚いて、しばらく沈黙が流れる。

「私が、何だ？」

「……何でもない」

「ウェルミィ？」

恥ずかしくなって目を背けると、抱き締めるエイデスの腕に力がこもり、目に嗜虐的な色が宿る。

「その態度は、何かを誤魔化そうとする態度だな？」

「あの、その、別に何も……ふむっ!?」

言い訳を口にする前に、無理やり唇を塞がれる。

「む、……んっ……！」

深く口付けられて吐息を漏らすと、顔を離したエイデスは、紫の瞳で少し蕩けてしまったウェルミィを見下ろしてきた。

「隠し事はダメだと、いつも教えている筈だが？　もう、命令しなくとも教えてくれるだろう？」

少し湿った唇を焦らすように撫でられて、ウェルミィは悔しくて上目遣いに彼を見る。

「……恥ずかしいから、ヤ」

「ウェルミィ」


――エイデスが、一番欲しい。


そう口にしようとして、止《や》めた。

だって、それじゃまるで誘っているみたいで。

そういう意味じゃないのに。

ただ、エイデスと一緒にお出かけしたり、こうやって一緒にいる時間を増やしたり。

ウェルミィが求めているのは、そういう諸々で。

決して、決して閨《ねや》に誘っている訳じゃなくて。

いずれそういうことになるのは分かってて、期待してるのも本当で、そうじゃない訳じゃないんだけど。

「君の目は、口以上に物を喋る」

そう言って、また口づけを落とされた。

「襲ってしまう前に、話した方が身のためだと思うが？」

愛おしそうに見つめられて、優しくされて。

ウェルミィは、恥ずかしくて爆発しそうになりながら、目を伏せる。

こんなにも包まれているのに、そのことが凄く嬉しいのに。


――少しの不安が、素直にさせてくれない。


「……エイデス、に、とって」

ヒルデントライ嬢の、口にした通り。

ウェルミィは、エイデスに守られて、愛されているばっかりで。

何も、返せていないから。

だから。

「私って、何……？」

ここまで愛される理由が、分からなくて。

そう問いかけたウェルミィに。

「ウェルミィは、ウェルミィだ」

エイデスは、あっさりそう答えた。

「婚約者であり、愛しい恋人だ。そうだろう？」

頬を撫でる、固いペンダコが出来たひんやりとした手に、ウェルミィはそっと自分の手を重ねて目を閉じる。

「エイデスはそう言ってくれるけれど、私は、貴方に何も返せてないわ……」

少しだけ仕事を手伝って、淑女教育を受けて、それ以外は自由。

お義姉様の為に夜会で演技をする程度のことは、別に大した話でもなく。

そんな生活だってずっと続く訳じゃないけれど、今は本当に何もしていないに等しい。

ただ、エイデスに甘やかされるだけの、そんな日々。


——筆頭侯爵夫人だなんて。


エイデスを支えられるほど、自分は優れた人間じゃない。

「ウェルミィ。お前は、私を好いてくれているんじゃないのか？」

エイデスの声は、どこまでも優しいけれど。

「……そんな、の。普通のことだわ」

「普通のことか。そうだろうが、私には嬉しいことだ」

「嬉しい……？」

薄く目を開けると、エイデスの笑みが見える。

ウェルミィが不安がっていることまで、嬉しいとでも言いたげに。

「私がウェルミィを愛しいと想うことに、何か理由が必要か？」

添えていた手をするりと頭の後ろに回して、頬を寄せて、エイデスはウェルミィの耳元で囁く。

「ウェルミィは私の、あるいはイオーラの何を好きになった？　金や地位か？　役に立つからか？」

「違う、けど……」

「私も同じだ。容姿や知性だけに惹かれた訳ではない」

エイデスの言いたいことは、分かるけれど。

ウェルミィだって、何故一目見てエイデスに惹かれたのかなんて、説明のしようがない。

ただ、好き。

でもその気持ちは、とても頼りないことのように思えて。

「……私より魅力的な人は、この世界にいっぱいいるわ。きっと、私より筆頭侯爵夫人に相応しい人も、星の数くらいいる」

頑張っても務まらなくてエイデスに失望されることが、怖いと思ってしまう。

ウェルミィは自分が、こんなに臆病に、そして強欲になってしまうと思っていなかった。

失うものなんて、何もないと思っていた頃は、あんなに大胆に振る舞えたのに。

今は、エイデスやお義姉様を失うことが、こんなにも、怖い。


だから求めてしまう。

エイデスの魂の一欠片まで、全てが欲しいと。

「ウェルミィよりも、魅力溢れる女か。……いるかも知れんな。他の者にとっては、だが」

エイデスは、そっとウェルミィの背中を撫でる。

「だが私が魅力を感じた女は、ウェルミィ、お前ただ一人だけだ」

「何で……？」

「言ったろう。理由など後から幾らでもつけられるのだ。例えば、イオーラは魅力的なのだろう。お前や、惹かれあったレオにとっては代え難いほどに。だが、私は彼女には惹かれなかった」

そうだろう？　とエイデスは問いかける。

事実、彼は一度はお義姉様と本当に婚約を結んで、その手を取れる立場にあった。

でもエイデスが手を差し出してくれたのは、優れた頭脳と紫の瞳、伯爵家の財産を受け継ぐ資格のあるお義姉様ではなくて、何も持たないウェルミィだった。

「お前がお前だから、私は愛した。それではいけないか？」

「信じて、いいの？」

頬を離して、真剣な瞳が、ウェルミィを見る。

薄く形のいい唇が動く。


「永遠に裏切らないと誓おう。――お前だけだ、ウェルミィ」


ウェルミィは、自分の頬を涙が伝うのを抑えられなかった。

好きなの。

好きだから、これ以上好きになるのが怖いの。

信じたくて。

その信じる気持ちを、形にして……贈れるなら。

「エイデス……私も、誓うわ。あのね、ヒルデントライ様とシゾルダ様に、貰ったものがあるの」

「ほう」

頬の涙を、エイデスが指先で拭ってくれる。

彼の白く滑らかな肌に両手を伸ばして、ウェルミィは包み込んだ。

「凄く価値があるものなの。それは、私が受け取って良いって」

――エイデス以外の人から。

自分の力だけじゃないと思ったけれど、『ウェルミィの行動に価値がある』って言ってくれた人達から、初めて贈られたもの。

ウェルミィはするりとエイデスの腕を抜け出して、サイドテーブルの引き出しに仕舞っておいたそれを、取り出した。

彼の膝に戻って背中を彼の胸に預けながら箱を開けると、エイデスが感嘆の声を漏らす。

「質の良い魔宝玉だ。そうそうお目に掛かれるものではないな」

「そう、そうなの。あのね、エイデス」

ウェルミィは、箱の中にある朱色の魔宝石を指差しながら、エイデスの顔を見上げて、微笑む。

「これを、身につけて欲しいの。私の色を。……私も、身につけたいの。エイデスの色を。受け取って、くれる?」

問いかけに目を細めた彼は、蕩けるような笑みを浮かべ、静かに頷いてくれた。

「勿論だ、ウェルミィ。お前の瞳によく似た、素晴らしい石だ。身につけるのが勿体ないほどの」

「それじゃ、イヤなの。いつでも身につけておいて欲しいの」

顔を前に戻して、ウェルミィは首を横に振る。

「そうしたら、わ、私のエイデスだって。皆に分かるでしょう?」

顔は、見れなかった。

恥ずかしくて、指先を小さく擦り合わせる。

でも、嘘じゃないから。

独占欲だって、分かってるけれど。

「私も、エイデスのだって、分かって貰うの。だから、だからね……」

言ってる途中で、エイデスがウェルミィの腰に両腕を巻き付けてきた。

「参ったな……」

「エイデス? ……んっ!」

そのままウェルミィの右肩に頭を預けたと思ったら、首元に口付けられた。

こそばゆさにビクリと震えるけれど、彼はそれ以上何もしなくて。

熱い吐息を首に感じる距離で、言葉を吐き出す。

「――お前が可愛すぎて、我慢出来なくなりそうだ」

初めて聞く弱さを含む声音に、首を曲げられないまま横目で見ると。

彼の耳が、真っ赤に染まっていた。

あのエイデスが。

いつも自信満々で、ウェルミィが何を言っても動じなかったエイデスが？

「ウェルミィ……」

「あの、待って。エイデス。さ、最後まで言わせて欲しい、から！」

エイデスの熱が伝染して、狼狽えながらも、ウェルミィは重ねて告げる。

「石を、アクセサリーにしたらね？　あの、ね。一緒に出掛けたりしたいわ。……そ、それに、もっとエイデスの側にいたいし、エイデスに抱き締められるのも好き」

近くにいる。

一緒にいる。

ただ、それだけで良い。

それ以上のワガママは、言わないから。

「……頑張ったご褒美は、そういうのが良いの」

言えた。

黙って聞いてくれたエイデスの腕が、不意に脇の下と足に移動して、また横抱きにされる。

凄く凄く熱の籠った青みかがった紫の美しい瞳と、視線がばっちり合う。

「ウェルミィ。……ありがとう。自分の意思で、私の側に居ることを選んでくれて」

何だか、少し幼くなったような錯覚を覚えるくらい、柔らかい声と表情で口にしたエイデスが、まるで壊れ物に触るように、頬に口付ける。

そこでウェルミィは、彼の体が少しだけ震えていることに気付いて、頭を優しく抱え込んで。

お返しするように、そっと唇にキスを返した。

初めて一緒に過ごした夜には、出来なかったこと。

今も、すごく恥ずかしいけれど。

ちゃんと笑顔で、目を逸らさないまま、気持ちを伝える。

「お礼を言うのは、私のほうだわ。私を見てくれて……ありがとう、エイデス」

そうして、また深く口付けられた。

貪るように掻き抱かれて、息が詰まって苦しい。

でも、全然嫌じゃなかった。

求められていることが分かって、喜びが胸いっぱいに溢れ出す。

「……はぁ……」

もう立てないくらいに蕩けたウェルミィに、エイデスが切なそうに囁く。

「婚儀まで、我慢しようと思っているんだが。……時折揺らぐ。私をこんな気持ちにさせるのは、お前だけだ、ウェルミィ」

――別にいいのに。

そう思っても、流石に口に出すのは躊躇ってしまう。

怖いのはもちろん、ちょっとだけあるけれど。

でも、ちゃんと大切にしてくれるって、言ってくれるエイデスの気持ちも、嬉しくて。

「愛している」

何度も、何度も、そう口にしながら、ウェルミィはその晩、耳や首筋をエイデスに食べられて。

すっかり、許容量を超えてしまった辺りで、ようやく解放された。

「……大丈夫か？」

「だいじょぶ、じゃ、ない、けど……いま、すごく、しあわせよ……」

ウェルミィは、自分でもきっとだらしないだろうなぁ、と思う、へにゃりと力の抜けた笑みを浮かべた。

「――大好き。わたしの、エイデス……」

6.✦ウェルミィの企み《書き下ろし》

――【王太子殿下婚約披露パーティー】の一週間後。


「聞いたわよお義姉様！　エイデスの頬をはっ倒したんですって!?」

イオーラは、魔導研究所に来て貰ったウェルミィに、大きく手を振りながら開口一番そう言われて、顔がカーッと熱くなった。

「ウェ、ウェルミィ、そんな大きな声で……!」

昼間なので周りには職員が大勢いる。

彼らが一様に驚いた顔をしているのを見て、イオーラはますますパニックになった。

「ご、ごめんなさい、その……」

しかしウェルミィは何も気にしていない様子で、ツカツカツカとヒールを鳴らして歩み寄り、いきなり抱きついて来る。

「ウェ、ウェルミィ……!?」

「嬉しいわ！　そんなに私のことを心配してくれたなんて！　助かったのに昇天しそう！」

どうやら、怒っている訳ではないらしい。

それどころか、こちらを見上げてへにゃっとした顔で笑っている。

仲良くしても大丈夫になってから、ウェルミィは昔のように甘えん坊さんになった。

それが愛しくて、イオーラはちょっと複雑な気持ちのまま苦笑いを浮かべ、彼女の頭を撫でる。

「怒ってないのね」

「むしろ私達が謝らないといけないわね。あの誘拐、想定済みだったんだもの」

「え⁉」

ケロッとした様子でそう口にするウェルミィに、イオーラは一瞬、頭が真っ白になった。

「お義姉様に言うと絶対反対するだろうから、黙ってたのよ。それに、エイデスの頬を張ったのは、私の方が先だし」

そういえば、ウェルミィはエイデス様と対峙した時に手を出していた。

「お義姉様とお揃いね！」

「もう……そんなこと、喜ぶようなことではないでしょう？　それに、なら何であの時エイデス様はそれを言わなかったの？」

「黙ってたから後ろめたかったんじゃない？　まぁ、黙ってて心配掛けたんだから、お義姉様には怒る権利があるわよ。私も怒られるかしら？」

舌を出すウェルミィに、イオーラは調子がいいやらはしたないやらで、呆れたけれど。

「……後で、エイデス様に謝らないと……でももう二度と、そういう危ないことはしないでね？」

「出来るだけ善処するわ！」

「ウェルミィ？」

「分かってるわよ。でも、そうそうないわよ、あんなこと」

「なら良いけれど……」

「それより、お義姉様、メガネも白衣もとってもよく似合っているわ！　お義姉様はどんな格好していても、いつも美しいわね！」

「あ、ありがとう……」

本当に反省しているのだろうか。

それに、化粧もしていない上に、楽だからしている格好なのに、ウェルミィはいつものように手放しで褒めてくれるので何だかむず痒い。

イオーラは苦笑しながら、とりあえずお礼だけ言っておいた。

眼鏡をかけていると言っても、別に目が悪い訳ではない。

単に、紫の瞳を研究所の方々が興味津々に覗き込んでくるので、隠す為に掛けているものである。

特に精霊に関する研究や、魔力の源に関する研究をしている博士などは、事あるごとに『目の調査をさせてくれ』とせがんで来るのだ。

研究所の人々は、相手が貴族だろうと何だろうと関係なく、自分の探究心や好奇心の赴くままに過ごしている変人が多い。

イオーラはその空気が心地よくて気に入ってはいるけれど、自分が『研究対象』になるのは困る。なので、彼らに見つからないように、気配を薄くする魔導陣を刻んだこのメガネは、声を掛けるまで気付かれない一種の結界だった。

ウェルミィにはまるで通じていないけれど、それは物事の本質を見抜く彼女の朱瞳《しゅどう》もまた特別なものだからだろう。

「あまりここにいると見つかってしまうかも知れないわね……わたくしの研究室に行きましょうか」

「ええ。そういえば私、なんで呼ばれたの？」

「言ってなかったかしら……？」

「ええ。まぁ用事がなくても、お義姉様に呼んで貰えるならどこでも行くわよ！」

「無理はしないでね。それと用件に関しては、ここではちょっと言えないわ」

「ふぅん……あ、オレイアも久しぶりね！」

「はい。ウェルミィお嬢様におかれましても、ご健康そうで何よりです」

体を離したウェルミィが声を掛けると、影のように控えていたオレイアが微笑みを浮かべて頭を下げた。

黒髪黒目で整ってはいるけれど印象に残らない顔立ちをしているイオーラの二歳年上の侍女は、二人と幼少期から共に過ごした女性《ひと》だ。

現在彼女は、王太子妃側付き候補として、王宮の侍女長と共にイオーラの身の回りの世話をしてくれている。

そんなオレイアは、ウェルミィのことも『もう一人の主人』と考えてくれているようで、オルミラージュ侯爵家の誰かと連絡を取っているらしかった。

時折、イオーラにウェルミィの様子を伝えてくれるのだ。

イオーラも、そしてお互い口に出していないけれど、多分ウェルミィも……オレイアを姉のように思っているので、その気遣いが嬉しかった。

「研究室はこっちよ」

そうして案内する道すがら、興味津々で研究所の薬草温室や行き交う魔導士達を見ていたウェルミィは、部屋の中を見て片眉を上げる。

「殺風景ねぇ。花の一つでも飾れば良いのに」

「研究所内は、許可のない物品は持ち込み禁止なのよ」

イオーラも散らかす方ではないけれど、オレイアがきちんと整理をしてくれるのでなおさらそう見えるのだろう。

イオーラは王太子の婚約者、かつ優秀な研究者ということで、特別に出入りを認められているけれど、本来は外出一つも申請許可が必要な、機密が大量に存在する施設なのである。

代わりに、敷地内では何不自由ない生活出来るよう、潤沢な資金と施設が揃えられていた。

この研究室も、広くはないが部屋が三つある。

今いる部屋には、借りるのも写本を買うのも自由な研究資料や論文が並んだ本棚に、作業用のテーブルと椅子。

横の一部屋は製剤用の設備がある薬草の保管庫になっていて、残り一部屋は本来なら職員用の寝室なので、ベッドがある。

「で、話って何かしら？」

オレイアが飲み物を取りに出て行くと、椅子に腰掛けたウェルミィが改めてそう切り出したので、イオーラは表情を引き締める。

「オルブラン侯爵令息が作り出した、黒晶石の【服従の腕輪】についての調査結果が出たわ」

「……どうだったの？」

「全て、彼の言った通りね。あれを外す方法は、ないわ。貴女の意思があれば主人としての権利を人に譲渡は出来るけれど……分霊した魂を込めてしまっているから……」

外部からの魔術や魔力の影響を受けない黒晶石の性質上、解呪も、聖術による浄化も届かない。

分霊した魂も、同様に全ての影響から断絶されていた。

直接、例えば金槌などで破壊することは可能だけれど、そうするとオルブラン侯爵令息が死んでしまうのである。

「そもそも黒晶石は、貴族の魔術を封じて幽閉する部屋に使われたりする鉱物だから……外部から影響を与える方法があれば、とっくに誰かが悪用しているでしょうし」

ウェルミィは、険しく眉根を寄せると、頭痛がしたようにこめかみに指を添えた。

「全く……本当に馬鹿ね……」

「ごめんなさい、力になれなくて」

「お義姉様のせいじゃないわよ。全部あの人の自業自得なんだから」

それでも、言葉一つで人の命を奪える重圧からウェルミィを解放出来なかったのを、イオーラは申し訳なく思った。

さらに、気がかりなことが一つある。

「……ウェルミィに危険はないと思うけれど。あの人には、本当に気をつけた方がいいわ」

「お義姉様にも。ズミアーノ様に関して何か、気がかりなことがあるの？」

「エイデス様とレオ……そして国王陛下にだけは、伝えていたのだけれど」

イオーラは国王陛下の許可を得たので、ウェルミィにもその話を打ち明けた。

「オルブラン侯爵令息は……あの騒ぎを起こす前に、この研究所に忍び込んでいたのよ」

イオーラが、オルブラン侯爵令息があの騒ぎに関わりがあるだけでなく『真犯人』だったと知ったのは、全てが終わった後だった。

「……あの人、本当に、何でそれで裁かれないのかしら……」

「魔獣や魔物を弱らせる薬や腕輪の他にも、魔薬そのものに功績があるから、だと思うわ」

「どういうこと？」

「妃殿下の肌が、爛れる病に犯されていたのは知っているでしょう？」

「お義姉様の作った軟膏《なんこう》で治したのよね？　流石だわ！」

ウェルミィはニコニコと言うけれど、イオーラは首を横に振る。

「……あの軟膏を作れたのは、オルブラン侯爵令息が作り出した魔薬の生成法と、原料の薬草があったからなの」

「そうなの!?」

「ええ。彼が忍び込んできた時に、わたくしは会話を交わしたわ」

※※※

――【王太子殿下婚約披露パーティー】の四ヶ月前。

イオーラは、妃殿下の肌が荒れている原因を突き止めたものの、まだ効果的な薬を作ることが出来ていなかった。

軟膏も飲み薬も、ある程度の成果は出るのだけれど、根本的な解決になっていないのだ。

「参ったわね……」

原因が、膨大な魔力による体への負担だということは分かっている。

さらに制御を外れた魔力を放置すれば、肌荒れだけでなく、下手をすれば周りを破壊するような暴走が起こる可能性もあった。

魔力が多いことによる健康や安全は、実際は瞳の力との両輪なのである。

多くの物事がそうであるように、大切なのは均衡だ。

貴族の令息ばかりでなく令嬢が魔力制御を貴族学校で学ぶのは、血が濃くなるにつれて魔力の暴発が多発したという歴史があるからだった。


——何か、魔力を抑制したり制御を補助するヒントになるものは……。


その日もイオーラは、深夜まで薬草や魔力制御に関する資料を漁っていた。

幸い、研究所は魔導灯でいつでも明るい上に、イオーラには紫瞳と膨大な魔力、それに過去の領地経営と学業両立の経験に加えて身体強化魔術もあるので、睡眠や休養を削ってもさほど健康を害すことはない。

持てる恩恵を十分に活用しつつ、テーブルに積み上げた資料に目を通していると。

「そんなに根詰めたら、倒れちゃうよー？」

と、突然間近で声が聞こえた。

「……誰!?」

イオーラは咄嗟に背筋を伸ばして、胸元で両手を握り締めながら振り向く。

そこに立っていたのは、黒髪に浅黒い肌、透き通るような青い瞳を持つ青年だった。

「……オルブラン侯爵令息……？」

「あれ、知ってるんだー？」

「ええ」

そもそも、異国の血が入っている彼の外見が目立つということ以外にも、イオーラは基本的に一目見れば、出会った全貴族の名前と容姿を忘れない程度には、記憶力が良い。

「何故、貴方がここにいらっしゃるのですか？」

イオーラは警戒していた。

そもそもここは基本的に部外者立ち入り禁止であり、厳重に警備されている。

出入りするには日取りまで研究所側が決めるほど徹底されているので、オルブラン侯爵令息がこんな深夜にいる筈がないのだ。

「ああ、忍び込んだんだー。ちょっと野暮用でねー」

まるで簡単なことのように言いながら、イオーラが広げた資料にチラリと目を走らせた彼は、ヘラリとした笑顔のまま、とんでもないことを言い出した。

「キツネ王妃の病気ねー。あれは、この国の主要な薬草じゃ治らないんじゃないかなー。今、帝国で話題になってる魔薬の原料について、調べてみると良い気がするよー」

「ま、魔薬？」

「君なら簡単に調べられるんじゃない？　良いこと教えてあげたから、ここにいたことは内緒にしといてねー？」

片目を閉じたオルブラン侯爵令息は、口元に指を当てる。

彼が動くとその体から何か花のような香りがして、イオーラは本能的に危険を感じ、息を止めた。

「……ああ、君は本当に優秀だなー……いや、精霊の加護かな……？　あ、イオーラの護衛は〝影〟も含めて皆、ちょっと大人しくして貰ってるよー。オレに関する記憶もなくなるから、君が黙っててくれれば全部、丸く収まる気がするねー？」

「……わたくしが、それについて大人しく言うことを聞くとでも？」

「聞かなくても良いけどさー」

彼が行っている行為は、バレたら重罪である。

オルブラン侯爵令息は、イオーラが睨みつけてもまるで意に介した様子を見せず。

「その場合、ウェルミィがどうなるかなー？」

「……っ！」

「あ、逆に君をここで殺すのもアリな気がするねー？」

脅しを口にしていても、まるで態度が変わらない。

威圧する訳でもなく、面白がる訳でもないその様子に……イオーラは、言い知れない不気味さを感じたけれど、唇を噛んで、オルブラン侯爵令息を睨みつける。

「あ、あの子に手を出すのなら……！」

「アハハ、君が言わなければ、何もしないよー？」

「……では、ここに忍び込んだ目的は、何なのですか」

「んー」

オルブラン侯爵令息は、小さく首を傾げる。

「目的かー。何だろうねー？　最終的には、ウェルミィをお嫁さんにすることかなー？」

——え？

冗談か本気か分からない態度に、イオーラは混乱する。

けれど。

「貴方には、既に婚約者がおられるのでは……？　そもそも貴方のお立場なら、正式な手順を取ることも可能でしょうに、こんな危険な真似までして、何故、そのような……」

「んー……それだと、つまらない気がするからかなー」

イオーラの疑問に、オルブラン侯爵令息はあっさりと答える。

「後、許嫁に関してはさ……今のままのオレなら、あの子の許嫁は、オレじゃない方が良い気がするんだよねー」

そして、彼はそのまま背を向けて、ひらりと手を振り。

「だから、ニニーナに関しては気にしなくて大丈夫だよー。じゃーねー」

まるで散歩に出かけるような調子で、気軽に去っていた。

※※※

「あの人、お義姉様にまで声掛けてたの!?　あの女好き、最悪だわ！」

「そ、そういう理由なのかしら？」

牙を剥きそうな顔で怒っているウェルミィに、少々戸惑いながら、イオーラは首を傾げる。

「才能溢れる婚約者がいるのに私に粉をかけて来て、挙句にお義姉様にちょっかいを掛けたんでしょう!? 万死に値するわ！」

「ウェルミィ……ちょっと、口が悪いのではないかしら……」

「そうね、ごめんなさい。えっと、それで話の続きは？」

「え、ええ……その、悩んだのだけれど、結局わたくしは、魔導卿にその事実を伝えたの。それが……あの事件に繋がってしまったわ……」

イオーラは、先ほどとは別の意味で目を伏せる。

自分のせいだと思ったから、ウェルミィが攫われたと聞いて、余計に頭に血が上ったのだ。

魔導卿に、『オルブラン侯爵令息に気をつけろ』という警告をしなければ、ウェルミィが余計な危険に晒されることもなかったのかと。

「そんなこと、どうでも良いわよ。むしろ心配を掛けたこと自体は、私が謝ることだし、お義姉様がエイデスに言わなければ、ズミアーノを捕まえられなかったわよ」

「ウェルミィ……でも」

「実際、ただの囮だったんだし、無事なんだからそれで良いじゃない。……それと、お義姉様？　何だか一つ、聞き逃せない話があったんだけど」

「何かしら？」

どうでも良い、と言いながら怒った顔をしているウェルミィが、ビシッと指を突きつけてくる。

「無理しないでって言ってるのに、また内緒で夜更かししてたのね？」

「あ……」

話の流れでつい喋ってしまったことに、そこで気付く。

「そんなことしてるから、ズミアーノみたいなヤツに会うことになったのよね？」

「あの、ウェルミィ、それはね？」

イオーラが目を泳がせると、ウェルミィが指を引いて、ずいっと顔を近づけてくる。

「な・ん・ど・も。やめてって、言ってるわよね？」

「……………ごめんなさい」

それに関しては言い訳も出来ないので、イオーラは肩を竦めてしょぼんとした。

「全くもう！　……ねぇ、本当にやめてね？」

「ええ。気をつけるわ」

——出来るだけ。

と、内心で付け加えておく。

しばらくウェルミィに疑わしそうに見つめられたけれど、曖昧に笑って誤魔化しておく。

ため息を吐いた彼女は、唐突に話題を変えた。

「まぁ良いわ。これでお互い、無茶したことはおあいこにしましょ。それで、結局何でズミアーノの魔薬が妃殿下の肌荒れに効いたの？」

ウェルミィは怒りを引き摺らない気質なので、また椅子に腰を下ろすと、すぐに笑みを浮かべて興味津々に聞いてくる。

彼女も何のかんのと言いつつ優秀で、勉強が嫌いではないのだ。

イオーラも気を取り直して、詳しい話を口にする。

「あの魔薬の効能は精神に作用するもの、という認識で間違いはないのだけれど、厳密には『魔力の流れに干渉して、思考を阻害する』ものなのよ」

「えっと……何が違うの？」

「人の肉体には、頭と心臓の源から生まれる魔力流が循環していることは知っているわよね？　その魔力の流れが濃く、力強い者が、強い魔術を扱える素養の持ち主であることも」

「貴族学校で耳にタコが出来るくらい聞いたわね。ついでに健康になるのよね？」

「そう。けれどそれには条件があるの。妃殿下の皮膚の爛れは多分、魔力を制御する瞳の機能が衰えたことが原因だったのよ」

普通は、目が悪くなろうと老眼になろうと、魔力を制御する機能が衰えることはない。

妃殿下は、おそらく何らかの要因が重なって、瞳の力に異常が出てしまったのだ。

「瞳の制御が弱まると、魔力が肉体に強い影響を与えて不具合を発症してしまうわ。西にある島国の王太子殿下の婚約者も、同じような理由で、体が弱いと聞いたことがあるしね」

イオーラが魔薬の原料を元に作った軟膏は、その皮膚を傷つける程に強い魔力流『だけ』を抑制する効能を持つのである。

代償として、効果が出ている間は扱える魔術が弱くなってしまうけれど、妃殿下のお立場であれば、それ自体はさほど問題ではない。

むしろ、魔力が弱い者に使うと健康を害す可能性がある強い薬なので、軟膏についての今後の課題はその点である。

「へぇ～……魔力由来の病気って、もしかして結構あるのかしら？」

「そうね。魔力と瞳が釣り合っていないことによる症状や死が、たくさんあると思うわ」

こうした事例を目にすると、もし仮に強い魔力を持つ平民の子が生まれたとしても、原色に近い瞳や金銀紫の瞳を持たないと、そもそも育たないのだろうとも思える。

「だから、そうした人々を救う為に、今は別の方向からもアプローチしているのよ」

「へぇ。そっちはどんな研究なの？」

「ふふ。ウェルミィも知ってるわよ？　あの、聖剣の複製に使われた聖白金《オリハルコン》……あれを、魔導卿と共同開発したのはね」

イオーラは、それに関してはちょっとだけ得意な気持ちで、ウェルミィに笑顔で告げる。

「――魔力流を瞳の代わりに制御する【整魔の腕輪】を、作り出す為だったの」

例えば、聖なる力や光の力というのは、本来とても制御が難しい。

故に、テレサロやソフォイル卿など、神に選ばれた人々だけが扱える力なのだけれど。

聖剣があると〝光の騎士〟の力が増すのは、聖白金に魔力を安定させたり、制御しやすくしたりする機能が備わっているからなのではないかと、イオーラは考えたのだ。

「瞳の代わりに……!?」

「ええ。実際に試した人によれば、魔術を制御する時の安定感が全然違うらしいわ」

イオーラ自身はあまり実感出来なかったけれど、魔導卿によると『紫瞳の持ち主は元々、精密な魔力の扱いが桁違いに得意』だからだそうだ。

「凄いじゃない！」

ウェルミィは、キラキラと目を輝かせる。

話そのものに興味があるのか、イオーラの話だから楽しそうに聞いてくれているのか……どちらか分からなかったけれど、とても可愛らしい。

「もう少し調整して、完成したら……まだ値段は高過ぎるけれど……いずれ、数多くの悩んでいる人々が、その腕輪や薬で救われる筈なの。魔力負担を軽減する聖白金の力を、戦場で悪用されはしないかと、レオは危惧していたけれど」


けれど、技術は放っておいても進歩するものだから。


自分が為すことが正しいかどうかは分からないけれど……イオーラと魔導卿が作らずとも、いずれ誰かが作り出すだろうと、そう思う気持ちもあった。

「確かに危なそうな気はするわね。レオもたまにはマトモなこと言うじゃない」

「ウェルミィも……そう、思う？」

「思うわ。けど、お義姉様がやりたいと思ったなら、私は止めないわよ」

あっさりそう言って、ウェルミィは意味ありげに上目遣いをして微笑みを浮かべる。

「作っても、しばらく公開しなければ良いんじゃない？」

「そうね……製法を公開するかどうかは、確かにまだ悩んでいるけれど、腕輪は作るし、薬の開発も続けるわ」

新しい技術、画期的な技術には、良い面も悪い面もあるけれど。

「この技術で、救われる人が増えるのなら……わたくしは、挑戦してみたいの」

思いもしない使われ方をして、心を病み、傷つくことがあったとしても。

「わたくしは、やがてこの国の王妃となって、民の為に生きるのだから」


少しでも、皆が健やかに過ごせるように。

そんな祈りと共に決意を口にしたイオーラに、ウェルミィはうっとりと満足気に頷いた。

「ふふ……その腕輪で不治の病が治ったりしたら、きっと、お義姉様の名が全世界に轟くわね！」

そう言われて、イオーラはピシッと固まる。

「えっと……皆が喜んでくれるのは嬉しいけれど、それは、出来たら遠慮したいわね……」

「ダメよッ！　私のお義姉様は美しくて聡明で最高のお義姉様だと、全世界の人間が知るべきなんだからッッ！」

むしろ広める手伝いをしそうなウェルミィを見て、額にじわり、と嫌な汗が浮かぶ。


——目立つのは、苦手なのだけれど……。

そう口にしたところで、『どうせ王妃になったら』などと反論されるのは目に見えていたので、心の中に仕舞っておく。

「まぁ大丈夫よ！　どんなことが起こっても、きっと全部上手くいくわ！」

「えっと、何か根拠があるの？」

そう問いかけると、ウェルミィは満面の笑みを浮かべる。

「決まってるじゃない！　それをするのが、お義姉様だからよ！」

「ウェルミィ……それは根拠とは言わないのよ……」

本当に、ウェルミィのこの前向きさと……無条件にイオーラを信頼してくれる気持ちは、どこから湧いてきているのだろう。

けれど、彼女の気持ちそのものは、嬉しいと思ったから。

「ふふ……でも、そうね。ウェルミィが信じてくれるなら、きっと上手くいく気がするわ」

イオーラは微笑んで、彼女の頭を撫でた。

※※※

その後、すっかり話し込んでしまい、気付けば夕方になっていた。

迎えに来たエイデス様に、頬を張ったことを改めてイオーラは謝罪し、ウェルミィは彼に連れられて軽い足取りで一緒に帰って行った。

いつもと違ったのは、レオも彼と一緒に研究所を訪れていたことだ。

「ここの警備は厳重だな……まさか、王族にまで訪問予約を徹底しているとは思わなかったよ」

エイデス様にレオが待っていることを告げられて、急いで帰る準備をしたイオーラは、中に入れなかったことにむしろ感心しているらしい彼に、ふふ、と小さく笑う。

「魔導士協会は、魔導卿と懇意ではあるけれど、王家の所有物ではないもの。仕方がないわ」

優秀な魔導士を囲い込むことが多かった昔。

暮らしは保障されていても権利は蔑ろにされ、成果物や研究を取り上げられたり、魔導の力を良いように使われる状態が長く続いていた。

それを憂いたのが、オルミラージュ侯爵家である。

当時の侯爵が後ろ盾となり、権力者相手に魔導士を保護する法を定めるよう、元老院での議題に上げたのである。

それが、魔導士協会発足のきっかけとなった。

発足後は、魔導士達自身が研究成果に対して平等な取引を求める交渉を重ねた。

当時のオルミラージュ侯爵は、協会を私物化せず、支援を行いつつも第三機関としたのだ。

結果、各国に法が定められ、国際魔導研究所と、魔導士や魔導具による犯罪を取り締まったり流通の管理を行う魔導省が設立される運びとなった。

オルミラージュ侯爵家が国際的な権力を有する理由は、富だけが理由ではない。

魔導士が王国軍でなく魔導省の管轄であることも、そうした権利保護の一環なのである。

また貴族学校も、当初は魔導士が貴族に魔力制御を教えるのが主体であり、やがて『どうせ集まるのなら』と教育施設へと変化していった経緯があった。

設立の背景から、魔導士協会は独立した機関としての姿勢を崩さないのである。

「オルミラージュ侯爵家は本当に、どの代も王の威信を損ねかねないくらい優秀で厄介だな」

「ふふ。今代の当主も、一筋縄ではいかないものね」

「今のところ、手綱を握るどころか握られてるしな」

肩を竦めたレオは、馬車に向かってエスコートしてくれる間に、ふと問いかけてきた。

「ウェルミィとの時間は楽しめたか?」

「ええ……あの子との時間は、あまり取れないから、すっかり話し込んでしまって」

せっかく和解出来たのに、イオーラが忙しいせいで、今までの時間を取り戻せないのが少し、歯痒くはあるけれど。

「ウェルミィの話もたくさん聞けて、良かったわ」

今まで彼女は、親しい友人というものを作って来なかった。

それは、イオーラのせいでもあり、これから先のことを心配していた部分もあったのだ。

「テレサロや、ダリステア様もウェルミィと親しくなったって手紙をくれたの。二人とも、感謝してるって言っていたわ」

「……良いことだ」

「複雑？」

イオーラが微笑みかけると、レオは軽く頬を掻く。

「まぁ……ウェルミィが親しくする連中が昔馴染みだと、微妙な気持ちにはなるよ」

ダリステア様は、レオの婚約者候補筆頭だった。

貴族学校時代、彼が自分と親しくなったことで、その立場を奪ってしまったことを、謝った方が良いのか悩んだこともある。

けれど、そんな空気を察したのか、彼女に言われたことがあった。

『わたくしは、レオニール殿下をお慕いしている訳ではありません。お気になさらず』と。

『サロン』の頃、彼女の置かれた立場を知っていたら、もっと違う道もあっただろうか、とイオーラは考え。

「レオは、ダリステア様が……その、公爵の期待を背負っていたことを、知っていたの？」

「まぁ、公爵は露骨だったからな。もしダリステア嬢の身に何かあれば、あるいは彼女に相談されていたら、手を貸しただろうけど」

一度もそうしたことはなかったのだと、レオは言った。

「幼馴染みだから、情はある。恋愛感情ではないけどね。ただ、アイツは……なんていうか、ずっと気高くあろうとしていたから」

「そうね」

ダリステア様は気が強いが、あまり感情を表に見せるタイプではなかった。

ものはハッキリ言うけれど、その内心を明かす程に親しい相手は、彼女もいなかったのではないだろうか。

「もしかしたら、似たもの同士だから、ウェルミィと気が合ったのかしら」

手紙の文面を見るに、ダリステア様は【王太子殿下婚約披露パーティー】以降、ウェルミィに好感を持っている様に見えた。

今日のウェルミィの話を聞いても、彼女との関係は良いものになりそうな気がする。

「ウェルミィには、いつも助けられてばかりだわ。ダリステア様のことも、わたくしが口や手を出したら……きっとあの方は、お怒りになられたでしょう」

イオーラとの関係がどうであれ、世間的には『恋のライバル』だったのだ。

情けを掛けるような真似をしたら、ダリステア様の性格なら、より惨めだと感じてしまうだろう。

「手紙に、ツルギス様のことも書いてあったわ。上手く行くと良いわね」

「ああ。でも、意外だった。ツルギスがダリステアみたいなのがタイプだったとはね。もっと、大人しく慎ましやかなタイプが好みなのかと勝手に思ってたから」

「……きっと人は、自分にないものを持っている人にこそ、惹かれるのよ」

我慢強いツルギス様は、凛と立つダリステア様に。

明るく天真爛漫なテレサロは、どっしりと頼りになるソフォイル卿に。

考え過ぎるシゾルダ様は、行動力のあるヒルデントライ嬢に。

カーラも、あの気の強さを笑って受け流してくれるセイファルト様に対して、満更でもないと思っているだろう。

「魔導卿も……自分に出来なかったことを成し遂げたウェルミィを、慈しみ守りたいと、思ってくれている。だから、預けているのよ。わたくしの大切なウェルミィを」

イオーラは、滅多に怒らない。

怒りというのは、期待の裏返しだから。

魔導卿は、ウェルミィを守ってくれると思っていたからこそ、それが出来なかったと見えた時に怒りが沸いたのだ。

あの時の怒りには、自分のせいだという気持ちも、混じっていたけれど、それでも。

「……期待しているから、失望したくないの」

「イオーラは時折、恐ろしいな。あのエイデスに対して『失望させるな』と言える人を、今のところ父上と君しか知らないよ」

「あら、わたくしは、エイデス様と同じくらい、レオにも期待しているのよ？」

馬車に着き、彼の支えを受けながらタラップに足を掛けたイオーラは、ニッコリと目を細める。

「わたくしを怒らせることが出来るのは、きっとエイデス様と貴方だけよ」

ウェルミィには、期待していない。

だってあの子には余計なことを考えず、健やかに自由に生きて、幸せになって欲しいから。

魔導卿に怒ったのは、彼ならウェルミィを幸せに出来ると思うからだ。

そしてイオーラは、レオとは並び立ちたい。

一方的に守るのでも守られるのでもなく、支え合いながら一緒に生きると決めた人だから。

「ねぇ、レオ」

「何だい？」

「わたくしは……早く貴方と、一緒に暮らしたいわ」

横に座ったレオに、ちょっと恥ずかしいけれど、そう伝える。

婚約者になって王宮に居を移したとはいえ、まだ住んでいる宮は婚約者用の白蓮宮であり、レオが住んでいる王太子用の小陽宮とは離れているのだ。

結婚すれば、小陽宮に住むことになるので、もっと一緒にいられる時間が増える。

すると、目を瞬かせたレオは、すぐに破顔した。

「嬉しいな。俺も同じ気持ちだよ」

そうして手を取られたので、イオーラはレオの肩に頭を預けた。

とても幸せな気持ちだけれど。


――ズミアーノ様にはこんな風に、気持ちを分け合える相手はいるのかしら。

ふと、そんなことを考えた。

※※※

「ウェルミィ」

「何？」

帰りの馬車で、声を掛けられたので横に座るエイデスを見ると。

彼は何やら意味ありげな表情で口の端を上げながら、背もたれに体を預けていた。

「それで、お前の企みは上手くいったのか？」

「あら、バレてたの？」

「随分早く動いていたからな。あの件から、まだ一ヶ月も経っていない」

エイデスの言葉に、ウェルミィは軽く肩を竦める。


「囮を引き受けた時に言った通りよ。これで、お義姉様の地盤固めは終わったわ」


次の代も力を持つだろう主流派の有力な貴族達に、縁もツテも、そして貸しも出来た。

しかし一つだけ誤算があるとすれば……誘拐事件の後、ズミアーノ様に、全ての情報と事態の真相を洗いざらい吐かせたつもりだったのに。

「ズミアーノ様が、お義姉様にまで接触してたのは知らなかったわ。貴方もあの人も、嘘を吐かないけど真実を語らない辺り、本当に厄介よね」

エイデスもズミアーノ様も、ウェルミィに対して嘘は吐けなくとも、聞かれなければ語らない、あるいは聞かれても沈黙する、という選択は出来るのだ。

「あの人、帰ってきたら苦しめてやろうかしら」

「それは八つ当たりだな。奴はイオーラに危害を加えた訳ではないだろう」

「でも、出来れば二度と近づいて欲しくないわ」

お義姉様の側から、危険は排除しなければいけない。

ズミアーノ様は多分、どんな状況に居ようと清廉潔白に過ごす気などさらさらないタイプなので、必要な時以外、極力近づけないのが最良の選択だ。

ウェルミィが顔をしかめていると、何が楽しいのか、エイデスがククッと喉を鳴らす。

「全てイオーラの為、か……私は、お前に友人を作って欲しいと願ったのだがな」

「あら、それが一番の理由というだけで、皆友人は友人よ？　嫌いな訳じゃないし、これからも良好な関係は築きたいと思ってるわよ」

ウェルミィは一度口をへの字に曲げたが、堪えきれずにすぐに笑みを浮かべる。

「ふふ。でもそれはそれ、これはこれよ」

ウェルミィはあの件の後、それぞれの関係性を鑑みて、迅速に行動した。


――彼らに、恩を売るために。


ダリステア様を大切に思う、次期当主が有能なアバッカム公爵家。

同じく次期当主がダリステア様を望んでいる、軍閥の長であるデルトラーテ侯爵家。

この二家には、ウェルミィに対して迷惑を掛けたという負い目と、ダリステア様とツルギス様の縁を仲介するという恩を。

シゾルダ様が跡取りとなる、文官を統べるラングレー公爵家には、婚約者の要請に応じるという形で貸し一つ……と思ったけれど、魔宝玉を贈られてしまったので、縁が出来たというだけで満足しておかなければいけないだろう。

そして、これからお義姉様御用達としてさらにのし上がるだろうローンダート商会には、お義姉様の親友であるカーラ以外にも、ウェルミィ自身の手駒としてセイファルト様を置いておく。

「国王陛下や妃殿下からも、囮を勤め上げた報酬と、テレサロの件と、誘拐のお詫びを受け取らない代わりに、一つずつ貸しを作れたし」

テレサロは、聖教会にとっても重要な〝桃色の髪と銀の瞳の乙女〟である。

本人は全く意識していないだろうけれど、将来的には〝光の騎士〟であるソフォイル卿と共に、世界中に信徒のいる巨大組織の中で絶大な権力を得ることになるだろう。

さらに聖教会に関しては、総本山にテレサロの師匠であるタイグリム殿下も行くのだ。

彼女はダリステア様同様、元々お義姉様と懇意にしているようだけれど、顔見知りならこれからより一層、ウェルミィを含めて親密になっておくべきだ。

最後に、国の穀物庫であるオルブラン侯爵家。

次期侯爵のズミアーノは、それこそ現在はウェルミィの意のままだ。

今回縁を繋いだ者の中では、一番厄介で、同時に一番頼りにもなる。

予想外のことは幾つかあったけれど、ほぼ全方位丸く収まると共に――――。

――その全てに、ウェルミィ自身の息が掛かった。

将来、オルミラージュ侯爵家の女主人となり、お義姉様をこれからも全力で支えるつもりの、ウェルミィの息が。

「籠絡するのが令息ばかりだなんて、失礼な噂よね。……昔と違って、ちゃんと令嬢や高位貴族の方々も籠絡しようとしてるのにね？」

そうしてお義姉様を、史上最強の王太子妃にするのだ。

ウェルミィが全ての権力者を、お義姉様の味方に取り込むことで。

「お前がそんな風に考えていることを話しても、離れていかないのが友人というものだ」

「そうかもしれないわね。でも、わざわざ口にする必要もないでしょう？」

ウェルミィは唇に人差し指を当てて、片目を閉じる。

友人を作れ、というのは、あくまでもエイデスの願い。

応える努力はするし、好ましい人も大勢いるけれど、ウェルミィが人脈をどうしたって『お義姉様の益』を基準に考えてしまうのは、仕方のないことなのだ。

――だって、昔からそうして生きてきたんだもの。

今更その意識は変わらないし、変える必要もない、とウェルミィは思っていた。

「後一つだけ、まだ解決してないことがあるとすれば……ズミアーノの件、くらいかしら？」

「婚約者に会いに行くと言っていたな。その話か？」

「ええ。上手く行くとは思うけれど」

ウェルミィの予想通りなら、そこにも恩を売れる筈なのだ。

お義姉様にも勝ると言われる、医療の才媛に。

「きっと、ズミアーノが最初に私に興味を持ったのは『ちょうど良かったから』なのよね」

「ふむ。たまたまそこに居たから、ということか？」

「そう。あの人は私を口説いたのに、婚約者に対しては『自分じゃない方がいい気がする』って言ってたのよ？　それって、婚約者のことは気にかけてるのに、私のことはどうでも良いと思ってるってことでしょう？」

自ら破滅しようとしている、都合の良い相手。

婚約者の前から自分を消す為の、理由になる駒。

「ズミアーノが私に興味を持った理由なんて、その程度だったのよ」

彼は矛盾を抱えていた。

自らの破滅を望んで暴走しながら、その実、自分が死んだら悲しむ相手の為に、自分に枷を嵌めることで決着を付けようとしたのだ。

けれど。

「傷が癒えて、彼女の前から消える理由が無くなったのなら……迎えに行くのが、道理でしょう？」

「……お前は優しいな、ウェルミィ」

「そう、私って甘いのよ。貴方と一緒でね」

ふふん、とわざとらしく鼻を鳴らしてみせる。

間違っても、反省しやり直すつもりがある相手は、許しを得ても良いとウェルミィは思っている。

以前の自分やアーバインと同じように、今回の件で間違った全ての人々も。

それがお義姉様の利益になるならより良い、そう思って動いただけだ。

「お前の人を見る目と采配は、鮮やかで眩しいな」

楽しそうにエイデスがそう重ねたところで、馬車がオルミラージュ別邸の屋敷の前に着く。

「褒められて悪い気はしないわね。私の人を見る目が確かなのは、当然じゃない」

せいぜい悪女らしく見えるような流し目をエイデスに向けてから。

馬車のドアが開く前に、口にするのが少し恥ずかしい言葉を、ウェルミィは彼の耳元に唇を寄せて囁いた。

「――――だって私は、一目見て、貴方を選んだのよ？」

——愚者より、かつて失った君に捧ぐ。

たった一人の為の才媛

『――ニニーナ、楽しいねー』


そう言って笑っていた彼がいなくなって、もう、どれくらい経ったのか分からない。

今日も部屋にこもって、伯爵令嬢ニニーナ・カルクフェルトは彼を救う方法を考える。

『ねぇ、ニニーナ』

その為に集めたものが、この屋敷には大量にあった。

国内外から、手に入り得る限りの薬草もその一つ。

精神に効能のあるものから、肉体の傷の治りを早めるもの。

即効性のあるものから、長期に渡って摂取することで効果のあるもの、違法スレスレのものまで。

『何でだろうねー。最近、凄く退屈な気がするんだー』

書物も、部屋を埋め尽くすくらいある。

様々に精神や肉体に作用する魔術が記されたそれらを、ニニーナは舐めるように読んだ。

そうして思いついたことを研究し、新たな手法を試すうちに、国一番の治癒師と噂されるようになったけれど。

――彼の退屈だけは、取り除けなくて。


原因は、分かってる筈なのに。

よく見なければ分からないほどに薄く小さい、あの傷のせいだって。

ニニーナの代わりに崖から落ちて、生死の境を彷徨ったあの時に……頭に負った傷のせいだって。

なのに、どれだけ傷が薄くなっても、彼の頭の中に魔力の糸を伸ばしても。

『やっぱり、つまんない気がするかなー』

彼の張り付いたような笑顔と、虚無のような瞳だけは変わらなくて。


――他の人達は、治るのに。


気鬱も、手足の痺れも、見えなくなった目だって人によっては治ったのに。

彼だけには届かない、その無力さをどれだけ噛み締めただろう。

だけど、諦める訳にはいかなかった。

『君が助かって良かったよー』
崖の下から救い上げられた彼は、顔を血に染めながら、そう笑っていたのに……。
あの日に、彼の心は死んでしまったのだ。

――私のせいで。私のせいなのに。

だから、手を動かす。
頭を捻る。
彼の心を取り戻せるなら、って。
でも、もう、何が試せるか思いつかない。
本は、中身を諳《そら》んじれるほどに読み切ってしまった。
今ある薬草は、全て組み合わせてしまった。
書き貯めた分厚い治癒の書が、国宝とまで呼ばれるくらいに。

――ああ、探さなくちゃ。

今あるものでは、彼を救えないのなら、もっと、もっと、別の何かを。

泣いてはいけない。

擦り切れている暇なんかないのに。

今こうしている間にも、彼は、退屈の中で死んでいるのに。

『面白い気がすること、何かないかなー。ねぇ、ニニーナ』

そう言って、緩やかに破滅に向かう彼が、その黒い手に絡め取られていなくなってしまう前に。

ニニーナは、テーブルに手をついて、項垂れる。

「……ズミアーノ……」

彼の名を、つぶやくと。

「呼んだー?」

と、今聞こえる筈のない声が聴こえて、ニニーナはバッと振り向いた。

「ごめんねー。中にいるって聞いてたのに、ノックしても返事がなかったからさー」

そこに立っていたのは、異国の血が混じった浅黒い肌に黒髪、そして青い瞳を持つ美貌の青年。

開いたドアにもたれて、手に赤い薔薇の花束を握っている。

「相変わらず、引きこもってるねー。たまには外に出ないとジメジメしちゃうよー?」

ニニーナは、そう言ってニッコリと笑った彼の腕に。

――禍々しい腕輪が嵌まっているのを、見た。

※※※

ズミアーノは、半年ぶりに会った婚約者を観察した。

簡素なワンピースの上に白衣を纏い、あまりにも細く小柄なために、頭でっかちに見える。

浅葱色の髪は栄養不足かくすんでいて、本当は顔立ちも整っている筈なのに、目の下の隈と日を浴びなさすぎる青白い肌が、それを台無しにしていた。

ゴツい眼鏡の奥には、銀の混じる浅葱色の瞳。

「また痩せたねー。ちゃんとご飯は食べないとダメだよー？　〝ライオネル王国の至宝〟とまで言われる頭脳を持つ治癒師が、治癒師の不養生を体現してるなんて、目も当てられないよー」

「そん、そんなこと、どうでも……貴方、その腕輪、何なの……？」

「ああ、これー？」

ズミアーノは、アハハ、と笑って腕を振る。

「ごめんねー、浮気した罰として、自分で付けちゃったんだー」

「…………は？」

絶句するニーナに、ズミアーノは隠すことなく喋る。

「ウェルミィっていう可愛くて面白い子がいてさー。ちょっかい出したんだけど、オルミラージュ魔導卿のお気に入りで、振られちゃったー。これは、そのミィに服従を誓う腕輪だよー」

ズミアーノの婚約者である少女は、しばらくしてから怒りを浮かべて、拳を握り締める。

「この、大馬鹿ァ！」

ツカツカと近づいてきてブン！　と振るわれる拳は、虚弱な彼女のものなので、あまりにも遅い。

ヒョイ、と避けると、もう一回振るわれたのでまた避ける。

「この、この、逃げるなぁ！　言ったじゃない！　馬鹿なことはしないでって！　待っててって言ったのに！　この！」

「アハハ、そんなに怒らないでよー」

そろそろニーナがコケそうだったので、彼女の手をパシリと握って、泣きそうな顔を覗き込む。

「大丈夫だよー。この腕輪の主人は、その内ニーナになるからさー」

「何も大丈夫じゃないでしょ！　そんな危ないもの！」

「あ、見ただけで分かる？　流石だねー」

「そんな強力な呪《い》い、見ただけで分からない方が、おかしいわよ！　い、今の主人が願うだけで、貴方死んじゃうんじゃないの!?　分かってるの!?」

「ミィはそんなことしないよー」

ズミアーノは、軽くニニーナを引き寄せて、頭を撫でる。

「はなし、なさいよ！　もう！　一発、なぐ、なぐるんだから……！」

ひくっ、と喉を鳴らして、堪えきれなくなったようにボロボロと涙を流す彼女に、微笑みを浮かべたまま、ズミアーノは告げる。


「アハハ。――楽しいいねぇ、ニニーナ」


すると、ニニーナは。

その大きな目を、溢れんばかりに見開いた。

「ね、ちょっと休んだら、一緒にご飯食べて、お出かけしようよー。今のまんまじゃ、馬車に乗るのも大変だから、ちゃんと元気になろうねー」

「ズミ、アーノ……？」

「なにー？」

悪戯に成功したズミアーノは、胸の奥から湧き上がる気持ちを抑えないまま口の端を緩め、ニニーナを抱きしめて、耳元で言葉を重ねる。

「ねぇ、オレ、今、楽しいからさー。ニニーナも、オレと一緒に楽しいことしようよー。ちょっとの間だけ、お休み貰ったんだー。ミィが、君に会いたいって言うしさー」

「ねぇ、待って、待っ……」

「知ってた？　王都に〝桃色の髪と銀の瞳の乙女〟が現れたんだよー。凄いよねー、どんな怪我でも治しちゃうんだってさー。その子に、一緒にお礼を言いに行かない？　……オレの頭の傷を、その子が、治してくれたんだよー」

「………ッ！」

ニニーナの体が、硬直する。

そのまま、震え始めて足から力が抜けた彼女を横抱きに抱き上げて、お腹の上に花束を置いた。

呆然としているニニーナを連れて部屋を出ると、そこに彼女の母であるカルクフェルト伯爵夫人が立っていて……ハンカチを目に当てて、俯いて泣いていた。

「昔、約束したでしょー？　また、楽しいことを楽しいと思えるようになったら、ここまで迎えに来るよーって。だから、来たよー」

「ほん、とう、に……？」

ニニーナが震える手を伸ばして、ひんやりとした手で額に触れてくるのに。

ズミアーノは、ヘラリと顔を綻ばせる。

「手、気持ちいいねー。オレさ、これでも割と急いで来たんだよー。お陰で、ちょっと暑くてさー」

そこで、彼女に対して言い忘れていたことがあるのに気付いた。

少ししょっぱいその頬に口づけを落としてから、ズミアーノは言葉を紡ぐ。

「――ただいま、ニニーナ」


ニニーナは。

ギュッとズミアーノの首に手を巻き付けると、湿った声で、掠れた言葉を漏らす。

「お、お帰り、なさい……ズミアーノ……」

「うん」

可愛くて、嬉しくて……楽しくて。

いい、いい、気がするんじゃなくて、心の底からそう思えて。

その事実に、さらに喜びが湧き上がって来る。

ニニーナを、ちゃんと『愛しい』と感じられる自分を、満喫しながら。

ズミアーノは、婚約者の体を壊れない程度に強く、抱き締めた。

あとがき

皆さまご機嫌よう、名無しの淑女でございます。

またお目に掛かれましたこと、誠に嬉しく思いますわ。


はい、ということでね。


悪役令嬢の矜持、二巻を無事にお届けすることが出来ました！

こちらの作品は、『あえて悪役として振る舞う令嬢』をコンセプトに一巻分のストーリーを書いてたお話でした。

『私の破滅を対価に、最愛の人に祝福を。』という副題は、彼女の信念そのものですね。

二巻でもそれは変わらず、ウェルミィはお義姉様の為に人を欺き、各場面であえて悪辣に振る舞っていきます。

が。

このお話を書く時に、作者は悪癖を発動しました。

それは『面白そうじゃね？』と思ったら、実力も鑑みずにそのコンセプトで書き始める、という悪癖でして。

今回のコンセプトは『三人の悪役令嬢、五人の悪役令息』です。

最初は『タイプの違う【悪役令嬢】三人が揃い踏みしたら面白いかな』と思ったんですよ。

王太子の許嫁的な立ち位置で、主役にその立場を奪われる公爵令嬢。

聖女の力を悪用して人々を次々に魅了していき、ハーレムを築き上げる男爵令嬢。

どちらも、よく見かける悪役令嬢の雛形ですよね。

その二人にウェルミィを加えて、三人を共演させよう、と考えて……。

……ここまでで、終わらせておけば良かったのです。

いわゆる『断罪劇の悪女とその取り巻きハーレム』という構図を、『さらに奪うウェルミィ』は面白そうだなー、と思いつき……ウェルミィ側に取り巻きがついた結果、どうなったかというと、本編の通りです。

一巻の関係性や構図を踏襲しつつ新キャラを7人以上、エピソード付きで増やすという暴挙。

作中で錯綜し続ける時系列、交錯する思惑、けれどなるべく分かりやすく。

さらにあくまでも『ウェルミィの物語』として成立させる。

……いや本当に、よく400ページ以内に収まったなと……。


無事に送り出せて、安堵しております。

あと語ることと言えば、『間違うことは悪なのか?』という部分についてですかね。

一巻の時点ではウェルミィも『目的は正しいけれど』というタイプでした。

彼女が赦されたのなら、なるべく他の人々も赦されて然るべきでしょう。

人に迷惑をかけただけなら、更生の余地アリ。そういうスタンスでやらしてもらってます、ええ。

という訳で、二巻の副題は。


『あなたが臨む絶望に、悪の華から希望を。』


です。

誰がどう絶望に挑み、どんな希望を与えられるのか。

既にお読みいただいた方には、納得して貰える仕上がりになっていればいいな、と思います。


ということでですね！

今回も、久賀フーナ先生は素晴らしい……本当に素晴らしいキャラデザとイラストを仕上げて下さいました！

皆凄く良いですよね！　テレサロは可愛いし、あのピエロもビジュが凄く良い！


そして誰より、ヒルデントライ・イーサ嬢ですよッ！


イラストに一目惚れです。というわけで、個人的には彼女の出番を増やしたいです！

また、悪役令嬢の矜持コミカライズも着々と進行していて今月15日に連載開始予定です。

星樹スズカ先生の素晴らしい原稿に、私は毎回身悶えして五体投地をしております。

フーナ先生の可愛い中にも凛とした雰囲気のウェルミィとはまた一味違った、ウェルミィの持つ鋭さや仄暗さといった部分がとてつもない画力で表現されていて、最高です！

こちらもお楽しみに！

ではでは、また皆さまとお会い出来ることを願って、この辺で！

『悪役令嬢の矜持』

2巻 発売おめでとうございます!

前巻にも増して色んなキャラの思いが交錯していてアツかったです…!!
ズミアーノ君は読んだ瞬間から顔が思い浮かんだのでキャラデザも楽しかったのですが、作中イチ描くのが難しい顔になってしまいました…(笑)

久賀フーナ
kugafuna

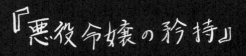

新刊発売
おめでとうございます!

ウェルミィ達の物語の続き
一読者としてもとても楽しみです…!

Stella Suzuka

悪役令嬢の矜持

Pride of A villainess

婚約者を奪い取って義姉を追い出した私は、
どうやら今から破滅するようです。

10月15日(日)コミカライズ連載開始

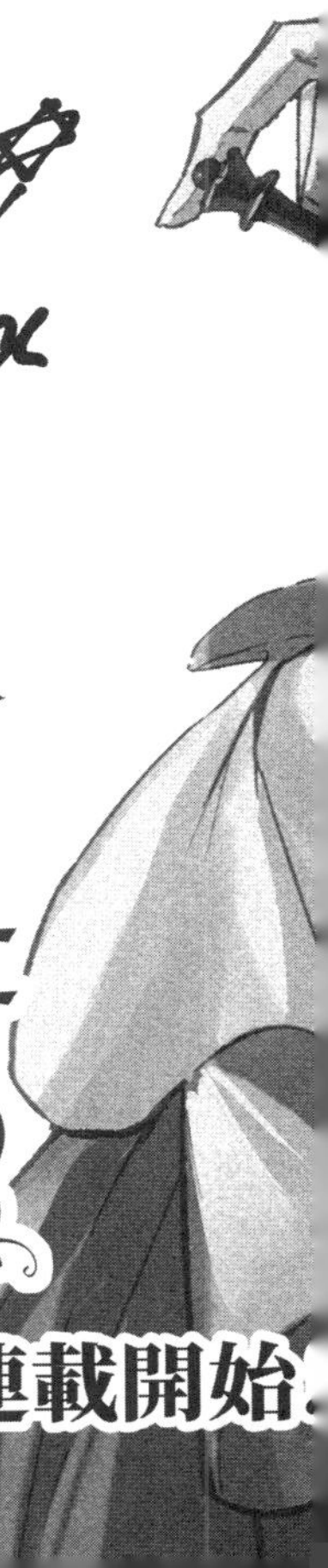

GC UP!
毎月7日発売
悪役令嬢は溺愛ルートに入りました!?
原作：十夜・宵マチ　作画：さくまれん
構成：汐乃シオリ
失格紋の最強賢者
～世界最強の賢者が更に強くなるために転生しました～
原作：進行諸島（GAノベル／SBクリエイティブ刊）　漫画：肝匠&馮昊（Friendly Land）
キャラクター原案：風花風花
神達に拾われた男
原作：Roy　漫画：蘭々
キャラクター原案：りりんら
転生賢者の異世界ライフ
～第二の職業を得て、世界最強になりました～
原作：進行諸島（GAノベル／SBクリエイティブ刊）　漫画：彭傑（Friendly Land）
キャラクター原案：風花風花
お隣の天使様にいつの間にか駄目人間にされていた件
原作：佐伯さん（GA文庫／SBクリエイティブ刊）　原作イラスト：はねこと
作画：芝田わん　構成：優木すず
ここは俺に任せて先に行けと言ってから10年がたったら伝説になっていた。
原作：えぞぎんぎつね（GAノベル／SBクリエイティブ刊）　漫画：阿倍野ちゃこ
ネーム構成：天王寺きつね　キャラクター原案：DeeCHA
勇者パーティーを追放されたビーストテイマー、最強種の猫耳少女と出会う
原作：深山鈴　漫画：茂村モト
マンガUP!
毎日更新

GC ONLINE
毎月12日発売
月刊少女野崎くん
椿いづみ
合コンに行ったら女がいなかった話
蒼川なな
スライム倒して300年、知らないうちにレベルMAXになってました
原作：森田季節 漫画：シバユウスケ
(GAノベル／SBクリエイティブ刊)
キャラクター原案：紅緒
わたしの幸せな結婚
原作：顎木あくみ 漫画：高坂りと
(富士見L文庫／KADOKAWA刊)
キャラクター原案：月岡月穂
経験済みなキミと、経験ゼロなオレが、お付き合いする話。
原作：長岡マキ子 漫画：カルパッチョ野山
キャラクター原案：magako
アサシン&シンデレラ
夏野ゆぞ
私がモテないのはどう考えてもお前らが悪い！
谷川ニコ
同居人の佐野くんはただの有能な担当編集です
ウダノゾミ
SQUARE ENIX WEB MAGAZINE
ガンガンONLINE
オンライン
毎日更新
●血を這う亡国の王女 ●王様のプロポーズ ●魔術師団長の契約結婚
●落ちこぼれ国を出る ～実は世界で4人目の付与術師だった件について～
●家から逃げ出したい私が、うっかり憧れの大魔法使い様を買ってしまったら 他

GC JOKER
毎月22日発売
賭ケグルイ
原作：河本ほむら
作画：尚村透
最近雇った
メイドが怪しい
昆布わかめ
賭ケグルイ双《ツイン》
原作：河本ほむら
作画：斎木桂
ラグナクリムゾン
小林大樹
恋愛自壊人形
恋するサーティン
鍵空とみやき
ヴァニタスの手記《カルテ》
望月 淳
履いてください、
鷹峰さん
柊裕一
事情を知らない
転校生がグイグイくる。
川村拓
好きな子が
めがねを忘れた
藤近小梅
月刊 GANGAN ガンガンジョーカー
JOKER
毎月22日
発売
●ジャヒー様はくじけない！ ●怪人麗嬢 ●勇者パーティーの荷物持ち ●嘘の子供
●ダンジョンに出会いを求めるのは間違っているだろうか 外伝 ソード・オラトリア ●ブラトデア
●龍とカメレオン ●ミツドモエ▽生徒会長ズ ●ぼくとミモザの75日 他

SQEX/ノベル

悪役令嬢の矜持　2

～あなたが臨む絶望に、悪の華から希望を。～

著者
メアリー＝ドゥ

イラストレーター
久賀フーナ

2023年10月6日　初版発行

発行人
松浦克義

発行所
株式会社スクウェア・エニックス
〒160－8430
東京都新宿区新宿6－27－30　新宿イーストサイドスクエア
（お問い合わせ）スクウェア・エニックス　サポートセンター
https://sqex.to/PUB

印刷所
図書印刷株式会社

担当編集
齋藤芙嵯乃

装幀
世古口敦志、清水朝美（coil）

ISBN978-4-7575-8845-5　C0093

Printed in Japan